Inhalt

Siebenbürgen, Ende des 17. Jahrhunderts: Ein Pakt verpflichtet das Städtchen Allershausen, den Herren der Wolfensburg alle 25 Jahre eine junge Frau zu übergeben. Doch dieses Mal verlangen die Wolfsmänner drei Frauen. Die Ratsherren schicken ihnen drei Dirnen. Als der Betrug auffliegt, fordern die Wolfsmänner wutentbrannt ihr Recht. Um ihre jüngere Schwester Samara zu schützen, geht Viola Brugger mit ihnen. Auf der Wolfensburg angekommen, wird sie in einen Strudel aus Hass, Leidenschaft und Begierde gerissen, in dessen Mittelpunkt der geheimnisvolle Mann mit der Maske steht, Kyrian Lupanescu, der Weiße Wolf ...

Daria Charon

Daria Charon verbrachte im Anschluss an ihr Völkerkunde- und Romanistikstudium längere Zeit in Frankreich und verdingte sich in weiterer Folge als Reiseleiterin, Fremdenführerin, Köchin, Datenmanagerin und Teilhaberin einer Hundepension. Sie mag Schokoladenfondue, Männer mit blauen Augen und den Spätsommer in der Provence. Sie ist verheiratet und lebt südlich von Wien.

daria.charon@gmx.net
www.daria-charon.de.vu
www.facebook.com/dariacharon

Buchschmiede MBE
Kettenbrückengasse 5/113
1050 Wien
Österreich

DIE MASKE DER LEIDENSCHAFT

DARIA CHARON

Die Maske der Leidenschaft.
Erotischer Liebesroman

Lektorat und Konzeption:
Franziska Katharina Henzl, Helma Stix

Cover: Fernando Cortes/shutterstock

ISBN-13: 978-1518733390
ISBN-10: 1518733395

KAPITEL 1

„Sie wollen was?“, polterte Johann Leitz und blickte in die Männerrunde, die ihm an einem großen Eichentisch in der Schenke Zum Blauen Eber gegenübersaß.

Johann Leitz war Schultheiss und Richter in Allershausen, einem der unzähligen Dörfchen und Städtchen, die deutsche Auswanderer vor vielen Generationen in Siebenbürgen gegründet hatten. Fremde ließen sich selten hier nieder, und wenn geheiratet wurde, dann nicht weiter weg als in die nächste Siedlung. Das brachte mit sich, dass sowohl an Sprache als auch an Gebräuchen der alten Heimat festgehalten wurde.

Der Schultheiss, ein stämmiger, stiernackiger Mann mit dunklem Haarschopf, kniff die Augen zusammen, als ihm vom anderen Ende des Tisches ein zusammengerolltes Pergament zugeschoben wurde, das ein Reiter am frühen Morgen überbracht hatte. Er griff danach und zog die Rolle auseinander.

Als er das Schreiben sinken ließ, wetterleuchtete es in seinem Gesicht vor Wut. „Wie können die es wagen? Wie können diese Bastarde es wagen, einfach den Pakt zu ändern?“

„Sie haben die Macht dazu“, erwiderte Karl Schwarz trocken. Ihm gehörte die örtliche Schusterwerkstatt.

Seine Tochter war einundzwanzig und seit vier Jahren verheiratet. Er sah der Entwicklung der Dinge gelassen entgegen; auf sein Leben hatte der Pakt ja auch keinerlei Auswirkung mehr. „Sie können verlangen, was immer sie wollen. Eigentlich grenzt es an ein Wunder, dass sie sich bisher immer an den Wortlaut gehalten haben."

„Alles gut und schön, aber dieses Mal verlangen die Wolfsmänner nicht eine Jungfrau, sondern gleich drei! Ohne Begründung! Aus reinem Mutwillen!"

„Und zudem gibt es bei uns hier keine drei Jungfrauen, die den Bedingungen entsprechen. Wir haben nur zwei", stellte Sander Theiss, seines Zeichens Schmied in Allershausen, nüchtern fest.

„Die Weiber", fuhr er dann nach einer Pause fort, „die sind's doch erst, die die Schwierigkeiten machen, mit ihrem Gejammere und der ewigen Flennerei! Ihnen fehlt es halt an dem nötigen Weitblick. Sie wollen nicht begreifen, dass der Pakt mit den Wolfsmännern für die Sicherheit und den Fortbestand von Allershausen unverzichtbar ist. Seit Menschengedenken waren wir leichte Beute für Osmanen, Magyaren, Polen und Habsburger. Ihr alle kennt doch die Chroniken."

Zustimmendes Gemurmel erklang, und der Schultheiss nickte. „Ja. Wir kennen sie, und zwar besser als uns lieb ist. Kaum war eine Schlacht entschieden, die Toten begraben, die Gehöfte im Umland wieder aufgebaut, die Schäden im Ort selbst beseitigt, fand sich das nächste Heer, die nächste Söldnertruppe ein, und mit ihnen Zerstörung, Angst und Tod. Das Angebot der Wolfsmänner an unsere Vorfahren kam zur rechten Zeit."

Karl Schwarz beugte sich vor und dämpfte seine Stimme. „Hand aufs Herz: alle fünfundzwanzig Jahre eine Jungfrau zu opfern und dafür in Frieden zu leben, ist doch wahrhaft ein vernünftiger Preis. Und darum werden wir auch die beiden Jungfrauen, die wir in Allershausen haben, zu den Wolfsmännern schicken. Vielleicht geben sie sich ja damit zufrieden."

Schweigen folgte diesen Worten. Eine harte Stimme, untermauert von einem Fausthieb, der die Bierkrüge auf dem Tisch erzittern ließ, unterbrach die Stille. „Ich habe euch immer gesagt, dass die Wolfsmänner meine Samara nicht bekommen! Die andere von mir aus, aber nicht Samara! Niemals!"

Alle Blicke richten sich auf Franz Brugger. Der angesehene und weitgereiste Kaufmann lehnte sich zurück und verschränkte die Arme vor der Brust. Seine Augen glitzerten streitlustig.

„Wenn wir auf die Forderung nicht eingehen, werden sie uns ihren Schutz entziehen. Und mit dem Silber, das sie uns bringen, ist dann auch Schluss. Du musst deine beiden Töchter herausgeben. Es ist schließlich zum Wohle aller", beschwor ihn der Schuster.

Franz Brugger schüttelte starrsinnig den Kopf.

Bei seinen Reisen hatte er vor zwanzig Jahren auf dem Sklavenmarkt von Candia eine junge Frau erblickt, die sein Herz und seine Lenden mit ihrer fremdartigen Schönheit entflammte: Erin, die von einer fernen Insel weit draußen im Atlantik kam und bei einer Schiffsreise Opfer eines Piratenüberfalls geworden war. Ihr Haar loderte wie das Feuer, in dem sein Herz verglühte, ihre Haut schimmerte wie der Schnee der karpatischen Winter, und in ihren Augen spiegelte sich die graugrüne See des Mittelmeers. Er überbot zwei Sultane und einen gelangweilten französischen Adeligen, um Erin in seine Arme schließen zu dürfen. Da er ein gottesfürchtiger

Mann war, ließ er den Bund segnen, ehe er sich mit Erin in fleischlicher Lust verband und sie mit nach Siebenbürgen nahm.

Erin war guter Hoffnung, noch bevor sie einen Fuß in ihr neues Heim gesetzt hatte und Franz außer sich vor Freude. Es störte ihn nicht, dass seine Frau seine Sprache weder verstand, noch Anstalten machte, sie zu erlernen. Er hüllte sie in die edelsten, teuersten Stoffe und versicherte sie seiner nicht enden wollenden Zuneigung und Liebe. Erin dagegen tat nichts. Sie lächelte nicht, sie schrie nicht, sie weinte nicht.

Erin schrie auch nicht, als ihre schwere Stunde kam und die Hebamme ihr befahl, zu schreien, zu pressen, sich nach Kräften zu mühen, damit das Kind aus ihrem Leib gelangen könne. Stattdessen starb Franzens Frau im selben Moment, als die Hebamme ein Bein des Kindes ergriff und es daran grob ans Licht der Welt zerrte.

Als Franz das Mädchen zum ersten Mal erblickte, fühlte er nichts als Hass auf die Kreatur, die ihm sein Ein und Alles genommen hatte. Ein winziges runzeliges Wesen, das aus vollem Halse brüllte und von dem die Hebamme sagte, dass es dank des verkrüppelten Beins niemals werde einen Schritt tun können, falls es überhaupt am Leben bleibe. Der Pfarrer wurde eilig gerufen und spendete das Sakrament der Taufe, ohne das die Kleine nicht sterben sollte. Erst als er Franz fragte, welchen Namen das neue Gotteskind denn tragen solle, antwortete der nach einem gleichgültigen Blick auf die Veilchen in der Wiese vor dem Fenster mit einem Schulterzucken: „Viola."

In den einsamen, schlaflosen Nächten, die Violas Geburt folgten, gelangte der Kaufmann zu der Überzeugung, dass er sich versündigt haben müsse gegen Gott und die christlichen Gebote, als er seinem fleischlichen Verlangen nachgeben und sich mit einer Fremden, einer mutmaßlichen Heidin, verbunden habe. Ihr Tod sei die Strafe für den Frevel, und das Kind, das sie geboren hatte, solle ihn, so glaubte er nun, stets an sein Vergehen erinnern. Der Pfarrer, dem Franz Brugger sich anvertraute, bestärkte ihn in seinen Vorstellungen: Um göttliche Vergebung zu finden, müsse er geloben, für dieses Kind, das er am liebsten im nächsten Weiher ertränkt hätte, zu sorgen so gut er könne. Andernfalls sei ihm ewige Verdammnis gewiss.

Der Kaufmann akzeptierte diese Prüfung der himmlischen Mächte, nahm eine Amme in sein Haus und gab ihr den Auftrag, sich darum zu kümmern, dass Viola alles bekomme, was sie brauche. Er selbst verschwendete an das Kind, das seinen Lenden entsprungen war und in seinem Haus lebte, keinen weiteren Gedanken mehr.

Um sich zu trösten, heiratete er noch vor Ablauf des Trauerjahres die junge, stramme Witwe Barbara. Sie hatte volles schwarzes Haar und schwarze Augen, und ihre Glut konnte sich mit seiner messen. Das Kind, das sie ihm nach einem knappen Jahr schenkte, war zwar auch nur ein Mädchen, aber prall und gesund und schön wie seine Mutter. Die stolzen Eltern nannten es Samara.

„Nicht meine Samara“, wiederholte der Kaufmann jetzt ungerührt.

Die Männer begannen zu murmeln, aber die scharfe Stimme des Pfarrers brachte sie zum Verstummen. „Dieser Vertrag verstößt seit jeher gegen Anstand und Sitte. Der Mensch ist ein göttliches Geschöpf. Ein junges unschuldiges Mädchen zu opfern für eure eigene Sicherheit und eine Hand voll Silberlinge, das macht euch zu Kumpanen dieser Teufel!", zeterte er. „Und ihr seht ja, dass sie immer mehr verlangen. Der Zeitpunkt ist gekommen, den Wolfsmännern den Pakt aufzukündigen!"

Seine Worte riefen skeptische Blicke hervor. Nach der Übergabe der ersten Jungfrau hatten die Ratsherren beschlossen, dass ein Zehnt des Silbers, das die Familie des geopferten Mädchens von den Wolfsmännern an jeder Sommersonnenwende erhielt, der Gemeindekasse zustünde. Auf diese Weise lebten alle Einwohner von Allershausen nicht nur sicher, sondern auch in Wohlstand. „Wir werden darüber nachdenken, Pfarrer Anderson", entgegnete der Schultheiss deshalb beschwichtigend.

Ludwig Anderson spürte die Ablehnung, die ihm entgegenschlug, und sprang so heftig auf, dass der Stuhl hinter ihm krachend zu Boden fiel. „Macht, was ihr wollt! Gott wird euch dafür schon noch strafen." Zornig stürmte er aus dem Schankraum.

Eine Weile herrschte Stille. Dann sagte Sander: „Ich habe den Pakt neulich noch einmal gelesen, und dabei kam mir eine Idee." Er beugte sich vor und blickte listig von einem zum anderen. „Wortwörtlich lautet der Passus: Wir müssen eine unverheiratete Frau übergeben, die ihr zwanzigstes Jahr noch nicht vollendet hat. Nirgendwo steht, dass diese Jungfrau aus Allershausen stammen, noch dass sie tatsächlich unberührt sein muss."

„Und was hilft uns das?", fragte Johann mürrisch.

Der Schuster riss die Augen auf. „Ich glaube, ich weiß, was Sander meint. Wir geben ihnen keine von unseren Töchtern, sondern wir suchen uns einfach Mädchen aus dem nächsten Ort."

„Nein." Sander schüttelte entschieden den Kopf. „Das bringt uns nichts als böses Blut und Streiterei. Ich habe eine ganz andere Idee. Ihr wisst doch, dass sich im Kerker drei Frauen befinden, die vor zwei Tagen wegen Hurerei und Diebstahl arretiert wurden. Keine von ihnen zählt mehr als zwanzig Lenze. Wir verzichten darauf, sie anzuklagen und auspeitschen lassen, sondern schicken sie zu den Wolfsmännern. Damit haben wir unseren Vertrag für die nächsten fünfundzwanzig Jahre erfüllt."

Die Männer am Tisch sahen ihn nachdenklich an. Schließlich meinte der Schultheiss: „Du weißt, dass wir diese drei Frauen in ein ungewisses Schicksal entsenden."

Sander lehnte sich in seinem Stuhl zurück. Ein selbstgefälliges Grinsen lag auf seinem Gesicht. „Ich bitte dich, Johann, das sind Huren. Nichts weiter. Ihr Weg ins Verderben ist vorgezeichnet. Mit oder ohne unsere Einmischung. Aber wenn sie für uns zu den Wolfsmännern gehen, sterben sie wenigstens für eine gute Sache."

„Dein Plan ist in der Tat eine Überlegung wert, Sander." Stephan, der Wirt des Blauen Ebers, stellte einen frischen Humpen Bier vor ihn hin. „Dieses Teufelspack gehört mit seinen eigenen Waffen geschlagen!"

Auch die anderen Männer nickten beifällig.

„Dann ist es also beschlossene Sache?", fragte Sander noch einmal. „Wer dafür ist, hebe die Hand!"

Alle Arme fuhren in die Luft.

„Gut. Damit ist es beschlossene Sache. Wir schicken den Wolfsmännern die drei Huren."

Der Schultheiss machte sich mit dem Schreiber auf den Weg zu dem feuchten, verfallenen Loch, in dem man dahergelaufenes Gesindel bis zur Verhandlung gefangen hielt. Vermutlich würde es nicht ganz so einfach werden, wie er in Schenke getan hatte, aber es war bei weitem die beste Lösung. Jetzt kam es nur darauf an, die richtigen Worte zu finden.

Kaum, dass er die Pforte zum Kerker geöffnet hatte, schlug ihm beißender Geruch entgegen. Es brauchte einige Sekunden, bis sich seine Augen an die Dunkelheit gewöhnt hatten. Sein Begleiter schwenkte die Laterne. Der Lichtstrahl glitt über das aufgeschüttete Stroh und die angerosteten Gitterstäbe, die den drei Frauen die Freiheit verwehrten. Die drei erhoben sich langsam und traten an das Gitter.

„Was willst du, Schulze?“, rief ihm die erste Hure entgegen, eine dralle Blonde, deren dichtes Haar sogar im Schein der Funzel wie Messing glänzte.

„Ich verkünde dir und den anderen Weibern das Urteil.“

„Na dann, spuck’s mal aus!“

„Ihr bekommt die Peitsche. Jede von euch fünfzig Hiebe. Danach werdet ihr eine Weile nicht mehr auf dem Rücken liegen können.“ Ein hämisches Grinsen begleitete seine Worte.

Die Frauen blickten sich an. Dann hoben sie in schöner Einigkeit ihre Röcke und entblößten sich bis zum Nabel. „Aber wenn wir uns jetzt für dich auf den Rücken legen, dann halbierst du die Strafe, was?“

Der Schultheiss ließ seine Augen genussvoll über die zwar schmutzigen, aber wohlgeformten nackten Beine bis zum krausen Haar des Venusdreiecks hinaufwandern. Am längsten hielt das golden schimmernde Vlies der Blonden seinen Blick gefangen, und er leckte sich die Lippen.

Zu Hause wartete sein vertrocknetes Eheweib auf ihn, das ihm alle zwei Monate gestattete, ihr grobes Leinennachthemd im Dunklen beiseite zu schieben, damit er seine Lust stillen könne. Und ihn danach tagelang mit Missachtung strafte. Ein Stück junges, williges Fleisch zwischen seine Schenkel zu bekommen, ohne dafür einen Kreuzer locker machen zu müssen - diese Gelegenheit gab es nicht allzu oft. Und er wäre ein Tor, dieses Angebot auszuschlagen.

„Ich will die Blonde“, sagte er über die Schulter zum Schreiber. „Du kannst dir eine von den anderen beiden nehmen.“

Sein Schwanz reckte sich bereits unternehmungslustig, als er auf die Frau zuging. Das messingfarbene Dreieck zog seinen Blick an wie ein Magnet. Sie stellte ein Bein auf eine Kiste und lächelte ihn einladend an. Ihre Finger durchkämmten auffordernd die kurzen Löckchen. „Das kennst du nicht, Schulze, was? Ich wette, du hast immer nur schwarze Fötzchen gevögelt.“

„Halt's Maul und nimm ihn raus!“, knurrte Johann, der knapp vor ihr stehen geblieben war. Während sie an seiner Hose nestelte, grub er seine Hände genießerisch in das feste Fleisch ihrer Oberschenkel und drückte alles andere als sanft zu. Ja, so sollte eine Frau sein: weich und drall und willig.

Ihre Finger glitten über seinen Schaft, der sich unter der geschickten Behandlung wohlig streckte. „Oh, wie groß er ist, der macht dir sicher viel Freude, Schulze“, gurrte die Frau mit einem bewundernden Augenaufschlag und leckte verführerisch über ihre volle Unterlippe.

„Halt's Maul, Hure!", herrschte Johann sie wieder an. Seine Augen wanderten über den verdreckten Boden, auf dem das schimmelnde Stroh lag. Kein einladender Ort für ein Schäferstündchen. Aber man konnte wohl nicht alles haben.

Nicht weit von ihm entfernt stand der Schreiber hinter einer der Frauen, die sich nach vorne gebeugt hatte und die Hände auf den Knien abstützte. Die Hose hing dem Schreiber um die Knöchel, und seine Hände krampften sich um die Hüften der Hure. Ihre nackten Hinterbacken rundeten sich einladend und zitterten bei jedem Stoß, den er ausführte. Johann sah seinen langen, feuchtglänzenden Schwanz, den er bis zum Anschlag in die Frau rammte, um ihn danach fast zur Gänze herauszuziehen. Sein Tempo steigerte sich, und bei jedem Atemholen hallte sein Stöhnen in dem niedrigen Gewölbe.

Kurz entschlossen packte Sander die Blonde an den Schultern und drängte sie ungestüm nach hinten, bis ihr Rücken an die rohe Ziegelwand schrammte. Ohne auf ihren wütenden Schmerzenslaut zu achten, riss er mit einer Hand ihren Ausschnitt herunter und befreite damit die schweren Brüste. Gierig betrachtete er die großen harten Warzen, beugte den Kopf und nahm eine davon in den Mund. Sie schwoll noch weiter an, während er die andere zwischen Daumen und Zeigefinger rollte. Ein dunkles Stöhnen drang aus der Kehle der Frau, und er saugte heftiger an der prallen Knospe, presste die zweite mit seinen Fingern.

Die freie Hand legte er um ihren Schenkel und zwang ihre Beine weiter auseinander. Ohne Zärtlichkeit strich er über das heiße Fleisch; sie war feucht genug, das reichte ihm. Mit einem einzigen Stoß war er in ihr. Dumpfe Hitze schloss sich um ihn, und er wusste, dass er nicht lange brauchen würde. Im Gegensatz zu sonst, wenn er in den vertrockneten Schoß seiner Frau stieß und sich anstrengen musste, überhaupt Erleichterung zu finden.

Die Hure reckte ihm schamlos ihr Becken entgegen und erwiderte seine Bewegungen, bis sich sein Blick in einem roten Nebel auflöste. Mit einem heiseren Keuchen gab er ihre Brustwarze frei und rammelte in einem Tempo weiter, das ihm den Schweiß in Strömen über seine Stirn und den Nacken rinnen ließ. Ihr Körper wiegte sich unter dem Ansturm wie der nachgiebige Stamm einer Weide. Als er kam, schrie er vor Lust so laut wie noch niemals zuvor in seinem Leben, und der Samen, der aus ihm herausschoss, kochte.

Sein Kopf lag auf der Schulter der Frau, und es dauerte eine geraume Weile, bis er wieder in die Gegenwart zurückfand. Sein müder Schwanz war längst aus ihr geglitten, also zog er seine Hose wieder hoch und stellte sich neben den Schreiber, der seine Kleidung bereits in Ordnung gebracht hatte.

Mit einiger Mühe besann er sich auf den Grund seines Hierseins. „Das war gar nicht schlecht, Weib, allerdings entbindet euch das noch lange nicht von eurer Strafe“, sagte er nachdrücklich und merkte zu seinem Missvergnügen, dass seine Stimme atemlos und zittrig klang. Die Hure betrachtete ihn mit in die Hüften gestemmten Armen. Der zerrissene Ausschnitt rahmte ihre vollen Brüste ein, doch sie machte keine Anstalten, sich zu bedecken. Johann riss seinen Blick los und redete hastig weiter. „Euer Entgegenkommen soll belohnt werden. Es gibt tatsächlich eine Möglichkeit, wie ihr der Strafe entrinnen könnt. Und eure zarte Haut schont.“

Die Blonde maß ihn mit einem abschätzenden Blick. „Lass hören!"

„Die Herren der Wolfensburg begehren von uns drei Frauen", begann er ohne Umschweife. „Wir wollen keine Mädchen aus unserer Gemeinschaft zu ihnen schicken. Ihr nehmt deren Stelle ein. Und seid frei."

„So einfach?", fragte die Blonde misstrauisch.

„So einfach. Ihr erfüllt die Wünsche der Wolfsmänner, und wenn das getan ist, könnt ihr eurer Wege gehen. Niemand wird euch folgen", entgegnete der Schultheiss glatt und verschwieg wohlweislich, dass die Herren der Wolfensburg noch nie eines der Mädchen hatten gehen lassen. Und dass niemand wusste, was die Wolfsmänner mit den Frauen taten.

Natürlich existierten Gerüchte, von Orgien, von Blutopfern, von den Mächten der Finsternis, die sich auf der Wolfensburg ein Stelldichein geben sollten. Viele waren davon überzeugt, dass die Herren der Wolfensburg direkte Abkömmlinge des vor Jahrhunderten ermordeten Vlad Tepes seien. Oder zu einer eigenen Rasse gottloser Geschöpfe gehörten.

Die Frauen blickten sich kurz an, dann wandte sich die Blonde wieder an ihn. „Du gelobst tatsächlich, uns gehen zu lassen und uns nicht zu verfolgen? Bei allem, was dir heilig ist?"

„Ich gelobe beim Leben meines Sohnes, dass niemand aus Allershausen euch verfolgen wird!"

KAPITEL 2

Noch am selben Abend traf die schwarze Kutsche der Wolfsmänner ein, um die Frauen gemäß der Abmachung zu deren Unterschlupf zu bringen. Man hatte ihnen gestattet zu baden und ihnen einfache, aber saubere Kleider gegeben, in denen sie sich äußerlich nicht von anständigen Bürgermädchen unterschieden.

Wie ein Lauffeuer hatte sich der Plan des Richters herumgesprochen. Die Allershausener umringten staunend die Kutsche mit den glänzenden Silberbeschlägen. Der Kutscher trug einen schwarzen Umhang und einen breitkrempigen schwarzen Hut, den er so tief ins Gesicht gezogen hatte, dass man seine Züge nicht erkennen konnte, und reagierte auf keine Zurufe.

Niemand wusste etwas Genaueres über die Wolfsmänner. Ihre Heimstätte, die geheimnisvolle Wolfensburg, sollte sich in den Karpaten befinden. Zu weit entfernt, als dass sich jemals jemand auf die Suche nach ihr gemacht hätte - nicht zu unterschätzen war auch die Frucht vor dem, was der Suchende dort entdeckten könnte. Schließlicht besagten die Gerüchte, dass sich der Eingang zur Unterwelt unter der Burg befinde, und die Stätte selbst ein Hort der Dämonen und der Finsternis voller teuflischer Machenschaften sei.

Deshalb betrachtete auch Viola durch die Fensterscheibe der Apotheke neugierig den Menschenauflauf. „Seltsam, dass sich die Männer der Wolfensburg nie zeigen und jetzt so plötzlich eine Kutsche schicken. Weißt du warum, Josef?“

Sie drehte sich zu dem alten Mann um, der an seinem Arbeitstisch saß und kleine Fläschchen mit Wachs versiegelte. Nachdem es ihre Eltern nicht kümmerte, wie und wo sie ihre Zeit verbrachte, hatte sie sich mit dem alten Josef Corvinius angefreundet, dem die Apotheke neben dem Spezereieinlager ihres Vaters gehörte. Viola half Corvinius dabei, die verschiedensten Pülverchen, Salben und Tinkturen im Hinterraum seines Ladens anzumischen. Wenn nichts zu tun war, las sie in den dicken Medizinbüchern, immer in der unbestimmten Hoffnung einen Hinweis darauf zu finden, wie sie ihr verkrüppeltes Bein würde heilen können.

„Sie fordern ihren Tribut“, sagte der Apotheker langsam.

„Ihren Tribut?“, wiederholte Viola und ging schwerfällig zu ihm hinüber. Es war einer jener Tage, an denen ihr Bein besonders schmerzte.

Trotz aller üblen Prophezeiungen war Viola nicht nur am Leben geblieben, sondern entwickelte sich darüber hinaus zum Ebenbild ihrer Mutter. Sie hatte helle, durchscheinende Haut, kupferfarbenes Haar und grüne Augen. Im Gegensatz zu Samara war sie hochgewachsen und von zarten Statur, die über ihren eisernen Willen hinwegtäuschte. Ohne diesen eisernen Willen hätte sie es nie geschafft, aufrecht zu gehen, denn ihr linkes Bein war eine halbe Handbreit kürzer als das rechte. Doch Viola gelang es durch unermüdliches Üben, sich langsam und ohne Stock oder Krücke fortzubewegen. Sobald sie bodenlange Röcke tragen durfte, versteckte sie ihr verkrüppeltes Bein darunter und redete sich ein, dass niemand darauf achten würde.

Was natürlich nichts als ein frommer Wunsch blieb, denn jeder in Allershausen erkannte ihre schwankende Gestalt schon von weitem, und heimlich bekreuzigte man sich hinter ihrem Rücken. Für die bodenständigen, dunkelhaarigen Bewohner des Städtchens war das zarte, blasse Geschöpf ein Wesen wie aus einer anderen Welt, und man mied das Mädchen, wo man nur konnte.

Josef nahm ein weiteres Fläschchen und musterte Viola durch seine runden Brillengläser. „Niemand hat dir je davon erzählt, nicht wahr, mein Kind?"

Sie schüttelte den Kopf.

„Dann werde ich das jetzt tun. Ich denke, es ist an der Zeit, und du musst es wissen, falls der Plan des Schultheiss' fehlschlägt."

Mit gerunzelter Stirn setzte sich Viola neben ihn, stützte das Kinn in die Hand und wartete gespannt darauf, was der Apotheker zu erzählen wüsste.

„Vor vielen, vielen Jahren haben die Einwohner von Allershausen mit den Herren der Wolfensburg ein Abkommen geschlossen. Sie erhielten Schutz gegen Angreifer sowie jährlich einen Beutel Silber und gaben den Männern dafür eine Jungfrau aus ihrer Gemeinschaft." Er machte eine Pause. „Alle fünfundzwanzig Jahre schickte Allershausen den Wolfsmännern eine Jungfrau, die das Los aus allen geeigneten Mädchen bestimmte. So war es vereinbart worden. Nur dieses Jahr fordern sie drei Jungfrauen."

Völlige Ahnungslosigkeit lag in Violas Blick. „Und deshalb schickt man ihnen diese Diebinnen? Aber das ist doch Betrug! Sie stammen ja gar nicht aus Allershausen“, wandte sie voller Unschuld ein.

„Ja, es ist Betrug. Und wenn die Wolfsmänner diesen Betrug entdecken, dann möchte ich nicht in der Haut von Johann Leitz stecken.“

Ohne groß nachzudenken, rutschte Viola die naheliegende Frage heraus: „Aber wen hätte man denn anstelle der drei Frauen zur Wolfensburg geschickt?“

Josef sah sie an. Ihre Augen waren vertrauensvoll auf ihn gerichtet. Er seufzte unhörbar. Trotzdem wollte er ihr die Wahrheit sagen. „Der Pakt verlangt ein Mädchen, das nicht älter als zwanzig und nicht jünger als sechzehn ist.“

Langsam breitete sich Begreifen auf Violas Gesicht aus. „So wie ich ... und Samara“, brachte sie bestürzt heraus. „Und wer noch? Josef, wie viele Mädchen gibt es in Allershausen, die diese Bedingungen erfüllen?“

Schweigend sah Josef sie eine kleine Ewigkeit an. Als er zu sprechen begann, war seine Stimme fast unhörbar. „Es gibt nur euch beide.“

„Nur ... uns beide“, wiederholte sie tonlos. Noch während die Worte im Raum hingen, begriff sie, dass Josef die Wahrheit sprach. Die Mädchen, die ihr im Alter am nächsten standen, waren nicht einmal fünfzehn. Warum war ihr das nie aufgefallen? Und wie hatte es dazu kommen können?

Als ob der Apotheker ihre Gedanken lesen könnte, erklärte er: „Die alte Jule, die vor ihrer Tochter hier die Hebamme war, hat den Ehefrauen vor fünfundzwanzig Jahren geraten, dass sie keine Kinder bekommen sollten, die zum Zeitpunkt der nächsten Übergabe das richtige Alter hätten. Somit würden sie sich den

Schmerz ersparen, aus der Mitte ihrer Töchter eine als Pfand geben zu müssen. Die meisten Frauen haben sich daran gehalten und fünf Jahre lang mit Hilfe von Jules Kräutern keine Kinder geboren." Es waren nicht nur Jules Kräuter gewesen, auch er hatte seinen Teil dazu beigetragen, damit die Frauen ihre Männer täuschen konnten. Aber davon wusste niemand, und er verspürte kein Verlangen, nach all den Jahren sein Gewissen zu erleichtern. „Deine Mutter aber kam aus der Fremde, und Samaras Mutter hatte immer schon ihren eigenen Kopf", fuhr er fort.

Viola presste die Lippen zusammen. „Also muss ich dem Schultheiss dankbar sein, dass er die drei Diebinnen geschickt hat anstatt Samara und mich."

Josef schwieg.

„Und was passiert mit den Mädchen, die auf die Wolfensburg geschickt werden? Warum erfuhr ich nichts von diesem Pakt, warum redet niemand drüber, wenn es doch alle wissen?"

Er hob in einer hilflosen Geste die Hand, doch sie gab sich bereits selbst die Antwort. „Sie kommen nicht mehr zurück, das ist der Grund. Darum spricht auch niemand über diesen Pakt."

„So ist es", bestätigte Josef leise.

Viola stand auf. Sie wirkte völlig geistesabwesend und hinkte wie in Trance zur Tür.

„Viola", rief Josef besorgt, „ist alles in Ordnung?"

Doch Viola reagierte nicht, sondern verließ, ohne sich umzudrehen, die Apotheke. Die Dinge, die sie gerade erfahren hatte, waren so unfassbar, dass sie in Ruhe darüber nachdenken wollte.

Trotzdem war sie froh, dass Josef ihr die Wahrheit gesagt hatte. Sie würde mit ihrem Vater sprechen. Ein gnädiges Schicksal hatte Samara und sie davor bewahrt, den Wolfsmännern ausgeliefert zu werden. Aber es wäre seine Pflicht gewesen, sie über diesen Pakt, der so unmittelbar in ihr Leben eingriff, in Kenntnis zu setzen.

Obwohl ... es passte ins Bild, dass er es nicht getan hatte. Franz Brugger und seine Frau Barbara behandelten Viola nach gängigem Maßstab durchaus nicht schlecht. Sie wurde weder geschlagen, noch musste sie die Arbeit einer Magd in Küche oder Waschküche verrichten. Im Gegenteil: sie erhielt wie Samara Unterricht im Lesen, Schreiben und Rechnen, nahm die Mahlzeiten am Familientisch ein und besaß ebenso prächtige Gewänder wie ihre Schwester und ihre Stiefmutter. Allerdings hatte sie keine Gelegenheit, diese Kleider auch auszuführen. Es gab keine Einladungen für sie, und ihre Eltern lehnten es ab, sie zu Besuchen mitzunehmen. Kamen Gäste ins Haus, musste Viola auf ihrem Zimmer bleiben. Sie spürte die Ablehnung ihres Vaters und die Gleichgültigkeit ihrer Stiefmutter hinter jedem Wort, das die beiden sagten. Oder nicht sagten.

Früher, als sie noch ein Kind gewesen war, hatte sie sich im Spezereienlager versteckt und ihren Tränen freien Lauf gelassen. Dann träumte sie sich weg, an einen Ort, wo sie geliebt wurde, wo man sie wahrnahm - wo sie zwei gleich lange Beine hatte.

Sie öffnete das Tor des Brugger'schen Hauses, durchquerte die Eingangshalle und wollte die Treppe zu ihrem Zimmer hinaufsteigen, als sie bemerkte, dass Licht aus der guten Stube durch den Türspalt fiel. Sie trat näher und hörte zwei männliche Stimmen. Die eine gehörte ihrem Vater, die andere dem Wirt vom Blauen Eber. Weder den Kaufmann noch seinen Gesprächspartner hätte man zu dieser Stunde hier vermutet, und dieser Umstand machte Viola neugierig.

Sie blieb neben dem Türspalt stehen. „Wenn wir dem vermaledeiten Pakt mit den drei Dirnen beikommen könnten, dann wäre das wirklich ein Erfolg“, hörte Viola ihren Vater gerade sagen.

„Aber wir müssen auch damit rechnen, dass es Ärger gibt“, antwortete der Wirt. „Und deshalb überlege dir mein Angebot, Franz. Wir haben schon letzten Herbst darüber gesprochen. Eine Verbindung unser beider Familien würde alles zum Guten wenden, und zwar endgültig.“

„Für dich, Stephan, für dich! Du bekommst eine Schwiegertochter mit einer Mitgift, wie es sie weit und breit kein zweites Mal gibt. Und was bekomme ich?“

Violas Herz schlug ihr bis zum Hals. Sie kannte Andrej, den Sohn des Wirts nur von kurzen, zufälligen Begegnungen. Aber schon dabei war ihr aufgefallen, dass in seinen samtbraunen Augen goldene Funken tanzten, wenn er lächelte. Er hatte ihr nämlich in der Apotheke zugelächelt, als sie ihm eine Tinktur für seine Mutter gereicht hatte. Ihre Fingerspitzen hatten sich nur kurz berührt, aber Viola hatte einen Funken überspringen fühlen, der durch ihren gesamten Körper gelaufen war, von den Haarwurzeln bis zu den Zehen. Seit diesem unvergesslichen Moment war Viola davon überzeugt, dass sie das Schicksal füreinander bestimmt habe. Und nach den Worten von Andrejs Vaters schien ihr die Erfüllung dieses Schicksals zum Greifen nah.

„Du, Franz, bekommst einen Schwiegersohn, der dein Geschäft weiterführen kann. Ich habe noch zwei Söhne, einer davon wird meine Wirtschaft übernehmen. Aber du hast nur zwei Töchter. Und bis dein Enkel so weit sein wird, dauert es noch mindestens zwanzig Jahre.“ Er lachte dröhnend.

„Ich bin noch jung genug, um mich um mein Geschäft zu kümmern", brummte Franz ungehalten.

„Aber ja doch! Nur, es ist alles einfacher, wenn du Unterstützung bekommst. Wolltest du nicht eine weitere Spezereienhandlung in Hermannstadt aufmachen?"

„Da hat wohl wieder jemand aus dem Nähkästchen geplaudert."

„Als Wirt im Blauen Eber hört man so allerlei, Gerüchte und anderes", bemerkte Stephan. „Aber kehren wir zum Wesentlichen zurück. Du musst damit rechnen, dass die Wolfsmänner die drei Weiber nicht akzeptieren. Die einzige Möglichkeit, deine Tochter zu schützen ist, sie zu verheiraten, bevor die Wolfsmänner kommen und Ansprüche stellen. Denk nach und du wirst einsehen, dass ich Recht habe. Außerdem mag Andrej sie, das hat er mir selbst gesagt."

Schweigen antwortete ihm.

Violas Herz klopfte so heftig, dass sie Angst hatte, es würde ihr die Brust zerreißen. Andrej mochte sie. Also hatte sie sich nicht getäuscht. Wenn ihr Vater nur nicht so stur wäre ...

„Ob Andrej sie mag, ist nicht von Belang", sagte er da auch schon, und Viola unterdrückte ein unwilliges Aufstöhnen. „Wichtig ist ... ich mag ihn auch."

Er lachte laut und Stephan stimmte ein. „Wir sind uns also einig, Franz?"

„Wir sind uns einig, Stephan. Ab heute sind wir eine Familie!"

Gläser klirrten, als die beiden Männer auf ihre Übereinkunft anstießen, dann herrschte kurz Stille. Für Viola jedoch hing der Himmel voller Harfen: Sie würde heiraten. Sie würde einen wunderschönen Mann heiraten und mit ihm nach Hermannstadt gehen. Ein eigenes Haus und eine eigene Familie haben. Alles, wovon sie insgeheim geträumt hatte, wurde auf wundersame Weise Wirklichkeit. Sie musste die Hand auf den Mund pressen, um ihre Freude nicht laut herauszuschreien. Endlich wendete sich ihr Leben zum Guten. Endlich ...

„Und was machen wir mit der anderen, mit Viola?“, fragte Stephan da.

„Ich weiß es nicht.“ Die Stimme ihres Vaters klang gereizt. „Seit letztem Sommer habe ich versucht, einen Mann für sie zu finden. Ihre Mitgift ist höher als die von Samara, aber trotzdem will sie keiner.“

Viola hatte das Gefühl zu fallen. Unendlich tief. Und während sie fiel, verwandelten sich die Harfenklänge in höhnisches Gelächter der Schicksalsgötter ... Samara also sollte Andrej heiraten. Nicht sie selbst. Sie holte zitternd Luft. Schrecklicher kann es nicht mehr werden, dachte sie und wurde noch im selben Moment eines Besseren belehrt.

„Sie ist nutzlos. Nichts als Ballast. Ich wünschte, ich hätte Erin niemals getroffen. Ich wünschte, dieses bleiche, knochige Geschöpf wäre im Leib seiner Mutter verreckt. Gott straft mich für einen Moment der Fleischeslust mit endlosen Qualen. Ich habe längst für mein Versagen gebüßt. Der Allmächtige sollte doch ein Einsehen haben. Solange dieses Monstrum täglich ihr lahmes Bein vor meinen Augen herumschleift, ist mein Leben nicht lebenswert.“

Es waren Schläge, keine Worte, und jeder Schlag traf. Viola krümmte sich und schlang die Arme um den Kopf, als könnte sie sich auf diese Weise vor dem schützen, was sie aus dem Mund ihres Vaters hören musste. Immer schon, seit sie denken konnte, hatte sie gewusst, dass ihr Vater sie nicht liebte; aber wie tief seine Abscheu wirklich ging, offenbarte sich ihr erst jetzt, in diesem Moment. Mühsam raffte sie ihre ganze Kraft zusammen und hinkte zur Treppe. Stufe für Stufe zog sie sich am Geländer hoch. Über ihre Wangen liefen Tränen, aber das merkte sie nicht. Erst als sie, in ihrem Zimmer angelangt, ihr tränennasses Gesicht im Spiegel sah, begriff sie es. Verquollende Augen, wirres rotes Haar, das wie rostige Drahtwolle auf ihre Schultern fiel. Niemand in Allershausen hatte solches Teufelshaar, niemand hatte grüne Dämonenaugen, niemand die bleiche Haut einer Toten und niemand den Huf Beelzebubs. Wie sollte ihr Vater eine solche Missgeburt denn auch lieben? Wie sollte irgendjemand eine solche Missgeburt lieben? Wie hatte sie ernsthaft glauben können, dass Andrej ihr mehr als ein mitleidiges Lächeln zu gönnen bereit sein könnte?

Nutzloser Ballast. So hatte ihr Vater sie genannt. Und genau so fühlte sie sich, während sie ihr Spiegelbild betrachtete. Dann drehte sie dem unbarmherzigen Spiegel den Rücken zu und ließ sich aufs Bett fallen. Verzweifelt vergrub sie den Kopf in den Kissen. Wie sollte sie jemals wieder erhobenen Hauptes durch Allershausen gehen mit dem Wissen, dass ihr Vater sie angeboten hatte wie einen Ballen zweitklassigen Brokats? Und dass keine Mitgift der Welt ausreichte, einen Mann dazu zu bringen, über eine Ehe mit ihr auch nur nachzudenken!

Sie rollte sich auf den Rücken und wischte mit der Hand die Tränen weg. Wenn sie wenigstens Samara aus ganzem Herzen hassen könnte! Aber das konnte sie nicht. Obwohl oder gerade weil sie so verschieden waren, war sie ihrer Schwester innig zugetan.

Samara, die sehr wohl merkte, dass ihre Eltern sie bevorzugten, versuchte stets, sich für Viola einzusetzen.

Von je her bewunderte sie Violas ruhige, überlegte Art, die Dinge anzugehen, was im krassen Gegensatz zu ihrem eigenen impulsiven Verhalten stand.

Gemeinsam hingen sie ihren Tagträumen nach, spielten den Hauslehrern kleine Streiche und verkleideten sich heimlich mit den Gewändern aus den Truhen ihrer Mutter.

Und nachdem der Schmerz darüber, dass sie, Viola, Andrej nicht zum Mann bekommen würde, langsam verebbte, konnte sie sich mit reinem Herzen für ihre Schwester freuen.

Gelegenheit, diese Freude zum Ausdruck zu bringen, hatte sie schon am nächsten Abend, als ihr Vater mit gemessenen Worten mitteilte, dass Andrej Eszölt um Samaras Hand angehalten und er seine Zustimmung gegeben habe.

„Oh Vater, liebster Vater, Ihr seid einverstanden!“, rief Samara voller Freude, sprang auf und umarmte ihren Vater heftig. Spontan drückte sie ihre Lippen auf die fleischige rote Wange und schloss glücklich die Augen.

Franz tätschelte ihren Oberarm und räusperte sich, um seine Rührung zu verbergen. „Andrej passt gut in unsere Familie. Ich habe vor, ihn teilhaben zu lassen an unserem Geschäft. Wenn alles so läuft, wie ich es plane, dann eröffnen wir nächstes Jahr einen zweiten Laden in Hermannstadt. Und Andrej wird ihn leiten.“

Samaras Freude verlosch wie eine Kerze im Wind. Entsetzt blickte sie den Vater an. „Aber ich will nicht weg aus Allershausen! Ich will nicht weg von Viola!“

„Es bleibt ja noch etwas Zeit, dich an den Gedanken zu gewöhnen, Samara“, entgegnete Viola beruhigend. „Ich werde dich ebenso vermissen, aber wir können uns doch schreiben und gegenseitig besuchen."

Samara schüttelte energisch den Kopf. „Nein, das ist mir nicht genug! Ich will, dass du mitkommst."

„Auf keinen Fall", widersprach ihre Mutter entschieden. „Das Letzte, was ein frisch verheiratetes Paar braucht, ist eine alte Jungfer, die sich in alles einmischt." Sie hatte bei diesen Worten keinen einzigen Blick für Viola und sprach weiter, als wäre ihre Stieftochter gar nicht im Zimmer. „Du wirst genug damit zu tun haben, dich in Hermannstadt einzuleben, du wirst Viola gar nicht vermissen."

„Deine Mutter hat ganz Recht. Viola bleibt hier." Franz Brugger griff nach seinem Humpen und unterband jede weitere Diskussion mit einer energischen, keinen Widerspruch duldenden Handbewegung. „Ich will davon nichts mehr hören, Samara. Morgen werde ich mit Stephan zum Pfarrer gehen und das Aufgebot bestellen. Du kümmerst dich um deinen Brautstaat und suchst deine Aussteuer zusammen. Dabei kann dir Viola zur Hand gehen und sich nützlich machen."

Die letzten drei Worte hallten in Violas Ohren wider. Sie grub die Fingernägel in die Handflächen. „Wie Ihr wünscht, Vater."

Ihre Blicke huschten zu Samara, die zusammengesunken auf ihrem Platz saß. Später, wenn sie allein wären, würde sie mit ihrer Schwester sprechen und ihr erklären, dass sie gar nicht mit nach Hermannstadt wolle. Sie hatte für ihr Leben andere Pläne, und sobald ihre Mutter und Samara das Esszimmer verlassen hatten, trat sie mutig zu ihrem Vater, um ihm diese zu eröffnen. Eine günstigere Gelegenheit würde sich sobald nicht ergeben. „Herr

Vater, auf ein Wort. Ich möchte Euch einen Vorschlag unterbreiten."

Er legte den Kopf schief und zog die buschigen Brauen zusammen. „Und der wäre?"

Viola holte tief Luft. „Sobald Samara verheiratet ist, werde ich in das Kloster der Heiligen Katharina eintreten."

Franz Bruggers Blick verdüsterte sich noch mehr. „Konvertieren willst du?" Er spuckte das Wort förmlich aus.

Viola nickte bang. Insgeheim hoffte sie, dass er nichts dagegen hätte, denn schließlich wollte er sie nicht um sich haben. Zwar konnte sie unter der Nonnentracht nicht ihre Augen verbergen, aber doch ihr seltsames Haar, den Großteil ihrer Haut und ihr vermaledeites Bein. Sicher gab es in einem Kloster auch keine Spiegel, die sie täglich straften. Dafür aber eine Apotheke und einen Kräutergarten. Dort wäre sie nicht nutzlos.

Er ließ seinen Blick über ihre Gestalt wandern, und ein angewiderter Ausdruck trat auf sein Gesicht. „Was habe ich da großgezogen? Du verrätst alles, was mir heilig ist." Seine Augen verengten sich. „Außerdem ... die Betschwestern werden dich nicht nehmen - nicht ohne großzügige Mitgift."

Heiße Röte schoss in Violas Wangen. Trotzdem schaffte sie es, ihm mit fester Stimme zu antworten. „Herr Vater, Ihr hättet mir doch auch eine Mitgift gegeben, wenn ein Mann um meine Hand angehalten hätte. Ist es so schlimm, diese Summe dem Kloster zu übereignen?"

„Dein Mann hätte das Geld dafür verwenden können, sich etwas Eigenes aufzubauen. Das Geld den

Pfaffen in den Rachen zu werfen, schmeckt mir überhaupt nicht.“ Er rülpste.

Violas Unterlippe begann zu zittern. Wieder grub sie die Fingernägel in die Handflächen. Sie wollte ihm nicht die Genugtuung geben, zu zeigen, wie sehr sie seine Demütigungen trafen.

„Anderseits“, fuhr ihr Vater in diesem Moment fort, „ist es vermutlich die einzige Möglichkeit, die uns bleibt. Ich werde zu verhindern wissen, dass du dich dein Leben lang nutzlos im Haushalt deiner Schwester breit machst. Ich gestatte dir also, zu konvertieren und zu den Betschwestern zu gehen. Damit gehörst du nicht länger zu meiner Familie. Sondern zu denen.“ Seine Miene hellte sich bei diesen Worte auf und er sprach beinahe freundlich weiter: „Sobald Samaras Hochzeit vorüber ist, werde ich mich um alles kümmern. Bis dahin wirst du ja wohl noch warten können."

„Ja, Herr Vater.“ Viola knickste. Sie war so erleichtert, dass ihr dieses Mal die Demütigung in seinen Worten nichts ausmachte und sie völlig vergaß, ihm eine gute Nacht zu wünschen, sondern einfach aus dem Raum hinkte.

KAPITEL 3

Viola öffnete die Tür ihres Zimmers und sah Samara bäuchlings auf dem Bett liegen. Die Schultern ihrer Schwester bebten.

„Samara, hör auf zu weinen“, versuchte Viola leise, ihre Schwester zu trösten, und setzte sich neben sie auf das Bett.

„Aber es ist so ungerecht!“ Samara richtete sich auf und fuhr sich mit der Hand über das Gesicht. „Ich will nicht ohne dich nach Hermannstadt. Ich will nicht, dass du hier bleibst, in diesem ... diesem gottverlassenen Nest! Ich will nicht, dass du allein, ohne mich bei Vater bleiben musst. Er hasst dich. Er hat schon wieder eines deiner Bilder von der Wand gerissen und einfach weggeworfen!“

Vor einigen Jahren hatte Viola begonnen, zu zeichnen und zu malen. Sie konnte Stunden damit verbringen, Blumen auf Papier zu bannen, die über ein ebenso ätherisches Wesen verfügten wie sie selbst. Außer Samara würdigte allerdings niemand ihr Talent. Demonstrativ schmückte Samara mit Violas Zeichnungen die Räume, und ebenso demonstrativ wanderten diese Bilder in den Abfall, sobald Franz Brugger sie entdeckte.

Samara schob zornig die Unterlippe vor. „In Hermannstadt könnten wir deine Bilder ausstellen. Du wirst berühmt und ..."

„Berühmt werde ich ganz bestimmt nicht. Ich zeichne gern, das ist auch schon alles. Und das kann ich auch hier. In diesem Nest." Viola griff nach Samaras Hand.

Aber so schnell gab die Schwester nicht auf. „Denk nur, was wir zusammen für Spaß haben könnten! Ohne dass sie uns alles verbieten. Ich habe dann doch einen eigenen Haushalt, wir werden Gesellschaften geben, Bälle ..."

Viola ließ sie reden. Auch wenn ihre Eltern einverstanden wären, würde sie nicht mit nach Hermannstadt gehen. Sich für ihre Schwester zu freuen, war eine Sache, mitzuerleben, wie Samara all das bekam, von dem sie selbst nicht einmal träumen durfte - einen Ehemann, Kinder, ein eigenes, erfülltes Leben - eine ganz andere. Sie gönnte ihr das Glück mit Andrej gewiss, ja, von ganzem Herzen, aber Zuschauerin dabei sein: nein, das dann mit ebensolcher Gewissheit nicht. Sie war sich sicher, dass dies ihre Kräfte überstiege.

„Nein, Samara. Ich werde nicht mit dir nach Hermannstadt gehen."

Ihre Stimme klang so bestimmt, dass ihre Schwester sie erstaunt ansah. „Bleibst du wirklich lieber hier, im Haus unserer Eltern?", fragte sie ungläubig.

Viola nahm auch ihre andere Hand. „Ich werde nicht hier bleiben. Vater hat mir gerade gestattet, dass ich konvertieren und in das Kloster der Heiligen Katharina eintreten darf. Nach deiner Hochzeit."

„Aber ... aber das ist ja noch schlimmer!", rief Samara. „Du lässt dich lebendig begraben!"

„Nein, auch ich werde eine gewisse Selbstständigkeit haben. Mehr jedenfalls als jetzt. Im Kloster kann ich in der Apotheke arbeiten und weiterhin zeichnen. Dass ich mich auf großen Gesellschaften nicht wohl fühle, weißt du. Und die Vorstellung, Bälle besuchen zu müssen ...“, sie senkte kurz den Blick und holte tief Luft, ehe sie fortfuhr, „... ist für mich der Vorhof zur Hölle.“

Ein verzweifelter Ausdruck trat auf Samaras Gesicht. „Ach Viola, ich wünschte, ich könnte dir helfen! Ich gäbe alles darum, dir helfen zu können!“

„Ich weiß, Samara, ich weiß.“ Sie drückte die zitternden Hände der Schwester. „Aber es ändert nichts, nach den Sternen zu greifen, wenn man sie nie erreichen kann. Ich werde bei den Katharinen zufrieden sein.“

Samara schien nicht überzeugt, aber sie versuchte ein Lächeln und erwiderte Violas Händedruck, während sie aufstand. „Ich hoffe so sehr, dass du dein Glück findest, Viola. Und wenn du glaubst, dass es bei den Katharinen sein wird, dann will ich dich nicht länger drängen. Auch wenn ich es nicht zu verstehen vermag.“

Samara hielt sich an ihr Versprechen. Gleich am nächsten Tag begannen die Vorbereitungen für die Hochzeit. Franz Brugger vereinbarte mit dem Pfarrer einen raschen Hochzeitstermin und begründete seine Forderung damit, dass er sich in drei Wochen auf eine Reise ans Schwarze Meer begeben müsse.

Die Aussteuer wurde zusammengetragen und in riesige Truhen verpackt. Viola, die keine Ahnung gehabt hatte, welche Schätze Samara in ihr Leben als Ehefrau mitgegeben werden sollten, kam nicht umhin, ein Gefühl der Wehmut zu empfinden. Schweres Silberbesteck, Kristallgläser, Tischwäsche aus Damast, Ballen chinesischer Seide, französischen Samts und ägyptischer Baumwolle. All diese Dinge zeigten die Wertschätzung, die die Eltern Samara entgegenbrachten, besser als tausend Worte. Viola hatte sich weisgemacht, sie könne keinen Schmerz mehr über das Verhalten ihres Vaters und ihrer Stiefmutter empfinden, aber nun musste sie einsehen, dass dies ein Irrtum gewesen war. Die neuerliche Demütigung trieb tausend spitze Nadeln in ihr Herz, und mehr als eine Nacht weinte sie sich in den Schlaf.

Tagsüber war ihre Zuflucht das Spezereien- und Warenlager des väterlichen Geschäfts. Wie in ihrer Kindheit verkroch sie sich zwischen Kisten voller Weinflaschen, Kaffeesäcken und Körben mit getrockneten Gewürzen. Eine Stunde oder zwei, umgeben von fremdartigen Gerüchen und absoluter Stille reichten ihr aus, Kraft zu schöpfen und ihre Fassung zurückzugewinnen.

Viola lehnte den Kopf an einen Ballen Stoff, schloss die Augen und gab sich ihren Tagträumen hin, bis ein Geräusch sie in die Wirklichkeit riss.

„Leise, wenn uns, jemand entdeckt ...“

Die Tür wurde geschlossen. „Ach, Samara, wer soll uns schon entdecken? Wir heiraten nächste Woche, da macht sich niemand mehr die Mühe, uns nachzuspionieren.“

Viola drückte sich in den Schatten eines Regals. Andrej hielt Samaras Hand und zog seine Braut weiter hinein in den dämmrigen Lagerraum. „Ich muss einfach mit dir allein sein, Samara. Deine Schönheit raubt mir den Atem, und ich kann an nichts anderes mehr denken ...“

Samara legte ihre Hand auf seinen Mund. „Nicht, Andrej, sag es nicht. Es schickt sich einfach nicht."

Ein leises, sinnliches Lachen war die Antwort, und Violas Herz begann zu rasen. „Nun gut, dann sage ich es nicht, ich zeige es dir einfach."

Er zog Samara an sich und presste seinen Mund auf ihre Lippen. Obwohl Viola ein paar Meter von den beiden entfernt war, blieb ihr der Hunger in diesem Kuss nicht verborgen. Weit geöffnete Münder, die hemmungslos vom anderen zu trinken schienen. Die beiden strahlten eine Leidenschaft ab, die das Zwielicht im Raum schier zum Flirren brachte. Andrejs Hände strichen über Samaras Rücken, tiefer und tiefer, bis er mit einem schnellen Ruck ihre Hüften an seinen Unterleib drückte.

„Das passiert mit mir, wenn ich nur an dich denke", sagte er heiser und bewegte sein Becken. „Und ich weiß nicht, wie ich es noch vier Tage lang aushalten soll."

Seine Lippen wanderten über Samaras Hals, die den Kopf zur Seite gelegt und die Augen geschlossen hatte. „Andrej, bitte, lass uns warten", flüsterte sie heiser.

„Ich kann nicht warten, Liebste, ich sehne mich so sehr nach dir."

Viola stockte der Atem. Sie hörte gemurmelte Liebesworte, die von Stöhnen begleitet wurden. Sie sah, wie ihre Schwester die Hände unter Andrejs Hemd schob, und Violas eigener Körper fühlte sich an wie eine gespannte Bogensehne.

Andrejs Hemd fiel zu Boden. Samara fuhr mit gespreizten Fingern durch sein schwarzes Brusthaar, und er stieß mit einem erstickten Laut den Atem aus. Sie beugte sich vor, hauchte eine Reihe Küsse auf seine bronzefarbene Haut und streichelte seinen flachen Bauch.

Dann hob sie den Kopf. „Ich will dich auch, aber nicht, bevor wir verheiratet sind, versteh mich doch!"

Er sah auf sie hinunter, atmete tief ein und trat so hastig von ihr weg, dass er fast gestolpert wäre. „In Ordnung, Samara."

Sie standen einander gegenüber, und die Spannung zwischen ihnen ließ die Luft knistern. Völlig unerwartet machte Samara einen Schritt auf ihren Zukünftigen zu und schmiegte sich an ihn. „Oh Gott, das ist zu viel! Vier Tage noch ...", ihre Stimme klang rau und senkte sich zu einem Flüstern. „Sarah hat mir erzählt, sie und ihr Mann ... machen es manchmal, ohne miteinander zu schlafen ... weißt du, was sie damit meint?" Ihre Wangen brannten, aber sie hielt seinem Blick stand.

Er nickte langsam.

„Zeig es mir!"

Auch sein Gesicht glühte, als er ihre Hand nahm und auf die Vorderseite seiner Hose presste. Ohne die Augen von ihrem Gesicht zu nehmen, fing er an, ihrer beider Hände auf und ab zu bewegen.

Samara keuchte und fuhr mit der Zungenspitze über ihre Lippen. „Ich will ... dich ... spüren ... richtig", stieß sie abgehackt hervor.

Er ließ ihre Hand los und einen Moment später glitt seine Hose zu Boden.

Ohne nachzudenken und von Neugier getrieben, richtete Viola sich unwillkürlich auf, doch ein Regal verstellte ihr die Sicht. So sah sie nur, wie sich Samaras Arm rhythmisch auf und ab bewegte. Und wie sich Andrejs Züge verzerrten. „So ist es gut, Liebste, genau so."

„Er fühlt sich so heiß an", murmelte Samara. „Heiß und hart und doch weich wie Samt."

Andrej lachte heiser. „Das machst du mit ihm. Das machst du mit mir.“ Er stieß ein lang gezogenes Stöhnen aus, das einen Schauer über Violas Rücken jagte. In ihrem Körper pulsierten Nerven, von deren Vorhandensein sie nichts gewusst hatte.

„Lass mich dich berühren, Samara! Lass mich dir Lust bereiten! Ich schwöre, dass ich nichts tun werde, was du nicht willst. Und dass du als Jungfrau vor dem Altar stehen wirst.“

„Ist das möglich, Andrej?“, fragte Samara ungläubig.

„Ich schwöre, Liebste. Nur ein kleiner Vorgeschmack auf all die Freuden, die uns erwarten.“ Er beugte sich vor und öffnete die Knöpfe auf der Vorderseite ihres Kleides, schob die störenden Stofflagen zur Seite und hob eine sanft gerundete Brust an seinen Mund. Seine Lippen schlossen sich um eine rosige Brustwarze.

Samara schrie auf, und der helle Laut trieb Schweißperlen auf Violas Stirn. Ihre eigenen Brüste spannten jetzt beinahe schmerzhaft, und sie konnte ihren Herzschlag bis tief in ihren Unterleib hinein spüren. Gleichzeitig überkam sie eine eigenartige Mattigkeit. Sie wusste, dass sie sich schon längst hätte davon schleichen oder zumindest die Augen schließen und sich die Ohren zuhalten sollen. Jedes Mädchen, das einen Funken Anstand besaß, hätte das getan. Aber sie konnte nicht. Zu faszinierend war, was nur wenige Meter von ihrem Versteck entfernt vor sich ging. Zitternd versuchte sie sich zu beruhigen, während Samara und Andrej zu Boden sanken.

Andrej schob den Rock seiner Braut nach oben und strich ihr Bein entlang, bis er das nackte Fleisch über dem Strumpfband erreichte. Ihr Stöhnen wurde lauter und Viola befeuchtete ihre Lippen, die sofort sehnsüchtig zu prickeln begannen.

Andrejs Hand verschwand im dunklen Delta zwischen Samaras Schenkeln. Sein Mund senkte sich wieder über die nackten Brüste und liebkoste sie abwechselnd und mit unglaublicher Ausdauer. Viola konnte seine Zunge sehen, die immer wieder über die steil aufgerichteten Brustspitzen glitt. Im gleichen Rhythmus bewegte sich sein Arm zwischen den langen Beinen, die Samara bereitwillig immer weiter spreizte.

Das Stöhnen wurde lauter und lauter, als sich die beiden Körper auf der Suche nach Erfüllung in einem hemmungslosen Rausch verloren. Heisere Wortfetzen und dunkles Lachen drangen an Violas Ohr.

Sie schluckte, als das Stöhnen schließlich in einem vereinten Aufschrei gipfelte, dem eine ohrenbetäubende Stille folgte. Violas eigener Körper fühlte sich noch immer fremd und heiß an, und sie wusste nicht, was sie dagegen tun sollte. Jede auch noch so kleine Bewegung schien den Zustand zu verschlimmern. Also presste sie den Kopf an die Wand hinter sich und versuchte, sich zu beruhigen. Das leise, zärtliche Gemurmel, mit dem sich Samara und Andrej immer wieder ihre Liebe versicherten, trug nichts dazu bei.

Aber dann durchzuckte sie ein so ernüchternder Gedanke, dass alle Anspannung im Handumdrehen aus ihrem Körper wich und sie leer und ohne Hoffnung zurückließ: anders als ihre Schwester, würde sie diese intime Verbundenheit mit einem anderen Menschen niemals erleben.

Eine Woche später stand Samara in einem Brautstaat, der der Großfürstin von Siebenbürgen würdig gewesen wäre, mit Alexej vor dem Altar. Die Feierlichkeiten waren auf fünf Tage und fünf Nächte anberaumt worden und brachten ganz Allershausen auf die Beine.

Viola war entschlossen, sich sofort nach der eindrucksvollen Hochzeitstafel zurückzuziehen, die Stephan Eszölt im Blauen Eber ausgerichtet hatte. Ganz bestimmt würde sie nicht dabei zusehen, wie sich alle anderen auf dem Tanzboden amüsierten.

Sie saß am Ende der Tafel und blickte hinauf zum Brautpaar. Andrej war in einen schmucken Festtagsstaat aus feinstem dunkelgrünen Wollstoff mit roten Aufschlägen und glänzenden Messingknöpfen gekleidet. Sein dunkles Haar wurde im Nacken von einer Samtschleife zusammengehalten. Wenn er lachte, blitzen die Zähne weiß in seinem Gesicht auf und zeugten von einer geradezu überschäumenden Vitalität. Der Gedanke an seine heisere Stimme, die sich in einem Stöhnen verlor, und an den kräftigen Körper unter dem weißen Hemd aus feinstem Batist, ließ ihre Wangen heiß werden. Was hätte sie darum gegeben, an der Stelle ihrer Schwester sein zu dürfen!

Violas Augen wanderten zu Samara. Sie hatte den Schleier abgelegt. Im Licht der Kerzen schimmerten die Perlenschnüre, die man in ihr glänzendes schwarzes Haar geflochten hatte. Ihre Augen strahlten, und die Aufregung hatte auf ihre Wangen einen rosigen Schimmer gezaubert. Noch nie war Viola ihre Schwester so schön erschienen wie in diesem Augenblick. Sie verdiente ihr Glück, sie verdiente Andrej, und Andrej verdiente sie. Die beiden waren für einander geschaffen. Was sollte er mit einer lebensuntüchtigen, entstellten Frau anfangen?

Beschämt, dass sie um ein Haar zugelassen hätte, dass galliger Neid ihr Herz vergiftete, zupfte sie an den Borten ihres Kleides. Zur Feier des Tages hatte ihre Mutter auch für sie ein festliches Gewand anfertigen lassen. Schließlich wollte man sich in der Öffentlichkeit nicht lumpen lassen, sondern zeigen, dass Andrej eine Frau aus guter Familie geheiratet hatte. Das Kleid war aus schwerem, mit Silberfäden durchwirkten rosafarbenem Brokat. Der voluminöse Schnitt erdrückte ihre zarte Gestalt, und die verschwenderischen Volants an den Ellbogen und über dem Mieder taten ein Übriges. Eine der Mägde hatte Violas Haar geflochten und die Zöpfe hochgesteckt. Darüber trug sie ein kleines Häubchen mit Seidenbändern. Zuerst hatte sie sich über das neue Kleid gefreut; aber nach einem zweiten Blick in den Spiegel erblickte sie das, was auch die anderen sehen mussten: eine lächerliche, groteske Vogelscheuche.

Viola hielt sich während der Zeremonie in der Kirche im Hintergrund, und auch als der Hochzeitszug durch die Straßen zum Blauen Eber marschierte, ging sie mit gesenktem Kopf neben ihren Eltern. Ihr Vater machte keine Anstalten, ihr den Arm zu reichen, um sie zu stützen, und wie immer, wenn Viola sich bemühte nicht zu hinken, hatte ihr Bein andere Pläne. Sie versuchte das Getuschel zu überhören und die mitleidigen Blicke zu übersehen, aber als sie in der Schenke eintrafen, war sie unter dem Brokat schweißgebadet. Und wenn ihr Entschluss, ins Kloster zu gehen, jemals ins Wanken geraten war, jetzt stand er unverrückbar fest. Nie wieder wollte sie sich derart allein gelassen und bloßgestellt fühlen.

Sie aß nur wenig von den Köstlichkeiten, die der Vater des Bräutigams auftischen ließ: Kapaun und Forelle, Spanferkel und Kalbsnieren, knusprige Brotlaibe, eingelegtes Gemüse und geschmorte Rüben. Die Musiker spielten eifrig schon lange bevor der Tanz eröffnet wurde, Bier schwappte aus Zinnhumpen, und die Stimmung stieg schneller als die Temperatur im Raum.

Violas Sitznachbar, ein zweifacher Witwer mit schlaffen Wangen und dünnem Haar, hielt eine gebratene Rippe des Spanferkels in seinen Händen und nagte hingebungsvoll daran. Seine Augen waren geschlossen und von seinem Kinn tropfte Fett. Er hatte noch kein einziges Wort mit Viola gewechselt, aber sie war alles andere als unglücklich darüber.

Sie stocherte in ihrer Forelle. Das Grölen der Gäste dröhnte in ihren Ohren, und sie hoffte inständig, dass man endlich den Hochzeitskuchen brächte, damit sie sich endlich würde zurückziehen dürfen. Draußen war es bereits dunkel, und sie fühlte sich müde und erschöpft. Schmerzen zogen sich wie glühende Spiralen von ihrem Bein zu ihrem Rücken, und sie wollte nichts als weg von hier. Die Stille und Einsamkeit ihres Zimmers erschien ihr wie das Paradies.

Ein lautstarker Tumult beim Eingang des Blauen Ebers unterbrach Violas Gedanken, und sie drehte sich um. Einige Männer waren dabei, sich in die Wirtsstube zu drängen, und die drei Schankburschen versuchten ebenso lautstark wie erfolglos, sie daran zu hindern. Während Viola das Handgemenge beobachtete, kroch langsam, aber unaufhaltsam eisige Kälte durch ihren ganzen Körper.

Die Männer trugen glänzende schwarze Stiefel und Hosen aus schwarzem Leder. Schwarz war auch der

Umhang, der hinter dem Anführer herwehte, als dieser sich losriss und auf das Brautpaar zustürmte. In der rechten Hand trug er ein Stoffbündel, aus dem in zähen Tropfen eine dunkle Flüssigkeit auf den Fußboden troff.

Sechs andere Männer folgten ihm und bauten sich breitbeinig im Raum auf. Vereinzelt verklangen Misstöne, als die Musiker ihre Instrumente sinken ließen. Auch das Lachen und die Gespräche der Gäste brachen ab.

Die Stille lastete einige Augenblicke über den Anwesenden, dann warf der Anführer das Bündel direkt vor dem Brautpaar auf den Tisch. Als es aufschlug, war ein hässliches, schmatzendes Geräusch zu vernehmen. Die lose verknüpften Enden fielen auseinander und der Inhalt wurde für jedermann sichtbar.

Samara blickte voller Entsetzen auf die drei faustgroßen, blutigen Klumpen, die zwischen dem Hochzeitsgeschirr lagen, und begann zu schreien.

Die anderen Gäste sprangen auf. Stühle kippten um, Frauen kreischten, und jene Männer, die nicht damit beschäftigt waren, zu verhindern, dass ihre Tischdamen ohnmächtig zu Boden sanken, traten den Eindringlingen mit gehobenen Fäusten entgegen.

Ungerührt zogen die Wolfsmänner ihre Steinschlagpistolen aus dem Gürtel und legten an. Bisher hatten sie kein Wort gesprochen. Sie beherrschten den Raum, nicht mit ihren Waffen, sondern allein durch ihre Anwesenheit. Trotz ihrer Überzahl wagten die Allershausener nicht anzugreifen.

„Ihr habt uns betrogen“, erklärte der Anführer mit kalter, unpersönlicher Stimme. „Ihr habt den Vertrag gebrochen.“

Johann Leitz schob sich durch die Männer. Auf seiner Stirn standen winzige Schweißperlen. „Wenn jemand den Pakt gebrochen hat, dann wart es ihr, Wolfsmänner! Wir sind verpflichtet, euch eine Jungfrau zu übergeben. Aber ihr fordertet drei!"

„Und ihr habt uns drei Dirnen geschickt."

„Wir wollten unser Weibsvolk vor euren unmäßigen Forderungen schützen", verteidigte sich nun der Bürgermeister.

Der Anführer lachte. Er war barhäuptig, und ein schmaler, schwarzer Sarazenenbart bedeckte den unteren Teil seines Gesichts. Den oberen beherrschten schwarze Brauen. „Es ist nicht an euch, zu entscheiden, ob unsere Forderungen unmäßig sind. Wir bestehen auf Einhaltung des Paktes, und diesmal werden wir persönlich darauf achten, dass wir nicht betrogen werden. Gebt uns drei Jungfrauen, und ihr könnt weiterfeiern!"

Die Stille fraß sich durch den Raum. Violas Herz begann zu rasen, und Josefs Worte fielen ihr ein. „Du musst es wissen, wenn der Plan der Ratsherrn fehlschlägt."

Der Anführer der Wolfsmänner blickte in die Runde. „Nun, ich warte."

Keiner rührte sich. Hier und da wurde unterdrücktes Schluchzen hörbar. Die ängstliche Anspannung, die über der vor wenigen Augenblicken noch so ausgelassenen Hochzeitsgesellschaft hing, erstickte alle Worte.

„Ist es tatsächlich unumgänglich zu betonen, dass eure Weigerung eine Vergeltung heraufbeschwört, die in ihrer Grausamkeit ihresgleichen suchen wird? Wollt ihr sterben, einer nach dem anderen? Wollt ihr zusehen, wie eure Kinder getötet werden, eines nach dem anderen? Ist es euch das wert?"

Anna, die Hebamme, raffte ihr Röcke und machte einen Schritt auf den Anführer zu. „Wir können Eurer Ansinnen nicht erfüllen, Herr, auch nicht wenn wir wollten. Es gibt in Allershausen keine drei Jungfrauen, die älter als vierzehn Jahre sind", sagte sie mit fester Stimme. „Meine Mutter riet den Ehepaaren vor fünfundzwanzig Jahren, dass die Frauen keine Kinder zur Welt bringen sollten, die zum Zeitpunkt der Erfüllung des Pakts das richtige Alter hätten." Sie senkte unterwürfig den Kopf. „Natürlich war ihr Handeln falsch, aber das Ergebnis lässt sich nicht rückgängig machen, Herr. Kommt in ein paar Jahren wieder, dann sind wir in der Lage, den Pakt zu erfüllen."

Der Anführer betrachtete sie einen Moment und schien den Wahrheitsgehalt ihrer Worte abzuwägen. Schließlich wandte er sich der Braut zu. „Und was ist mit ihr? Die Ehe ist bestimmt noch nicht vollzogen."

Viola spürte Samaras Entsetzen durch den ganzen Raum. Ohne zu wissen, was sie tat, sprang sie auf. „Doch. Die Ehe wurde vollzogen."

Damit hatte sie die uneingeschränkte Aufmerksamkeit aller Anwesenden. Der Anführer der Wolfsmänner drehte sich um und kam langsam auf Viola zu. Mit einer schnellen Handbewegung packte er ihren Sitznachbar an der Jacke und stieß ihn grob zur Seite.

„Und woher willst du das wissen?"

Kleine Schweißtröpfchen bildeten sich auf Violas Stirn. „Ich bin ihre Schwester. Sie hat mir davon erzählt, dass ... dass sie ihrem Verlobten schon Freiheiten gewährt hat." Am Rande ihres Blickfelds sah sie, wie alle Farbe aus Samaras Gesicht wich und sie ihre Hand auf den Mund presste. Lautlos bat Viola sie um Vergebung. Aber was war diese kleine Indiskretion schon im Vergleich zu der Möglichkeit, sie vor einem grausamen Schicksal zu bewahren.

Der Mann sah Viola schweigend an. Seine Augen waren ebenso dunkel wie sein dichtes, leicht gewelltes Haar. Langsam strich er mit den Fingern über seinen kurzen Bart.

Viola konnte seine unausgesprochenen Gedanken lesen und beschloss, ihm zuvorzukommen. „Anna hat nur zum Teil Recht. Es gibt in Allershausen zwar keine drei Jungfrauen, die älter als vierzehn Jahre sind. Aber es gibt eine, und diese Jungfrau bin ich." Sie schluckte, um die Enge in ihrer Kehle zu vertreiben. „Und ich bin bereit, Euch zu begleiten. Freiwillig. Wenn Ihr versprecht, dass Ihr die anderen zufrieden lasst. Dass kein Blut vergossen wird. Dass der Pakt für die nächsten fünfundzwanzig Jahre damit erfüllt ist."

Zitternd wartete sie auf seine Antwort. Die Worte waren ihr gänzlich unvermittelt über die Lippen geschlüpft, wie aus heiterem Himmel. Wenn sie damit das Leben der Allershausener retten könnte, war ihr Opfer ein geringer Preis. Dann wäre sie nicht nutzlos. Und ihre Familie würde jährlich einen Batzen Silber erhalten, damit würde sie, die ungeliebte Tochter, sich letztendlich vielleicht sogar das Wohlwollen ihres Vaters erkaufen.

Der Anführer betrachtete sie nachdenklich. Viola hielt seinem Blick stand. Eine innere Stimme befahl ihr, demütig den Kopf zu senken, aber sie konnte nicht. Sie musste Gewissheit haben, dass der Mann verstand - und ihren Vorschlag akzeptierte, denn entgegen ihrer forschen Worte, war sie nicht in der Position, irgendetwas zu fordern. Wenn er einwilligte, wusste sie, dass er keinen Wert auf weiteres Blutvergießen legte, trotz der drei Herzen, die er auf die Hochzeitstafel geschleudert hatte. Der Gedanke, dass die drei Frauen getötet worden waren und man einfach ihre Körper auseinander gerissen hatte, machte ihr Angst. Sie fragte sich auch, ob diese gottlose Tat als Bestrafung für den Betrug stattgefunden hatte oder ob jede Frau, die sich in die Hände der Wolfsmänner begab, zu einem grausamen Tod verdammt war.

Ohne seinen Blick von Viola abzuwenden, sagte der Anführer schließlich: „Gut. Ich bin einverstanden. Wir nehmen dich mit, Jungfer. Wie ist dein Name?"

„Viola Brugger."

„Hol deinen Mantel, wir gehen."

Raunen und Gemurmel folgten seinen Worten.

„Herr, ich bestehe darauf, dass Ihr schriftlich festlegt", Violas Stimme zitterte unmerklich, „dass der Pakt damit erfüllt ist." Sie wusste nicht, woher sie den Mut genommen hatte, diese Worte auszusprechen.

Er hakte die Daumen in den breiten Gürtel, der seine Hüften umschloss. „Du hast Schneid, Mädchen, das muss man dir lassen." Damit drehte er sich um und ging zu dem Brautpaar. „Gebt mir Eure Hochzeitsurkunde!"

Hastig nahm Andrej ein Futteral und reichte es dem Wolfsmann. Mit einer Handbewegung wischte dieser Teller und Gläser vom Tisch und breitete das Papier auf der freien Fläche aus. „Bringt mir Tinte und Feder!"

Seine Worte waren kaum verklungen, als einer der Schankburschen das Gewünschte vor ihn hinstellte. Der Kiel kratzte über das Papier, als er schwungvoll einige Zeilen niederschrieb.

„Zufrieden?“ Er drehte sich um und forderte Viola mit einer Handbewegung auf, näher zu treten.

Sie stützte sich unauffällig am Tisch ab und vermied auf diese Weise, bei den drei Schritten zu hinken. Mit einem raschen Blick überflog sie die Zeilen. Der Pakt galt als erfüllt, wenn Viola mit den Wolfsmännern ginge und sie tatsächlich eine Jungfrau wäre.

Der Mann hielt ihr die Feder hin. Langsam tauchte sie die Spitze in das Tintenfässchen und schrieb ihren Namen unter den behelfsmäßigen Kontrakt.

Kaum hatte sie das getan, nahm der Mann das Papier und hob es hoch. „Damit haben wir unseren guten Willen gezeigt. Wenn ihr uns wieder betrogen habt, werden wir bei unserer Rückkehr keinen Einwohner von Allershausen ungeschoren lassen. Der Boden wird mit eurem Blut getränkt!“

Er blickte in die Runde, um die Wirkung seiner Worte zu prüfen und wandte sich schließlich an Viola. „Nun komm, Mädchen!“

Er stand vier, fünf Schritte von ihr entfernt, die Männer mit den Waffen hinter ihm. Alle Blicke waren auf sie gerichtet.

Viola betete. Wie so oft in ihrem Leben flehte sie zu einem unbarmherzigen Gott, Erbarmen zu haben. Und wie immer stellte sich dieser Gott taub. Sie ließ den Tisch, der ihr als Stütze gedient hatte, los und machte zuerst einen, dann einen zweiten Schritt auf den Anführer zu.

Seinen Augen wurden groß. Er starrte sie an, wie sie auf ihn zuhinkte, und das Erstaunen verwandelte sich in blanke Wut.

„Was zum Teufel ...“, er stürzte auf sie zu und hob ohne Umstände ihren Rock in die Höhe. Als er sich aufrichtete, stand Zorn in seinem Gesicht. „Du bist ein

Krüppel. Eine Gezeichnete ... ihr wolltet uns tatsächlich ein zweites Mal betrügen!“ Er wirbelte herum. „Und das wird euch noch bitter Leid tun!“

Die Gäste im Saal wichen zurück, so weit sie nur konnten. Die Wolfsmänner hoben ihre Waffen.

„Nein!“ Viola packte den Anführer am Arm. „Der Vertrag ist erfüllt. Ich komme mit Euch, und ich bin Jungfrau. Nirgendwo steht, dass das Opfer der Wolfsmänner zwei gleich lange Beine haben muss. Wenn Ihr mich nicht mitnehmt, dann brecht Ihr den Kontrakt, nicht wir. Und das gibt Euch nicht das Recht, uns zu bedrohen.“ Selbst überrascht von ihrem Mut, blickte sie ihn mit blitzenden Augen an.

Er sah auf die Finger, die auf seinem blütenweißen Ärmel lagen, als wären sie ein schleimiges Insekt. Ungehalten schüttelte er sie ab und fasste nach ihren Schultern.

„Ich hoffe für dich, du durchtriebene kleine Schlange, dass du tatsächlich noch Jungfrau bist!“, zischte er ins Ohr und schob sie, ohne sich noch einmal umzudrehen, aus dem Raum.

KAPITEL 4

Die Pferde warteten vor der Schenke. Einer der Wolfsmänner reichte Viola ihren Umhang. Während sie die Knöpfe schloss und die Kapuze über ihren Kopf zog, brachte der Anführer ein Pferd. „Diesmal gibt es keine Kutsche. Wir wollen schnell vorwärts kommen. Kannst du reiten?“

„Nicht besonders gut“, gestand Viola leise. Ihr graute vor einem Ritt durch die Wälder in tiefschwarzer Nacht.

„Wir nehmen dich in die Mitte, da bist du sicher“, entgegnete er, als hätte er ihre Gedanken gelesen.

„Hauptmann, lassen wir die beiden überzähligen Pferde hier?“, fragte einer der Männer.

„Nein, wir lassen diesem betrügerischen Gesindel nichts. Und schon gar nicht unsere Pferde.“

Der Anführer half ihr in den Sattel. Ihr Rock war weit genug, um ihr die nötige Bewegungsfreiheit zu gewähren. Erstaunt bemerkte sie, dass der Mann den linken Steigbügel verkürzte und zwar ohne, dass sie ihn darum gebeten hatte. Er richtete sich auf und klopfte dem Pferd den Hals, ehe er sich abwandte.

„Hauptmann!“, rief ihm Viola leise nach und biss sich dann erschrocken ob ihrer eigenen Kühnheit auf die Lippen. „Wie ist Euer Name?“

Er blieb stehen und blickte zu ihr hinüber. „Konradin Andropol."

„Hauptmann Andropol, wie lange werden wir unterwegs sein?", fragte sie weiter.

„Längstens bis morgen Abend. Damit du dir keine falschen Hoffnungen machst: wir werden nirgendwo einkehren und nur selten Rast machen."

Mit diesen Worten ließ er sie stehen und ging zu seinem Pferd. Nachdem er aufgesessen war, wandte er sich an seine Männer. „Hakim und Karol, ihr beide gebt unserem Gast Geleit für die Dauer der Reise."

Die Angesprochenen nickten und ritten an Violas Seite.

„Wohl an denn, brechen wir auf!"

Die Nacht war so schwarz, dass man über den Kopf des Pferdes hinaus nichts auszumachen vermochte. Dessen ungeachtet legten die Wolfsmänner ein geradezu halsbrecherisches Tempo vor, als sie durch die Wälder preschten. Die Erleichterung, die sich in Viola ausbreitete, als sich ein blasser Streifen Morgendämmerung am Himmel zeigte, war nicht in Worte zu fassen.

Nebelschwaden hingen zwischen den Bäumen und hüllten die Szenerie in märchenhafte Unwirklichkeit. Als sie eine Lichtung erreichten, gab der Hauptmann den Befehl zum Absitzen.

Viola spürte alle Knochen in ihrem Leib. Ihr Bein schmerzte bei jedem Schritt, den sie tat, und sie war so müde, dass ihr die Augen zufielen, kurz nachdem sie sich, an einen umgestürzten Baumstamm gelehnt, hingesetzt hatte.

Ein Schlag in ihr Gesicht weckte sie. Verwirrt riss sie die Augen auf und rieb ihre Wange. Der Hauptmann hockte neben ihr und hielt ihr einen Becher mit dampfender Flüssigkeit entgegen.

„Hier, trink, Mädchen! Wenn du hungrig bist: wir haben Brot und Dörrfleisch."

Viola nahm den Zinnbecher und blies auf die Oberfläche der aromatisch duftenden Flüssigkeit. „Ich habe keinen Hunger, nur Durst."

Sie nippte an dem heißen schwarzen Tee. Der Hauptmann stand auf und ging zu seinen Männern zurück, die um eine Feuerstelle saßen, über der ein Kessel hing.

Auf der Lichtung grasten in einiger Entfernung die Pferde. Da die Sonne schon hoch am Himmel stand, fragte sich Viola, wie lange sie wohl geschlafen hatte. Die Sättel lagen neben ihr, deshalb vermutete sie, dass es sich um eine längere Rast handelte. Die fein gearbeiteten Silberbeschläge glänzten im Sonnenlicht und Viola betrachtete sie nachdenklich. Gerne hätte sie etwas über die Wolfsmänner erfahren. Sie sprachen ohne erkennbaren Akzent, aber ihre dunkle Haut ließ auf eine orientalische Abstammung schließen, allerdings sprach der Schnitt der Augen dagegen.

Ihre eigenen Vorfahren waren vor drei Generationen aus dem Kaiserreich nach Siebenbürgen gekommen - wie die meisten Allershausener. Sie hatten vieles von den Sitten und Gebräuchen der alten Heimat beibehalten. Doch ebenso verwoben sie die Mythen dieses Landstrichs mit denen ihrer alten Heimat.

Viola kannte die Legenden von Vampiren und Werwölfen, die auf der Suche nach Blut nachts die Dörfer überfielen. Und wie alle anderen bekreuzigte sie sich beim Namen der Gräfin Bàthory, die Hunderte junger Frauen getötet hatte, um in ihrem Blut zu baden. Nicht einmal König Matyas hatte es gewagt, sie zum Tode zu verurteilen, sondern verhängte nur lebenslangen Arrest über sie, den sie in einem zugemauerten Zimmer ihres Schlosses verbringen musste.

All diese düsteren Geschichten waren Viola während der langen Stunden im Sattel eingefallen, samt der Gerüchte über die Wolfensburg. Deshalb hatte sie erwartet, dass die Wolfsmänner bei den ersten Sonnenstrahlen ein Versteck oder eine schützende Höhle aufsuchen würden. Doch stattdessen saßen sie hier im hellen Sonnenschein ums Feuer und lachten miteinander.

Viola wusste nicht, wie sie dieses Verhalten deuten sollte. Die Männer erschienen ihr handfest und erdig, ohne jegliches Mysterium. Weder zerfielen sie bei Sonnenlicht zu Staub, noch besaßen sie lange spitze Zähne, und sie erweckten auch nicht den Eindruck, als wollten sie sich jeden Augenblick auf sie stürzen und ihr die Kehle herausreißen. Im Grunde unterschieden sie sich nicht von all den Söldnern, die in kleinen Gruppen oder größeren Verbänden gelegentlich Allershausen durchquert hatten. Das einzig Auffallende war ihre exquisite Kleidung und die aufwendig gearbeiteten Silberverzierungen, die sich an allen Lederteilen ihrer Ausrüstung befanden.

Die Männer standen auf und löschten mit dem Inhalt des Kessels das Feuer. Sie begannen die Pferde zu satteln und den Proviant in den Satteltaschen zu verstauen.

Viola erhob sich mühsam. Trotz der Rast schmerzte ihr Bein noch immer. Hauptmann Andropol trat auf sie zu und reichte ihr seinen Arm als Stütze, während ihre beiden 'Begleiter' das Pferd zu ihr führten. Der Hauptmann half ihr beim Aufsteigen und abermals bemerkte sie, dass er den linken Steigbügel für sie gekürzt hatte. An so viel Fürsorge war sie nicht gewöhnt, und deshalb brachte sie nur ein verlegenes Lächeln zustande.

„Danke“, murmelte sie unbeholfen.

Wieder nahmen die beiden Reiter sie in die Mitte und der kleine Tross setzte sich in Bewegung. Sie ritten abermals quer durch die Wälder und Viola, die ihre Orientierung längst verloren hatte, bewunderte die Männer dafür, wie sicher sie ihren Weg fanden.

Die Sonne hatte den Zenit bereits überschritten, als sie die ersten Ausläufer des Gebirges erreichten. Der Pfad war so schmal, dass die Pferde hintereinander gehen mussten. Viola hatte ihren Umhang vor sich über den Sattel gelegt, denn die Sonne glühte unbarmherzig von einem kobaltblauen Himmel. Lose Haarsträhnen klebten in ihrem Nacken, und der schwere Brokat machte die Hitze fast unerträglich.

Stöhnend blickte sie an einer Biegung den Weg zurück, den sie gekommen waren. Die Wälder lagen als dunkelgrüne Wellenlandschaft weit entfernt unter ihr und zeigten auf eindrucksvolle Weise die Höhe an, in der sie sich bereits befanden.

Der Pfad schraubte sich in verschlungenen Serpentinen zwischen den zerklüfteten Felswänden nach oben, bis sie endlich ein Plateau erreichten, von dem aus man einen ersten Blick auf die Wolfensburg werfen konnte.

Zwei hohe, quadratische Türme erhoben sich trutzig aus einer riesig anmutenden Wehranlage, die durch eine Mauer voller grober Zinnen geschützt wurde. Die

Dächer und Firste der dahinter liegenden Häuser glänzten im Sonnenlicht.

„Nun, Mädchen, wir sind da. Das ist dein neues Heim."

Der Hauptmann war neben sie geritten.

„Die Burg ist viel größer, als ich gedacht habe", bemerkte Viola überrascht.

„Die Anlage besteht seit Jahrhunderten. Wir leben hier alle zusammen. So wie es bei einem Rudel üblich ist."

Diese Worte brachten Viola dazu, den Kopf zu wenden und ihn anzusehen. Sie wusste nicht, ob sie sich den Hauch von Sarkasmus in seinen Worten nur eingebildet hatte oder ob dieser tatsächlich da gewesen war.

„Wer ist 'wir'?"

„Die Familien der Gefolgsleute des Weißen Wolfs. Wir wachsen im Rudel auf, und wir schwören an unserem sechzehnten Geburtstag den Treueeid. Unser Leben gehört dem Wolf, und er sorgt für unsere Familien. Für unsere Frauen und unsere Kinder. Über ein Leben hinaus - das ist der Wappenspruch der Wolfsmänner."

Violas Blick kehrte zu der Burg zurück. „Wie viele Menschen leben hier?"

„Zwischen hundert und hundertzwanzig. Es gibt eine Schule, einen Medicus, einen Schmied, einen Tischler, einen Schuster und viele andere Handwerker. Wir sind völlig unabhängig. Gleichgültig von wem auch immer." Er machte eine kurze Pause. „Die Wolfsmänner gehören niemanden. Nicht Siebenbürgen, nicht den Osmanen, nicht den Magyaren, nicht den Habsburgern. Wir gehören nur uns."

Mit diesen Worten trieb er sein Pferd an, und Viola blieb nichts anderes übrig, als ihm gemeinsam mit den anderen zu folgen. Je näher sie kamen, desto besser konnte sie Einzelheiten der Anlage erkennen: die Schießscharten in der Wehrmauer, die Pechnasen und die Furcht erregenden Wasserspeier unter den Dachfirsten. Noch während sie auf das riesige Tor zuritten, wurde zum Zeichen des Willkommens eine Flagge aufgezogen: zwei gekreuzte Schwerter vor einem roten Mond auf schwarzem Grund.

Viola legte den Kopf in den Nacken, als sie die Wehrmauer passierten. Die eindrucksvollen Maße brachten sie dazu, sich so winzig wie eine Maus zu fühlen. Die Mauer mochte an die zwanzig Meter hoch sein, und ihre glatte Außenfläche bot keinerlei Angriffspunkte. Dick war dieses solide Bollwerk gewiss mehr als eine Pferdelänge und gewährte allein schon deswegen den Bewohnern der Burganlage enormen Schutz. Rechnete man noch die Lage auf dem Plateau hinzu, dessen Hänge recht steil ins Tal hinunter abfielen, so war die Wolfensburg für Feinde schier uneinnehmbar.

Das Tor schloss sich hinter ihnen. Auf dem Hof herrschte rege Betriebsamkeit. Wasserträger füllten ihre Eimer an einem Brunnen, Frauen eilten mit Körben voller Gemüse über den Platz. An die östliche Seite der Wehrmauer schmiegte sich eine Reihe adretter Steinhäuser.

Die Männer erwiderten die Grußworte der Vorbeieilenden, stiegen aber nicht ab, sondern hielten auf einen Seitentrakt der Burg zu, in dem sich die Stallungen befanden. Zwei Stallknechte eilten herbei und führten die Pferde weg, sobald die Wolfsmänner abgestiegen waren. Der Hauptmann verabschiedete sich von den anderen mit Handschlag, während Viola etwas abseits stand und wartete. Die sechs Männer entfernten sich schwatzend und ohne Hast, um sich schließlich in verschiedene Richtungen zu zerstreuen.

Viola blickte zum Hauptmann, der ihr die Hand hinstreckte. „Komm, Mädchen, ich bringe dich in dein neues Zuhause."

Sie wünschte, sie könnte seine Hilfe einfach ablehnen. Aber der Schmerz in ihrem Bein war größer als ihr Stolz. Also griff sie nach seinem Arm und stützte sich schwer auf ihn, während sie gemeinsam die breite Freitreppe hinaufschritten. Ein Flügel des Tores stand offen, ob mit Absicht oder aus Zufall war Viola nicht ersichtlich.

Der Boden, auf den buntes Licht durch hohe Glasfenster fiel, war mit schwarz-weißen Mosaiken bedeckt. Im Zentrum der riesigen Halle hing ein fünfarmiger Kerzenleuchter von der Decke.

Gobelins mit Jagdszenen schmückten die Wände. Hie und da fand sich auch ein Geweih oder ein Wildschweinfell. Einige altertümliche, roh gehauene Sessel mit roten Kissen befanden sich rechter Hand des Eingangs.

Den Mittelpunkt der Halle bildete eine breite Treppe mit kunstvoll geschnitztem Geländer, die ins nächste Stockwerk hinauf führte, und auf diese Treppe ging der Hauptmann jetzt zu. Beklommen blickte Viola die Stufen an. Schon ohne die bohrenden Schmerzen in ihrem Bein, hätte sie Schwierigkeiten gehabt, diese Hürde zu meistern. Aber so, wie sie sich im Augenblick fühlte, war es völlig ausgeschlossen, dass sie die Treppe würde hinaufsteigen können.

Der Hauptmann führte sie zum Geländer, damit sie sich abstützen könnte, aber Viola wusste, dass dies allein nicht ausreichen würde.

Ihre Finger krampften sich in den Ärmel von Konradin Andropols Jacke, und sie versuchte ihrer Stimme Festigkeit zu geben. „Ich ... ich werde es nicht ... schaffen, die Treppe hinaufzusteigen, Hauptmann."

Ihre Wangen brannten, und sie spürte seinen Blick auf sich ruhen. Eine Ewigkeit verging, so erschien es Viola zumindest, ehe sich der Hauptmann unvermittelt bückte und sie auf seine Arme hob. Bevor sie ihrer Überraschung Herr werden konnte, waren sie schon am Ende der Treppe angelangt. Konradin Andropol setzte sie vorsichtig wieder ab und hielt sicherheitshalber ihren Arm fest.

Um sie herum war es dunkel; Viola konnte keine Fenster erkennen. Alle paar Meter waren an den Wänden Kerzenhalter befestigt, die dämmriges Zwielicht erzeugten. Nachdem sich Violas Augen an die Dunkelheit gewöhnt hatten, erkannte sie, dass schwere Samtvorhänge vor die Fenster gezogen worden waren, sodass kein Lichtstrahl in den Raum einzudringen vermochte.

Der Hauptmann führte Viola weiter, und weiche, hochflorige Teppiche dämpften jeden Schritt. Schließlich öffnete Andropol eine Tür und nahm eine Kerze aus der Wandhalterung, mit der er den im Raum befindlichen Leuchter entzündete.

Ein Himmelbett mit gerafften blauen Vorhängen beherrschte das Zimmer. Auf dem runden Tisch stand eine Kristallvase mit bunten Blumen, deren zarter Duft in der Luft hing. Auch hier lagen weiche Teppiche mit orientalischen Mustern.

Viola ging zum Bett und setzte sich. Am liebsten hätte sie sich zusammengerollt und zwei Tage geschlafen.

„Nun“, meinte der Hauptmann und räusperte sich, „die Mägde werden sich gleich um dich kümmern. Ich werde derweil dem Herrn Bericht erstatten.“ Er verbeugte sich knapp und verließ das Zimmer.

Nachdenklich verschränkte Viola die Hände im Schoß. In Allershausen war sie davon ausgegangen, von einer Horde ungehobelter Landsknechte in ein primitives Anwesen gezerrt zu werden und in einem finsteren, feuchten Verließ ihres weiteren Schicksals zu harren. Ganz bestimmt hatte sie nicht erwartet, von den Wolfsmännern mit Achtung und Fürsorge behandelt zu werden. Und statt in einem Kerker hatte man sie in einem exquisit ausgestatteten Zimmer untergebracht.

Es klopfte an der Tür, und zwei Mädchen in einfacher Tracht traten ein. Ihnen folgten zwei Männer, die einen riesigen Holzbottich ins Zimmer schleppten.

„Ich bin Liese, und das ist Urzula; wir werden Euer Bad zubereiten, gnädiges Fräulein“, sagte die größere der beiden. Die beiden knicksten und begannen, weitere Leuchter zu entzünden. Die Männer kehrten mit Wassereimern zurück, die sie in den Bottich leerten. Urzula legte Seifenstücke bereit und weiche Tücher.

Viola stand auf und ging zu der Holzwanne. „Ich bin Viola Brugger.“

„Ich weiß, Hauptmann Andropol hat uns Euren Namen genannt“, entgegnete Liese und begann, Viola aus dem nun an vielen Stellen schmutzigen und zerrissenen Brokatkleid zu schälen. „Wenn Ihr möchtet, kann der Schneider das Kleid wieder ansehnlich machen, aber hier ...“, sie öffnete nacheinander drei Truhen , „... hier findet Ihr andere Gewänder."

Langsam und ungläubig trat Viola näher. Dutzende herrlicher Roben, in allen nur erdenklichen Farben und Stoffen lagen vor ihr. Kostbare Silber- und Goldstickereien schimmerten im matten Kerzenlicht. Verschwenderisch lag Spitze neben Spitze und stach selbst die glänzenden Bänder aus. Viola wagte nicht, die feinen Stoffe zu berühren, da ihre Hände nach der langen Reise nicht ganz sauber waren. Zwar kannte sie die teuren Materialien, da ihr Vater damit Handel trieb, aber niemals hatte sie Gewänder wie diese getragen, geschweige denn besessen.

„Sie sind sehr ... schön", brachte sie schließlich heraus.

Liese verstand ihr Zögern falsch. „Ihr könnt Euch mit dem Schneider jederzeit besprechen, er wird Eure Wünsche gern erfüllen. Das ist nur für die ersten Tage gedacht. Wir wussten nicht, was Euch gefällt, und wir kannten auch nicht Eure genaue Größe", setzte sie entschuldigend hinzu. Sie zog die Lade einer Kommode auf und nahm ein Nachthemd aus fließendem weißen Batist heraus, das sie auf dem Bett ausbreitete.

Der Bottich war mittlerweile gefüllt, und Urzula warf eine Hand voll Seifenflocken ins Wasser. Gemeinsam mit Liese half sie Viola in die Wanne.

Das warme, duftende Wasser umschmeichelte ihre schmerzenden Glieder, und Viola seufzte behaglich auf. Sie wollte nicht darüber nachdenken, was das alles bedeuten sollte. Sie verdrängte den Gedanken an die Möglichkeit, dass man sie badete und parfümierte und frisierte und kostbar kleidete, um sie danach wie ein Lamm zur Schlachtbank zu führen. Auch wenn diese

Schlachtbank vielleicht mit Samt und Seide bezogen war.

KAPITEL 5

Nachdem Konradin Andropol die Tür von Violas Zimmer hinter sich geschlossen hatte, machte er sich schweren Herzens auf den Weg zum Herrn der Wolfensburg. Er kannte ihn seit Kindertagen und hatte schon seinem Vater treu gedient. Trotzdem fiel es ihm schwer, über das Ergebnis seines Auftrags zu berichten. Wie alle anderen Mitglieder der Leibgarde hatte er nicht verstanden, warum der Wolf eigenmächtig den Vertrag geändert hatte, und behutsam versucht, den Herrn zu warnen; aber seine Worte hatten kein Gehör gefunden. Ebenso wenig hatte der Weiße Wolf seine Beweggründe, unbedingt drei Jungfrauen haben zu wollen, irgendjemandem offenbart.

Ihm jetzt mitzuteilen, dass die Allershausener ihre eigenen Pläne geschmiedet hatten, um dem Pakt zu entkommen, behagte dem Hauptmann nicht. Insgeheim wünschte er, dass der Vater des Wolfs noch lebte; dann wäre alles einfacher gewesen. Der alte Wolf war in seinen Handlungen leicht einzuschätzen gewesen. Er herrschte mit harter Hand, war aber immer gerecht und ließ sich nicht von momentanen Launen oder Jähzorn leiten. Sein unvorhergesehener Tod hatte alle aus der Bahn geworfen, und Konradin spürte selbst jetzt, nach mehr als vier Jahren, die schmerzhafte Lücke, die dieser Tod hinterlassen hatte. Bei seinem

Sohn konnte man nie mit völliger Sicherheit voraussagen, wie er reagieren würde. Was bedeutete, dass man auf alles gefasst sein musste.

Der Hauptmann blieb vor der Zimmertür des Weißen Wolfs stehen, atmete tief durch und betätigte den schweren silbernen Türklopfer, ehe er eintrat. Auch hier verhüllten dicke Samtvorhänge die Fenster. Nur Kerzen und Öllampen spendeten gedämpftes Licht. Mit festen Schritten ging Konradin auf den wuchtigen Tisch zu, an dem der Wolf saß und beugte in der üblichen Reverenz das Knie.

„Steht auf, Hauptmann Andropol, und berichtet, wie Euer Auftrag verlaufen ist."

Konradin erhob sich. „Herr, der Auftrag konnte erfüllt werden."

„Das freut mich zu hören." Kyrian Lupanescu, auch genannt der Weiße Wolf, verschränkte die Hände auf der Tischplatte und blickte den Hauptmann an.

„Allerdings ergaben sich unvorhergesehene Komplikationen ..."

„Welcher Art?"

Konradin räusperte sich. „Die Allershausener haben Euch nicht nur bei der Übergabe der ersten drei Jungfrauen betrogen. Sie schmiedeten weit zurückreichende Pläne, den Pakt zu sabotieren. Pläne, die dazu führten, dass wir nur eine geeignete Jungfrau mitbringen konnten." Mit wenigen Worten erklärte er, wie die Allershausenerinnen versucht hatten, den Pakt zu hintertreiben.

Der Weiße Wolf schwieg.

Konradin Andropol verbarg seine Nervosität hinter einem unbeteiligten Gesichtsausdruck. Er konnte nichts tun, außer die Entscheidung seines Herrn abzuwarten. Und wenn diese Entscheidung darin bestand, Allershausen dem Erdboden gleichzumachen, dann war es seine Pflicht, die Männer zusammenzurufen und den Befehl auszuführen.

„Das heißt also, Ihr habt eine Jungfrau mitgebracht?“

Konradin nickte.

„Gut. Damit ist der Vertrag erfüllt. Das Schicksal scheint sich meinen Wünschen mit aller Macht zu widersetzen. Wir wollen es dabei belassen.“

Erleichterung breitete sich bei diesen Worten in Konradin Andropol aus, hatte er doch mit dem Schlimmsten gerechnet. Er war ein Krieger, aber - oder gerade deshalb - verabscheute er Blutvergießen ohne guten Grund, aus reiner Laune heraus.

„Die Wachen bleiben weiterhin in der Umgebung von Allershausen postiert und werden wie bisher in jeder Vollmondnacht abgelöst“, stellte der Weiße Wolf fest. „Ihr habt dafür gesorgt, dass das Mädchen gut untergebracht ist?“

„Ja, Herr.“

„Schön. Wie ist ihr Name?“

„Viola Brugger“, entgegnete Konradin und räusperte sich unbehaglich, da er noch eine andere Wahrheit enthüllen musste. „Herr, es war nicht gleich ersichtlich, aber ... sie ist ... gezeichnet. Ihr linkes Bein ist kürzer als das rechte.“

„Ein Krüppel also?“

Stille. Konradin zog unbewusst die Schultern hoch, während er auf die Reaktion seines Herrn wartete. Er war auf alles gefasst: Wut, Zorn, scharfe Befehle, Beleidigungen. Nur auf eines nicht: der Weiße Wolf warf den Kopf in den Nacken und begann aus vollem Hals zu lachen.

„Was habe ich verbrochen, dass sich alle Schicksalsgötter gegen mich verschwören?"

Er stand auf und ging zu einem an der Wand hängenden Ölgemälde. Über die Schulter hinweg sagte er: „Ihr dürft Euch zurückziehen, Hauptmann Andropol. Eure Frau und Eure Kinder erwarten Euch bereits sehnsüchtig. Mathai und Käthe sind an Ziegenpeter erkrankt, kaum dass Ihr weg wart."

Konradin verbeugte sich tief und wandte sich zum Gehen. Es erstaunte ihn, dass sich der Weiße Wolf die Mühe machte, über seine Familie Bescheid zu wissen. Auch die anderen Männer hatten ihm berichtet, dass der Herr stets über persönliche Belange seiner Gefolgsleute informiert gewesen sei. Dieses Verhalten rief allgemein Beunruhigung hervor, da niemand verstand, was es bedeuten sollte. Die meisten fühlten sich davon bedroht. Der Weiße Wolf sammelte, so schien es ihnen, Informationen, um Schwachstellen herauszufinden und diese gegebenenfalls gegen sie zu verwenden. Um im Fall des Falles also ein Druckmittel für absoluten Gehorsam in Händen zu halten.

„Im Übrigen danke ich Euch für die gewissenhafte Ausführung des Auftrags, Hauptmann."

Kyrian blickte auf die Tür, die sich hinter Andropol, der sich noch ein letztes Mal verbeugte, schloss. Langsam ging er die wenigen Schritte zum Tisch zurück und setzte sich. Das Schreiben an Saladin Üksül in Konstantinopel, mit dem er sich beschäftigt hatte, als der Hauptmann eingetreten war, musste warten. Im Augenblick mangelte es ihm an der nötigen Konzentration.

Er kochte vor Wut. Obwohl er in den letzten Jahren hart daran gearbeitet hatte, seinen Jähzorn zu beherrschen und die ihm zugedachte Rolle zu akzeptieren, fiel es ihm in diesem speziellen Fall schwer. Ehe er es merkte, hatte er den Federkiel zwischen seinen Fingern zerdrückt. Mit einem Fluch warf er ihn auf den Tisch. Es durfte einfach nicht sein, dass sich sein sorgfältig ausgedachter Plan nicht verwirklichen ließ, nur weil sich eine Hand voll rebellischer Kleinstädter gegen ihn verschwor!

Die Allershausener wollten also den Pakt sabotieren. In dem sie keine Kinder bekamen und ihm einen Krüppel schickten. Nachdem sie sich obendrein bereits erdreistet hatten, ihm drei Dirnen zu senden. Die Erinnerung an den weiß glühenden Zorn in seinem Inneren, als er herausgefunden hatte, dass er betrogen worden war, ließ noch immer die Adern an seinen Schläfen anschwellen.

Geschähe ihnen recht, wenn er Allershausen von allen Landkarten radierte! Oder zumindest die Wachen abkommandierte, um ihnen ihren Ungehorsam zu vergelten. Sollten sie zusehen, wie sie allein überlebten. Ohne die Kampfkraft und das Silber der Wolfsmänner. Sein Vater und sein Großvater hätten so gehandelt, daran zweifelte er keinen Augenblick.

Aber er wollte nicht sein wie sein Vater und sein Großvater. In keiner Beziehung. Mit einem weiteren Fluch auf den Lippen sprang er auf, und begann ruhelos im Zimmer auf und ab zu wandern. Schließlich blieb er vor dem Fenster stehen und öffnete den Vorhang einen Spalt breit. Draußen herrschte bereits Dunkelheit. Er schob den schweren Samt ganz zur Seite und sah hinaus. Die Sterne funkelten von einem tiefschwarzen Himmel, der sich in unendlichen Fernen wölbte. Sie zogen ihn mit magischer Gewalt nach draußen, und obwohl er es nicht vorgehabt hatte, wusste er, dass er in den Turm hinaufsteigen würde. Er liebte die Stille und die Dunkelheit der Nacht, die klare, unverbrauchte Luft. Das alles schenkte ihm jene innere Ruhe, um die er sonst so mühsam kämpfen musste. Ehe er den Blick abwandte, sah er sein verhasstes Spiegelbild in der Fensterscheibe. Nicht nur das Mädchen, das Andropol gebracht hatte, war gezeichnet. Brüsk zog er den Vorhang zurück an seinen alten Platz.

Er hatte beabsichtigt, die drei Frauen willkommen zu heißen, aber der Gedanke, einem vor Angst zitternden Geschöpf mit zwei ungleich langen Beinen gegenüberzustehen, brachte ihn dazu, diesen Plan wieder zu verwerfen. Er würde sich mit ihr auseinander setzen müssen, das war unumgänglich. Dafür hatte das Schicksal gesorgt. Aber ein Tag früher oder später spielte keine Rolle. Weder für ihn noch für sie.

KAPITEL 6

Viola erwachte und blinzelte in die Dunkelheit. Nach ein paar Augenblicken kehrte die Erinnerung zurück. Sie rollte sich herum und schlug die Decke zurück. Mit ausgestreckten Armen tastete sie sich dorthin, wo sie das Fenster vermutete und schob die Vorhänge zurück.

Helles Sonnenlicht flutete in den Raum. Sie blickte über die tief unter ihr liegenden Wälder, die am Horizont mit dem wolkenlosen blauen Himmel verschmolzen.

Gestern Abend hatte man ihr einen Teller mit kaltem Braten und zwei Scheiben Brot gebracht. Danach war sie zu Bett gegangen und hatte versucht, wach zu bleiben, um nicht vollkommen hilflos zu sein, wenn die Schergen sie holen kämen. Aber niemand war gekommen, und die Anstrengungen der langen Stunden im Sattel gepaart mit ihrer inneren Anspannung hatten dazu geführt, dass sie in einen tiefen, traumlosen Schlaf gefallen war, aus dem sie erholt und beinahe schon gut gelaunt erwachte. Sie hatte die nötige Kraft und Zuversicht zurückgewonnen, um ihrem Schicksal mit offenen Augen entgegenzusehen.

Nach einer gewissenhaften Prüfung der zur Auswahl stehenden Kleider entschied sie sich für ein einfaches Gewand aus feinem blauen Leinenbatist, das an den

Manschetten und am Kragen mit weißer Spitze verziert war. Da sie daran gewöhnt war, sich ohne Hilfe anzukleiden, hatte sie auch jetzt keine Schwierigkeiten. Nur die letzten Knöpfe unter dem Nacken konnte sie nicht selbst schließen, so sehr sie sich auch verrenkte. Kurzerhand steckte sie ihr Haar hoch und machte sich daran, nach Liese und Urzula zu suchen. Der lange Gang vor ihrem Zimmer war verdunkelt und wurde wie am vergangenen Abend von in regelmäßigen Abständen angebrachten Kerzen erhellt.

Sie erreichte die breite Treppe und stieg sie langsam hinab. Die erholsame Nacht hatte die Schmerzen in ihrem Bein zum Verschwinden gebracht und die Verspannungen in ihrem Rücken gelöst. Sie fühlte sich tatsächlich ausgeruht, wie sie auch jetzt wieder bemerkte, tatsächlich bereit, den Dingen, die sie hier erwarteten, die Stirn zu bieten. Unten angekommen blickte sie sich um. Niemand war zu sehen, doch in der Luft hing ein aromatischer Duft. Viola schnupperte und folgte der Spur, die sie geradewegs in die große Küche der Burg führte.

Um einen großen Tisch, auf dem Brot, Butter sowie Kannen mit Milch, Kaffee und Wasser standen, saßen zahlreiche Männer und Frauen, darunter auch Liese und Urzula. Stimmen und Gelächter füllten den Raum; doch als man Viola erblickte, erstarb die Unterhaltung, und alle Augen richteten sich auf sie.

„Guten Morgen." Sie versuchte zu lächeln, obwohl sie die Aufmerksamkeit, die ihr so plötzlich zuteil wurde, unsicher machte.

Liese sprang auf und eilte zu ihr. „Gnädiges Fräulein, kommt und setzt Euch! Es macht Euch doch nichts aus, mit uns zu essen? Ich kann Euch auch gerne etwas auf Euer Zimmer bringen lassen." Sie bemerkte die offen stehenden Knöpfe an Violas Kleid und schloss sie geschickt. „Neben Eurem Bett befindet sich eine mechanische Klingel, die hier herunter führt. Wenn Ihr etwas braucht, müsst Ihr Euch nicht selbst bemühen." Sie blickte angelegentlich auf Violas Füße und fuhr schnell fort: „Es gehört zu unseren Pflichten, Euch jeden Wunsch zu erfüllen."

„Danke, ich werde es mir merken. Aber da ich jetzt einmal hier bin, möchte ich das Angebot gern annehmen. Ich hoffe, ich störe nicht." Viola setzte sich auf einen freien Platz am Ende der Bank. Man reichte ihr bereitwillig Brot, Butter und Messer, allerdings kam die Unterhaltung nicht mehr richtig in Schwung. Das brachte Viola zu Bewusstsein, dass die anderen sie nicht als gleichrangig empfanden. Sie gehörte nicht zu ihnen, und sie begann zu überlegen, welche Stellung sie hier wohl innehaben würde. Die Art der Unterbringung, der Empfang, die kostbaren Kleider, das alles deutete nicht darauf hin, dass man sie in absehbarer Zeit in ein feuchtes dunkles Verlies stecken würde. Aber natürlich konnte dieser Gedanke auch nichts als ein frommer Wunsch sein.

Viola blickte in die Runde. Keiner hielt ihrem Blick lange stand. Das bewies, dass sie Thema der abgebrochenen Unterhaltung gewesen war. Sie seufzte und beschloss, die Flucht nach vorne anzutreten. „Ich bin Viola Brugger."

Die anderen nickten. „Die vierte Jungfrau."

Viola wusste nicht, wer diesen Satz ausgesprochen hatte, aber er fasste ihre Lage in einfachen Worten zusammen. Langsam nickte sie. „Ja, ich bin die vierte Jungfrau. Was wird mit mir geschehen? Warum bin ich hier?"

Die Männer räusperten sich unbehaglich, die Frauen zerbröselten die Brotkrumen zwischen ihren Fingern. Viola lehnte sich zurück und ließ ihre Augen über die Anwesenden wandern. Mit fester Stimme wiederholte sie: „Warum bin ich hier? Ihr wisst es doch bestimmt."

In der unnatürlichen Stille klangen ihre Worte schärfer als sie es beabsichtigt hatte. Eine geraume Weile lang schien es, als würde ihre Frage keine Antwort finden.

„Es ist nicht an uns, über diese Dinge zu sprechen", gab Liese schließlich eine Antwort. „Der Herr wird Euch zu gegebener Zeit seine Pläne offenbaren."

„Der Herr? Der Weiße Wolf?"

„Ja."

„Hat dieser Weiße Wolf auch einen Namen?" Sie konnte spüren, dass bei ihrer despektierlichen Äußerung alle im Raum die Luft anhielten.

„Sein Name ist Kyrian Lupanescu."

Viola wartete, aber Liese sprach nicht weiter. Seufzend zog sie den Teller mit der Butter zu sich und begann, eine Brotscheibe damit zu bestreichen.

„Er ist ein Ungeheuer", ertönte plötzlich eine helle Stimme vom anderen Ende der Tafel, und alle wandten die Köpfe. „Ein Untoter. Nur nachts verlässt er das Haus, und sein Gesicht ... sein Gesicht ..."

Eine Frau sprang auf und packte das junge Mädchen, das diese Worte ausgesprochen hatte, am Arm. Sie versuchte es aus dem Raum zu zerren und ihm dabei den Mund zuzuhalten. „Sandrina, schweig, du redest Unsinn!"

Die Kleine riss sich los. „Nein. Ich habe ihn gesehen, als er seine Maske abnahm, ich habe das Ungeheuer gesehen, niemand wird mir den Mund verbieten ... niemand ..."

Jetzt erhoben sich zwei Männer und packten Sandrina an den Oberarmen. Sie trat um sich, aber gegen die beiden hatte sie keine Chance und musste hilflos hinnehmen, dass man sie zur Tür zerrte. Allerdings dauerte es eine Weile, bis man ihr Geschrei nicht mehr hören konnte.

„Sie ist nicht ganz bei Sinnen, ein Pferd hat sie als kleines Kind mit dem Huf am Kopf getroffen, seitdem redet sie nichts als wirres Zeug", erklärte eine ältere Frau, die Viola gegenübersaß. Aber auch sie konnte Violas Blick nicht standhalten, sondern senkte den Kopf und widmete sich wieder ihrer Brotscheibe.

Viola sah zu Liese, in deren Augen eine unausgesprochene Warnung lag, aber sie fragte trotzdem: „Kyrian Lupanescu trägt eine Maske? Warum?"

Alle, die am Tisch saßen, standen auf, als hätten sie ein geheimes Kommando vernommen und verließen den Raum. Auch Liese erhob sich, doch ehe sie gehen konnte, hielt Viola sie am Handgelenk fest. Widerstrebend ließ sich das Mädchen wieder auf ihren Sitzplatz ziehen.

„Niemand außer dem Rudel, seinen unmittelbaren Gefolgsmännern, hat ihn jemals ohne Maske gesehen. Sandrina lügt. Sie weiß gar nichts." Liese senkte den Kopf. „Es geht das Gerücht, dass er eine Maske trägt, weil er keine ... keine Nase hat. Mitten in seinem Gesicht klafft ein tiefes schwarzes Loch."

Viola atmete tief durch. War das möglich? Sie versuchte sich ein Gesicht ohne Nase vorzustellen und scheiterte kläglich. Also wandte sie ihre Gedanken dem Naheliegendsten zu. „Warum? Eine Krankheit? Ein Unfall? Eine Verwundung im Kampf?"

Liese versuchte ihr Handgelenk aus Violas Umklammerung zu lösen. „Das weiß niemand. Aber sie tragen alle Masken. Alle Lupanescus. Von Kindheit an. Kyrians Vater, sein Großvater und den Erzählungen nach auch dessen Vater.“

Das schloss einen Unfall aus. „Was weißt du noch?“

„Sie vertragen das Sonnenlicht nicht. Darum hängen überall dicke Vorhänge vor den Fenstern. Kyrians Vater ist verbrannt, als er an einem heißen Sommertag ins Freie lief.“

Erstaunt ließ Viola Lieses Handgelenk los, und diese sprang auf und machte schnell einen Schritt vom Tisch weg. „Ich habe Euch gesagt, was ich weiß. Aber behaltet dieses Wissen für Euch und verratet mich nicht, ich flehe Euch an! Der Weiße Wolf hält unser aller Leben in seiner Hand, ein einziger Tadel und ...“

„Ihr seid seine Leibeigenen?“

“Nein. Unsere Familien sind durch den Blutschwur gebunden. Jeder Mann muss an seinem sechzehnten Geburtstag den Treueeid ablegen und vom Blut der Lupanescus trinken. Wer es nicht tut, wird verstoßen.“ Ihre Stimme hatte sich zu einem Flüstern gesenkt.

„Und was passiert mit denen, die verstoßen werden?“, fragte Viola neugierig.

„Das weiß ich nicht. Seit vier Generationen hat jeder Mann hier den Treueeid geleistet. Und dieser Eid gilt für seine Frau und seine Kinder.“ Während sie gesprochen hatte, hatte sie sich unmerklich immer näher zur Tür hin zurückgezogen und, ehe Viola sie aufhalten konnte, huschte sie hinaus.

Nachdenklich blickte ihr Viola nach. Ein beklemmendes Gefühl machte sich in ihr breit. Alles, was sie bisher erfahren hatte, war nicht dazu angetan, die Angst, die ihr seit dem überstürzten Aufbruch aus

Allershausen das Herz schwer machte, zu lindern. Sie wünschte, sie würde dem Weißen Wolf persönlich gegenüberstehen, um diesen Gerüchten auf den Grund gehen zu können. Und um ihn zu fragen, warum sie hierher gebracht worden sei.

Sie griff nach der Kanne und füllte ihre Tasse mit dem mittlerweile lauwarmen Kaffee. In Allershausen hatte es dieses köstliche, schwarze Getränk nur hin und wieder gegeben, obwohl ihr Vater in seinen Vorratsräumen die Bohnen säckeweise lagerte. Dass auf der Wolfensburg Kaffee nicht nur täglich, sondern sogar vom Gesinde getrunken wurde, erstaunte sie sehr. Sie rührte den Sud in ihrer Tasse mit dem Löffel um und schnupperte genießerisch den schwachen Duft, der in ihre Nase stieg.

Dann überlegte sie, ob sie sich in ihr Zimmer zurückziehen sollte, verwarf den Gedanken aber wieder, und beschloss stattdessen hinaus in den Burghof zu gehen und sich umzusehen.

Erst als sie über den grob gepflasterten Weg stapfte, erkannte sie, dass dies möglicherweise ein Fehler gewesen war. Die Frauen warfen ihr schnelle, abschätzende Blicke zu, ehe sie den Kopf senkten und an ihr vorbeieilten. Viola lächelte sie an, aber dieses Lächeln wurde nicht erwidert. Schließlich gab sie auf und begnügte sich damit, die Burganlage in Augenschein zu nehmen.

Diese war weitläufiger, als Viola bei ihrer Ankunft angenommen hatte. Es gab nicht nur die Burg mit den Nebenanlagen und einigen Häusern, sondern ein richtiges Dorf mit verwinkelten Gassen, einer Taverne und den um einen Brunnen angelegten Markt, auf dem Hühner, Enten, Ziegen und Ferkel neben Obst,

Gemüse und verschiedenen Milcherzeugnissen angeboten wurden.

Beim Burgtor standen Wachen, ebenso auf den Türmen der Wehrmauer. Die Männer blickten so grimmig drein, dass Viola darauf verzichtete, sie zu fragen, ob sie ihr das Tor öffnen würden. Womöglich deuteten sie ihre Neugier als Fluchtversuch und schleiften sie in Ketten zurück in die Burg.

Also schlenderte sie weiter. Sie entdeckte eine Schmiede, einen Schuster und einen Bäcker. In einem eingezäunten Wiesenstück war eine Gruppe Knaben dabei, mit Holzschwertern die Grundtechniken des Kampfes zu erlernen. Hinter dem Übungsplatz befand sich ein lang gestrecktes Haus, und als Viola durch ein offenes Fenster ins Innere spähte, sah sie Schulbänke, in denen Kinder jeden Alters saßen.

Beeindruckt wandte sich Viola ab. Eine Schule für alle Kinder hatte es in Allershausen nicht gegeben; als Tochter eines reichen Fernhandelskaufherrn war sie selbst privilegiert gewesen – der Einfachheit halber hatte der für ihre Schwester eingestellte Hauslehrer eben auch sie, das ungeliebte Kind, unterrichtet.

Hinter Viola ertönten Hufschläge, und sie machte hastig einen Schritt zur Seite. Eine Horde Reiter zog an ihr vorbei. Über den Pferden lagen Wildschweine und Rotwild, an einem Sattelknauf hingen zwei Fasane. Viola war sicher, dass sich unter den Männern einige befanden, die sie gestern herbegleitet hatten, und dass es sich beim Anführer der Gruppe Jäger um Hauptmann Andropol handelte.

Die Reiter beachteten sie nicht weiter, sondern lenkten die Pferde zu den Stallungen. Viola beschloss, ebenfalls zurück zur Burg zu gehen. Schon auf den breiten Stufen zum Hauptportal lief ihr Liese entgegen.

„Gnädiges Fräulein, wie gut, dass Ihr zurück seid! Der Herr will Euch sehen, und keiner von uns wusste, wo Ihr geblieben seid. Ihr müsst uns Bescheid geben, wenn Ihr die Burg verlasst." Sie blickte Viola vorwurfsvoll an.

„Es tut mir leid, daran habe ich nicht gedacht", entgegnete Viola erschrocken. Sie wollte nicht der Anlass sein, dass das Gesinde vom Burgherrn ihretwegen ausgescholten würde. Nachdem sich in Allershausen nie jemand darum gekümmert hatte, was sie tat und wohin sie ging, war sie nicht auf den Gedanken gekommen, dass es hier anders sein könnte. „Es wird nicht mehr vorkommen", versicherte sie schnell. „Ich wollte mich nur ein bisschen umsehen, das ist alles."

Liese nickte und begleitete sie hinauf in ihr Zimmer. Sie half Viola, sich frisch zu machen und ein anderes Kleid anzuziehen, frisierte sie und lächelte ihr schließlich aufmunternd zu. „Ihr seht hübsch aus. Diese Farbe passt wunderbar zu Euren Augen und zu Eurem Haar."

Viola erwiderte das Lächeln halbherzig. Das smaragdgrüne Seidenkleid mit der Ton-in-Ton-Stickerei war unbeschreiblich schön und elegant. Aber sie wusste, dass sie nicht hübsch aussah und niemals hübsch aussehen würde. Gleichgültig zuckte sie die Schultern. Niemals hatte ihr Aussehen sie weniger gekümmert als in diesem Augenblick. Der Grund ihres Hierseins war nicht ihr Äußeres, so viel stand fest. Doch welchen Grund es tatsächlich gab, würde sie nun, in unmittelbarer Zukunft, erfahren.

KAPITEL 7

Kyrian zog die dünnen Lederriemen der Maske fest, die nicht nur sein Gesicht, sondern seinen gesamten Kopf und den Hals bedeckte, bis sie unter dem Jabot seines Hemds verschwand. Öffnungen für Augen, Mund und Nase gewährten einen trügerischen Komfort. Er blickte nicht in den Spiegel, weil er das Bild kannte und noch mehr hasste als sein nacktes Gesicht. Aber es gehörte zum Spiel. Zu einem Spiel, dessen Regeln er nicht gemacht hatte. Niemand außer einigen wenigen seiner Männer wusste, wie der Weiße Wolf aussah. Das war ein Teil der Magie, ein Teil des sich um die Lupanescus rankenden Mythos, ein Teil seiner fragilen Sicherheit. Sein Vater hatte dafür gesorgt, dass er diese und so manche andere Tatsache niemals vergessen würde, mit seinen Worten und seinen Fäusten.

Er griff nach dem schwarzen Samtwams, das einer der Diener für ihn bereitgelegt hatte, und schlüpfte hinein. Nachdem er die Knöpfe geschlossen hatte, streifte er die Lederhandschuhe über. Einen Augenblick lang erinnerte er sich daran, wie aufgeregt er bei der Ankunft der drei Mädchen vor fünf Wochen gewesen war. Aber damit war es vorbei. Man hatte ihn damals betrogen, und so wie die Dinge lagen, betrog man ihn auch mit dem Mädchen, dem er in wenigen Minuten gegenüberstehen würde. Eine Gezeichnete. Ein Krüppel. Womöglich hatte sie nicht nur einen schwachen Körper, sondern auch einen schwachen Geist. Entschlossen ging er auf die Tür seines Zimmers zu. Egal. Es zählte nur, dass sie wirklich Jungfrau war. Alles andere würde sich finden. Fünf Wochen mit den Dirnen hatten ihn von seinem unschuldigen Kinderglauben in mehr als einer Hinsicht kuriert.

Liese führte Viola in ein großes Zimmer. Auch hier waren die Fenster verhangen und das Kerzenlicht schien auf die feinen Schnitzereien der Möbel. Viola setzte sich in einen riesigen Lehnsessel und legte die Hände in den Schoß. Ihr Magen hatte sich in einen kalten Klumpen verwandelt und ihre Finger waren feucht. Sie atmete tief ein und versuchte, sich zu beruhigen. Die Ungewissheit war schlimmer, als alles, was noch auf sie zukommen konnte. Deshalb hätte sie erleichtert sein müssen, zu erfahren, was es mit dem Pakt auf sich hatte. Und dem Weißen Wolf. Doch im Augenblick hätte sie alles darum gegeben, unbeachtet, aber sicher in ihrem Zimmer in Allershausen zu sitzen. Dort wusste sie wenigstens, was sie erwartete.

Die Tür hinter ihr wurde geöffnet und wieder geschlossen. Schritte kamen durch den Raum auf sie zu. Viola presste die Augen zusammen und schluckte. Ihre Finger krampften sich um die Sessellehne, und sie stand langsam auf. Ohne die Lehne loszulassen, öffnete sie ängstlich die Augen und unterdrückte einen entsetzten Aufschrei.

Ihr gegenüber stand eine Gestalt. Breitbeinig. Die Arme vor der Brust verschränkt. Der Kopf wurde von einer schwarzen Ledermaske mit Wolfsschnauze und kleinen spitzen Ohren verdeckt. Silberne Nieten und Beschläge konturierten die animalischen Züge und hauchten ihnen damit auf gespenstische Art Leben ein. Die Augen waren hinter den übertrieben gewölbten Brauen der Maske nicht zu erkennen.

Der Mann mit der Maske bewegte sich nicht, und er sagte auch nichts. Violas Blick glitt über das mit Silberknöpfen geschlossene Wams, die schwarzen Handschuhe, die Hose aus schwarzem Leder und die glänzenden schwarzen Stiefel. Dieser Mann stand zwar vor ihr, aber in Wirklichkeit sah sie nichts von ihm.

Viola hob den Kopf und straffte sich unwillkürlich. In seiner Haltung lag so viel unverhohlene Ablehnung, dass sie beschloss, ihm nicht entgegenzukommen. Mit keinem Schritt. Mit keinem Wort.

Zum ersten Mal in seinem Leben war Kyrian froh, dass eine Maske seine Züge und damit seine Fassungslosigkeit verdeckte. Er hatte mit allem gerechnet, nur nicht mit einem Mädchen, dessen Schönheit ihm den Atem nahm. Ihr Gesicht war ein perfektes Oval, in dem die großen Augen leuchteten wie klare Smaragde. Umrahmt wurde es von flammendem Haar, das viel zu eng auf ihrem Kopf festgesteckt war. Eine vorwitzige Strähne hatte sich gelöst und ringelte sich auf der cremeweißen Haut, die der Ausschnitt des Kleides freigab. Ihre Brüste hoben und senkten sich schnell und verrieten ungeachtet ihrer starren äußerlichen Haltung ihre Aufregung. Das Kleid hatte Dreiviertelärmel und brachte ihn in den Genuss, ihre schlanken Unterarme mit den schmalen Handgelenken und den zartgliedrigen Fingern zu bewundern. Sie war kaum einen halben Kopf kleiner als er, wenn sie sich so aufrecht hielt wie im Augenblick. Sein Blick kehrte zurück zu ihrem Gesicht. Zu ihrem

Mund. Eine herzförmige Oberlippe ruhte auf einer verschwenderisch geschwungenen Unterlippe, und er wünschte sich, sie würde etwas sagen, damit diese Lippen zum Leben erwachten. Nicht irgendetwas. Sondern seinen Namen.

Unbewusst machte er einen Schritt auf sie zu und merkte, dass die Knöchel ihrer Hand, die auf der Sessellehne lag, weiß hervortraten.

Das brachte ihm schlagartig zu Bewusstsein, dass sie Angst hatte. Und dass er es ursprünglich genau darauf angelegt hatte. Angst machte gefügig. Angst lähmte. Angst verhinderte, dass sie über ihn lachte.

Er blieb stehen und deutete eine halbherzige Verbeugung an. „Ich bin Kyrian Lupanescu, der Herr der Burg."

Viola nickte und befeuchtete die Lippen mit der Zunge, ehe sie sagte: „Mein Name ist Viola Brugger. Ich bin ..." Sie brach ab und ihr Blick irrte Hilfe suchend umher.

„Die vierte Jungfrau." Seine Stimme klang leise und angespannt. Ihre kleine rosige Zungenspitze über ihre Lippen gleiten zu sehen, versetzte seinem Körper einen schmerzhaften Schlag. Verlangen nach dieser Frau wallte so stürmisch und unvermittelt in ihm auf, dass er sich wieder einmal als das Tier fühlte, das er war. Ein Tier, das diese makellose, feingliedrige Gestalt zerreißen würde, wenn er die Chance dazu bekäme.

„Ja. Die vierte Jungfrau", wiederholte sie ruhig.

„Ihr dürft Euch setzen."

Sie sank auf den Sessel, und er setzte sich ihr gegenüber. Er hatte geplant, ihr hart und brutal zu sagen, warum sie hier war. Aber jetzt, da sie vor ihm saß, konnte er das nicht tun, denn dann würde sie ihn hassen. Und das war das Letzte, was er in diesem Augenblick wollte.

„Ich hoffe, Ihr seid mit Eurer Unterbringung zufrieden“, begann er eine belanglose Unterhaltung, nur um Zeit zu gewinnen.

„Danke. Das Zimmer ist sehr hübsch“, antwortete sie höflich.

„Gut. Ihr dürft Euch innerhalb der Mauern der Burg nach Belieben bewegen. Wenn Ihr ausreiten wollt, dann braucht Ihr meine Erlaubnis und eine Eskorte von mindestens zwei Mann.“ Er hoffte, dass seine Stimme fest klang. Gebieterisch. „Allerdings werdet Ihr in der nächsten Zeit innerhalb der Burganlage bleiben, und zwar solange, bis ich mir über Euch im Klaren bin.“

Ihr Gesicht verriet keine Regung, und ihr Blick hielt dem seinen unbeirrt stand.

„Hauptmann Andropol hat mir berichtet, dass Euer Bein verkürzt ist.“ Er machte eine Pause. „Geht ein paar Schritte, damit ich mich vom Ausmaß der Beeinträchtigung überzeugen kann!“

Alles Blut wich aus Violas Wangen in Anbetracht dieser Demütigung. Hätte er sie ins Gesicht geschlagen, hätte sie sich nicht erniedrigter fühlen können. Er wollte prüfen, was ihm der Handel eingebracht hatte. Würde er ihr das Herz herausschneiden wie den anderen drei Frauen, wenn ihm nicht gefiele, was er sah?

Langsam stand sie auf. Setzte einen Fuß vor den anderen. Rechts. Links. Rechts. Links. Solange bis die Wand sie stoppte. Sie drehte sich um und ging den Weg zurück. Dabei vermied sie, den Herrn der Burg anzusehen, sondern konzentrierte sich auf einen Punkt im Nichts.

„Setzt Euch! Das reicht mir."

Erleichtert tat sie, was er sagte, und versteckte ihre Füße unter dem weiten Rock des Kleides. Mit gesenktem Kopf erwartete sie sein Urteil.

„Ich will es sehen." Jäh hockte er vor ihr und steckte seine Hand unter ihren Rock.

Ihr Kopf ruckte hoch. „Nein ... bitte ... es ... es ..."

Aber er hatte unter den bauschigen Stoffbahnen bereits ihr Bein gefunden und zog es zu sich. Mit der anderen Hand streifte er ihren Rock ein Stück nach oben.

Fassungslos versuchte sie ihm das Bein zu entziehen und ihr Kleid wieder nach unten zu schieben. „Bitte ... lasst mich ... es ..."

Statt auf sie zu hören, öffnete er die Schnalle an ihrem Schuh. Violas Gesicht glühte. Die Selbstverständlichkeit, mit der er sie berührte, machte ihr Angst. Niemand hatte das Recht, so über sie zu verfügen.

„Habt Ihr Schmerzen?" Seine behandschuhten Finger glitten von ihrem Knöchel zu ihren Zehen.

„Nur wenn ich mich überanstrenge", murmelte sie. Das Leder der Handschuhe musste sehr dünn sein, denn sie spürte die Wärme seiner Hände durch den Seidenstrumpf auf ihrer Haut.

Er hielt die Ferse fest und bewegte ihren Fuß aus dem Gelenk heraus. „Es ist nichts zu erkennen. Die Zehen stehen in der richtigen Stellung. Seit wann leidet Ihr unter dieser Veränderung?"

Sie blickte auf die Ösen auf dem Hinterkopf seiner Maske, durch die ein dünnes Lederband lief. Nicht einmal seine Haarfarbe konnte sie erkennen. „Seit meiner Geburt."

Einen Moment lang überlegte sie, ob sie ihm sagen sollte, dass ihr linker Oberschenkel um etwas mehr als einen Zoll kürzer war als der rechte. Sie hatte das einmal nachgemessen. Zu einer Zeit, als sie noch glaubte, ein Heilmittel für ihr Leiden zu finden. Und dass alles andere an ihrem Bein völlig in Ordnung war.

Aber der Gedanke, dass seine Hände noch weiter nach oben wandern könnten, bis sie ihr Strumpfband fänden und die nackte Haut darüber, ließ sie schweigen. Sie starrte auf seine Finger in den schwarzen Handschuhen, die über ihren weißen Seidenstrumpf strichen und versuchte erneut, ihm ihren Fuß zu entziehen. Jetzt bemerkte er ihren Widerstand und griff nach dem Schuh. Vorsichtig half er ihr hinein, schloss die Schnalle und zog den Rock wieder darüber.

Er hob den Kopf und ihre Blicke verfingen sich für den Bruchteil eines Wimpernschlags. In Violas Ohren rauschte das Blut, und ihr Kopf fühlte sich völlig leer an. Sie wusste nicht, was sie mit ihren Händen tun sollte. Was sie sagen sollte. Wohin sie schauen sollte.

Ein scharfer Luftzug streifte ihr Gesicht, als er aufstand und sich abwandte. Er setzte sich nicht, sondern blieb hinter dem Sessel stehen, als wollte er eine deutliche Barriere zwischen sich und ihr errichten. „Nun gut, wir haben uns kennen gelernt, Fräulein Brugger. Ich habe noch einige Angelegenheiten zu regeln. Ihr dürft Euch zurückziehen."

Benommen stand sie auf und ging zur Tür. Dabei schoss ihr der Gedanke durch den Kopf, dass sie noch immer nicht wusste, warum sie eigentlich hier war. Und dass sie auch über den Herrn der Burg nichts erfahren hatte, rein gar nichts.

Viola hatte die Tür fast erreicht, als sie seine Stimme zurückhielt. „Ach ja, eines noch: seid Ihr tatsächlich unberührt, oder hat man mir wieder eine Dirne geschickt?“

Sie blieb so abrupt stehen, als hätte sie ein Blitz gestreift. Ihr Rücken war gerade wie ein Brett. Mit einiger Anstrengung fand sie die Kraft für eine Antwort: „Nein, ich bin keine Dirne.“ Sie hinkte weiter und fügte hinzu. „Auch wenn ich mich eben wie eine gefühlt habe.“

Die Tür fiel mit einem lauten Knall hinter ihr ins Schloss. Kyrian ließ sich in einen der Lehnsessel sinken und schloss die Augen. Der Tumult, der in seinem Inneren tobte, verwüstete seinen Verstand und engte seinen Horizont so weit ein, dass er nur mehr das schmerzhafte Pulsieren seines Unterleibs wahrnahm. In seinen Gedanken schlang sich das lange, schlanke Bein in dem weißen Seidenstrumpf um seine Hüfte, während er zwischen ihren Schenkeln lag und seine Lippen über die seidige Haut ihrer Brüste glitten. Während ihre Augen dunkel vor Leidenschaft waren und ihr Mund seinen Namen flehte wie ein Gebet.

Unwillkürlich schob er seine Hand über die harte Schwellung an seiner Lende und presste die ganze Handfläche dagegen. Ein Schauer lief durch seinen Körper, und ein wohliges Stöhnen verließ seine Kehle. Er rieb sein geschwollenes Fleisch durch das Leder der Hose und das Leder seiner Handschuhe. Noch immer glaubte er, den zarten Duft zu atmen, der in ihren Kleidern hing. Ihren Duft.

Mit den Zähnen zog er den Handschuh von den Fingern und löste den Verschluss seiner Hose. Sein Schwanz sprang ihm entgegen, prall und heiß. Wie von selbst schloss sich seine Faust darum, glitt auf und ab und verteilte die klaren Tröpfchen über der geschwollen Kuppe, um seine Lust noch zu steigern.

Wieder sah er Viola vor seinem inneren Auge. Sie streifte das Kleid von ihren Schultern und entblößte dabei langsam, quälend langsam, Stück für Stück ihrer cremefarbenen Haut, solange bis sie in den weißen Seidenstrümpfen vor ihm stand.

Seine Hand krampfte sich fester um seinen Schaft, als sie die Hände hob und die Nadeln aus ihrem Haar zog, das sogleich in leuchtenden Kaskaden über ihren Rücken fiel. Ihre kleinen, perfekt geformten Brüste folgten der anmutigen Bewegung ihrer Arme, und Kyrian stöhnte auf. Sie hielt inne, um ihm Gelegenheit zu geben, sie zu betrachten und erwiderte seinen Blick aus halb geschlossenen Augen. Als sie ihre Arme herunternahm, berührte sie mit den Fingerspitzen ihrer rechten Hand wie zufällig die straffe Knospe ihrer Brust, ehe sie die Finger über ihren sanft gerundeten Bauch wandern und zwischen dem rötlich schimmernden Dreieck über ihren Schenkeln verschwinden ließ.

Seine Hoden zogen sich lustvoll zusammen, und er atmete mit einem heiseren Zischen aus. Ihre andere Hand wölbte sich um die Unterseite ihrer Brust, wog die weiche Fülle, während ihr Daumen den rosigen Hof, aus dem sich die harte Knospe reckte, umkreiste.

Ihr Stöhnen tropfte wie schwerer Honig in seinen Verstand, und seine Faust drückte fester zu. Keuchend presste er den Kopf gegen die Polsterung des Sessels. Sein Glied schwoll noch weiter an, und er glaubte vor Lust zu bersten, als seine feuchte Hand über die nackte, ungeschützte Spitze glitt. Rohe, animalische Instinkte hatten jegliche Vernunft verdrängt, und sein Körper bog sich unter dem Einfluss dieser Instinkte hoch aus dem Sessel. Er stieß wild und ungestüm in seine Hand, pumpte und rieb, rieb und pumpte, bis sein Samen aus der purpurroten Kuppe schoss. Seine Faust glitt noch ein paar Mal kraftlos auf und ab, ehe sie zur Seite fiel.

Schwer atmend öffnete er die Augen. Sein Blick fiel auf den Spiegel an der Wand, der ihm sein Bild unbarmherzig entgegenschmetterte. Der Kopf eines Tieres auf den Schultern eines Mannes, der mit weit gespreizten Beinen auf dem Sessel lag, die Hose geöffnet, sein Geschlecht obszön dargeboten, die Spuren seiner Schande unübersehbar. Er starrte in den Spiegel, unfähig sich zu bewegen, unfähig den Blick abzuwenden.

Die Tür ihm gegenüber öffnete sich. Eine Gestalt in einem blauen Seidenkleid schob sich ins Zimmer. Ihre Augen richteten sich auf Kyrians Blöße, und eine helle Stimme rief übertrieben laut: „Ja, was haben wir denn da?"

KAPITEL 8

Kyrian sah die Frau an und machte keine Anstalten, sich zu bedecken. Sie stemmte die Arme in die Hüften und schüttelte tadelnd den Kopf. „Haben wir nicht ausgemacht, dass du nicht mehr alleine spielst?“

Sie kam näher, die Augen auf seinen Unterleib gerichtet. „Aber alte Gewohnheiten gibt man wohl nicht so schnell auf.“

„Marie, ich habe dir oft genug gesagt, dass ich es nicht schätze, wenn man mir nachspioniert.“ Ohne sie weiter zu beachten, zog er ein Taschentuch aus seinem Wams. Aber er kam nicht dazu, sich zu säubern.

Die Frau hatte sich zwischen seinen Beinen niedergekniet und griff nach seinem bereits erschlaffenden Glied. „Das wäre doch wirklich Verschwendung.“

Sie beugte sich vor und leckte mit ihrer Zunge von der Wurzel zur Spitze. Mit schief gelegtem Kopf wiederholte sie die Bewegung noch zweimal und wandte dabei ihren Blick nicht von seinem Gesicht.

Kyrians Finger krampften sich um die Armstützen. Ihre blauen Augen waren hart wie Glas. Mitleidlos. Trotzdem strömten Blut und Hitze zurück in seinen Unterleib, und er wurde wieder steif. Kyrian bemerkte das kurze, triumphierende Lächeln, zu dem sich ihre

Lippen verzogen, ehe sie sich über die empfindliche Spitze seines Glieds stülpten.

Die blonden Locken wippten, als ihr Kopf auf und nieder glitt. Ihr Mund war heiß und seidig und verhieß sündhafte Freuden. Ihre Zunge reizte die Einkerbung seiner Eichel und tanzte um das Bändchen, bis der Herr der Burg mit einem heiseren Stöhnen nach Luft rang. Erfolglos versuchte er, seinen Höhepunkt hinauszuzögern und sich aus ihrem Mund zurückzuziehen, doch sie hielt ihn fest und saugte eifrig an ihm. Erst, als sie den letzten Tropfen aus ihm herausgepresst hatte, ließ sie ihn los, blieb aber vor ihm auf dem Boden sitzen.

Während Kyrian sich aufrichtete und mit dem Taschentuch die Spuren auf dem Leder beseitigte, zog sie langsam den Rock über ihre angewinkelten Knie nach oben. Sie lehnte sich auf den Unterarmen zurück, damit er ihre feucht glänzende, klaffende Spalte sehen konnte.

„Ich bin geil."

Er sagte nichts, sondern stopfte sein Geschlecht zurück in die Hose und zog das Band mit einer endgültigen Bewegung zu. Dann stand er auf und ging zur Tür.

„Kyrian!", rief die Frau hinter ihm. „Hast du nicht gehört? Ich bin geil. Und du bist daran schuld. Ich will, dass du mich fickst. Jetzt."

„Ich habe dich nicht gerufen, Marie. Such dir einen, der es dir besorgt. Es sind genug Männer hier."

Das Rascheln der Seide verriet, dass sie aufsprang. „Aber keiner rührt mich an." Ihre Stimme klang bitter. „Keiner rührt die Frauen des Weißen Wolfs an."

Er zuckte die Schultern und öffnete die Tür. „Ist das so? Dann wirst du wohl warten müssen, bis ich dich will.“

Mit diesen Worten ließ er sie stehen und ging mit schnellen Schritten über den Flur zu seinem Zimmer. Nachdem er sich vergewissert hatte, dass hier keine weitere unliebsame Überraschung auf ihn wartete, drehte er den Schlüssel im Schloss. Damit konnte er verhindern, dass ihm Marie oder eine der anderen bis in diese letzte Zuflucht folgte.

Er zerrte an den Bändern der Maske und warf sie achtlos beiseite. Mit gespreizten Fingern fuhr er durch sein Haar und lockerte die Halsbinde. Schließlich setzte er sich aufs Bett und vergrub sein Gesicht in den Händen.

Er hatte immer gedacht, dass das Schlimmste, was ihm passieren konnte, der Fluch war, der auf seiner Familie lastete. Aber in den letzten Wochen hatten sich Dinge zugetragen, die sein Leben ins absolute Chaos stürzten. Und als wäre es damit nicht genug, schickte ihm der Teufel eine Frau, die alles war, wovon er immer geträumt hatte, und sorgte gleichzeitig dafür, dass sie nichts als Angst und Abscheu empfinden konnte, wenn sie die Wahrheit über ihn erfuhr. Und über die ihr zugedachte Rolle.

Seufzend befreite er sich von den Stiefeln und streckte sich auf dem Bett aus. Er musste mit ihr reden, daran führte kein Weg vorbei. Vielleicht schaffte er es ja doch, seiner unausweichlich erscheinenden Verdammnis auf Erden zu entgehen.

Auch wenn er im Augenblick nicht so recht daran glauben wollte.

Viola wanderte ruhelos in ihrem Zimmer auf und ab. Die Szene mit dem Burgherren ging ihr nicht aus dem Kopf. Sie konnte sie nicht einordnen, ganz egal unter welchen Gesichtspunkten sie das Ganze auch betrachtete.

Obwohl sie im ersten Impuls angenommen hatte, dass der Mann sie demütigen wollte, so verwarf sie diesen Gedanken mittlerweile. Alles deutete darauf hin, dass er einfach neugierig gewesen war, was es mit ihrem Hinken auf sich hatte. Weder zeigte er sich angeekelt, noch bekundete er falsches Mitleid. Es war nicht wichtig für ihn.

Ihre Jungfräulichkeit schien das Einzige zu sein, was für ihn wichtig war, und sie begann sich zu fragen, warum. Nach allem, was bisher passiert war, glaubte sie nicht mehr, dass man sie hergebracht hatte, um ihrem Leben ein Ende zu setzen.

Sie war aus einem anderen Grund hier. Sie war für ihn hier. Für den Herrn der Burg. Den Weißen Wolf. Die selbstverständliche Art, mit der er sie berührt hatte, ließ daran keinen Zweifel. Er betrachtete sie bereits als sein Eigentum.

Von den Dingen, die zwischen Männern und Frauen vorgingen, besaß Viola nur eine vage Vorstellung, die in der Szene mit Andrej und Samara gipfelte, die sie unfreiwillig beobachtetet hatte. In Josef Corvinius' Apotheke hatte es ein Buch über Krankheiten mit Abbildungen von männlichen und weiblichen Geschlechtsteilen gegeben, aber es gelang ihr nicht, diese Bilder vor ihrem inneren Auge lebendig werden zu lassen. Sie wusste auch nicht, woran ein Mann erkannte, ob eine Frau noch Jungfrau war. Zwar vermutete sie, dass es mit den auf den Zeichnungen dargestellten Körperteilen einen Zusammenhang gab, aber ihre Überlegungen kamen zu keinem konkreten Schluss.

Sie wünschte, nicht so unwissend zu sein. Diese Unwissenheit lähmte sie und gab dem Weißen Wolf Macht über sie, ohne dass er etwas tun musste. Ohne, dass er es überhaupt merkte.

Viola zog ihren Rock hoch und betrachtete ihr Bein in dem weißen Seidenstrumpf. Einen Augenblick lang spürte sie wieder, wie seine Hände darüber strichen, und hörte den leisen, sinnlichen Laut, mit dem das Leder der Handschuhe über das Seidengewebe fuhr. Der Druck, mit dem der Wolf ihren Fuß bewegt hatte, war sicher und sanft zugleich gewesen.

Wärme breitete sich bei der Erinnerung in ihrem Unterleib aus, und das verwirrte sie. Ein anständiges Mädchen sollte starr vor Scham und Angst sein, wenn ein Mann, den sie nicht kannte, ihr einfach den Rock hochhob und ihre Beine nicht nur betrachtete, sondern auch berührte.

Aber statt Scham zu empfinden, konnte sie nur daran denken, dass er ihr nahe genug gewesen war, um seine Augen zu sehen. Helle Augen. So silbrig wie die Verzierungen auf seiner Maske.

Viola seufzte und trat zum Fenster. Die Sonne war bereits untergegangen. Ihre zweite Nacht auf der Wolfensburg brach an, und sie fragte sich, was der nächste Tag wohl bringen würde.

Der nächste Tag brachte einige neue Erkenntnisse. Die erste lautete, dass sie beim Frühstück mit dem Gesinde nicht erwünscht war, denn Urzula trug ein reichlich gedecktes Frühstückstablett in ihr Zimmer.

Während Viola noch verschlafen blinzelte, zog Urzula die Vorhänge zurück und stopfte ihr die Kissen in den Rücken, ehe sie das Tablett aufs Bett stellte. „Ich komme später wieder, um Euch beim Ankleiden zu helfen, gnädiges Fräulein.“ Sie knickste und verließ den Raum, um nach einer geraumen Weile mit Liese zurückzukehren und Viola bei ihrer Morgentoilette zur Hand zu gehen.

Als Viola fertig war, blickte sie die beiden Mädchen unschlüssig an. Sie wusste nicht, was sie tun, womit sie sich beschäftigen sollte. Die beiden erwiderten ihren Blick unbekümmert, schwiegen aber ebenfalls. Deshalb ging Viola davon aus, dass der Herr der Burg ihnen keine Befehle ihre Person betreffend erteilt hatte.

„Ich möchte mich hier umsehen“, sagte sie langsam und wartete die Reaktion der beiden Mädchen ab.

„Natürlich“, entgegnete Liese und fügte knapp hinzu: „Allerdings kann Euch niemand begleiten, gnädiges Fräulein, wir sind alle beschäftigt.“

„Das stört mich nicht. Ich bin daran gewöhnt, allein zu sein.“ Erst als ihr der Satz herausgerutscht war und sie den plötzlichen Anflug von Mitleid auf den Gesichtern der Mädchen sah, merkte sie, dass sie damit mehr von sich verraten hatte, als ihr lieb war. Unwillkürlich straffte sie sich und legte eine unnahbare Miene an den Tag. Sie wollte kein Mitleid, hatte es noch nie gewollt. Und am allerwenigsten von diesen beiden Mädchen.

Liese räusperte sich. „Es steht Euch frei, Euch innerhalb der Burg umzusehen. Nur der Zutritt zum Flügel, der über diesem liegt, ist für alle verboten. Der Herr duldet nämlich kein unangemeldetes Eindringen in seine Gemächer.“

Viola nickte und gab Liese und Urzula ein Zeichen, dass sie entlassen waren. Sie hatte nicht die Absicht, mit ihnen gemeinsam über den Flur und die Treppe zu gehen und sie durch ihr Hinken unnötig aufzuhalten oder sie zu mitfühlenden Worten zu nötigen. Nachdem sie einige Minuten gewartet hatte, öffnete sie die Zimmertür und spähte hinaus. Niemand war zu sehen. Also machte sie sich auf den Weg, die Burg zu erkunden.

Die Räume neben dem ihren standen alle leer, über die Möbel waren Tücher gebreitet zum Schutz vor Staub. Viola runzelte die Stirn. Alles deutete darauf hin, dass man sie völlig abseits von den anderen untergebracht hatte.

Auch auf der Treppe begegnete ihr niemand. Sie ging langsam den Gang, der von der Eingangshalle abzweigte, entlang. Nur in diesem Bereich strömte Licht durch die Fenster. Sie entdeckte einen riesigen Empfangsaal, der mit alten Rüstungen, Wappen und Schilden geschmückt war. Im ebenfalls großzügig dimensionierten Nebenraum befand sich die Bibliothek. Bis zur Decke reichende Regale waren mit Büchern voll gestopft, und Bücher lagen auch auf dem kunstvoll gedrechselten Holztisch. Ein massiver Kamin aus grauem Granit würde im Winter für Behaglichkeit sorgen.

Viola sah sich gründlich um, nahm immer wieder einen Band aus den Regalen und blätterte ihn durch. Mit so vielen Büchern würde ihr nicht langweilig werden. Zufrieden setzte sie schließlich ihren Rundgang fort.

Sie schlenderte den Gang entlang, und zu ihrer Überraschung wehte ihr unvermittelt ein warmer, angenehm duftender Lufthauch entgegen. Neugierig folgte sie dem Duft und gelangte zu einer Treppe, die nach unten führte. Der Wohlgeruch wurde stärker und endete an einer geschlossenen Tür. Viola betrachtete sie, und ein unbehagliches Gefühl breitete sich in ihr aus. Eine innere Stimme flüsterte ihr zu, sich umzudrehen und in die entgegengesetzte Richtung zu laufen, und zwar so schnell sie konnte. Entschlossen wischte sie diese Empfindung beiseite und drückte die Klinke.

Dämmriges Zwielicht und feuchte Hitze schlug ihr entgegen. Die Wände waren mit blaugrünen Fliesen bedeckt, über die sich goldene Ranken schlängelten. Der niedrige, kaum zwei Meter hohe Raum wurde von in zahlreichen Nischen angebrachten Öllampen und riesigen Kandelabern erleuchtet. Vorsichtig schritt Viola über den glatten Mosaikboden. Sie stützte sich an der Wand ab, um nicht zu stürzen, blieb aber abrupt stehen, als sie ein schier unglaubliches Bild durch den Dunst wahrnahm.

In der Mitte des Raumes befand sich ein Wasserbecken, das von breiten Marmorstufen eingerahmt wurde. Auf diesen Stufen saßen und lagen drei nackte Frauen.

Sie hatten gelacht und sich lautstark unterhalten, doch jetzt verstummten sie mit einem Mal und blickten zu ihr, dem Eindringling, herüber. Viola wurde zuerst rot, dann blass und wusste nicht, was sie sagen sollte.

Eine der Frauen stand auf. Sie war groß, mit runden Hüften und vollen, schweren Brüsten, die zu schwingen begannen, als sie auf Viola zukam. „Du bist die Neue“, stellte sie fest. Mit einer lasziven Bewegung strich sie ihr langes blondes Haar zurück, das sich feucht um ihr Gesicht ringelte.

Die beiden anderen Frauen erhoben sich ebenfalls und blieben neben der Blonden stehen. Sie waren kleiner und dunkelhaarig und sahen Viola ebenfalls neugierig an.

Viola fuhr mit der Zungenspitze über ihre Lippen. „Ja, ich bin neu. Ich bin vor zwei Tagen angekommen."

„Die vierte Jungfrau", sagte eines der dunkelhaarigen Mädchen.

Die Lippen der Blonden verzogen sich spöttisch. „Oder die erste, wie man's nimmt."

Viola blickte die drei Frauen an. In Allershausen hatte sie die Gesichter der Dirnen, die man auf die Wolfensburg geschickt hatte, nie aus der Nähe gesehen. Eine von ihnen war allerdings blond gewesen. Konnte es möglich sein, dass die drei nicht getötet worden waren?

„Seid ihr die ... die ... drei ...", sie brach ab, weil sie das Wort nicht über die Lippen brachte.

„Wir sind die drei Huren", ergänzte die Blonde ungerührt. „Mein Name ist Marie, das sind Ludovica und Nadja."

Violas Wangen glühten, und sie murmelte ihren Namen. Wenn die drei am Leben waren, dann bedeutete das, dass man drei anderen das Herz aus dem Leib gerissen hatte. Drei Unbeteiligten. Drei Unschuldigen.

Der Gedanke lähmte sie, weil er ein weiterer Hinweis auf die Skrupellosigkeit des Weißen Wolfs war. Ein Schweißtropfen lief über ihre Wange, und sie wischte ihn mit dem Handrücken weg.

Marie griff nach ihrem Arm. „Komm, zieh deine Kleider aus und setz dich zu uns!"

Voller Panik versuchte sich Viola loszureißen. Ihr war die unbekümmerte Nacktheit der anderen mehr als peinlich. Daran zu denken, sich selbst vor ihnen zu entkleiden, brachte sie einer Ohnmacht nahe. „Nein, ich muss gehen, ich ..."

„Ach, wohin musst du denn?", fragte Ludovica spöttisch und stemmte die Hände in die Hüften.

„Ich muss ... muss ..."

Nadja stand bereits hinter ihr und fing an, die Knöpfe ihres Kleides zu lösen.

„Du musst gar nichts. Und du brauchst auch keine Angst zu haben, dass Kyrian kommt. Er schläft um diese Zeit", erklärte Marie und zog ihr mit einem schnellen Griff das Kleid von den Schultern. „Seine Nächte sind lang. Und anstrengend."

Viola war viel zu beschäftigt damit, ihr Kleid am Körper zu behalten, um auf Maries Worte zu achten. Doch gegen die drei Frauen hatte sie keine Chance, ihre Hände waren überall, und so stand Viola wenig später nackt vor ihnen.

Zitternd verschränkte sie die Arme vor der Brust, doch die drei betrachteten sie mit unverhohlener Neugier. „Zarter Knochenbau."

„Viel zu zierlich."

„Nicht jeder kann deine Statur haben, Marie."

„Neidisch, Vica? Gib die Hoffnung nicht auf, vielleicht wachsen dir ja auch noch Brüste!"

„Solches Haar habe ich noch nie gesehen." Nadja fuhr mit gespreizten Fingern in Violas lose auf die Schultern fallende Locken. „Und ihr Fellchen hat die gleiche Farbe."

Alle sahen auf das Dreieck zwischen ihren Beinen. Viola war den Tränen nahe. „Bitte, lasst mich ..."

„Hat er dich schon gehabt?", fragte Marie.

„Gehabt?", wiederholte sie verständnislos.

„In seinem Bett. Auf dem Rücken. Unter sich“, entgegnete Marie ohne sichtbare Gemütsregung.

Viola schüttelte entsetzt den Kopf. „Nein, er hat mich gestern Abend Willkommen geheißen. Sonst nichts“

Maries Augen verengten sich. „Im Rosensalon?“

Viola erinnerte sich an das Gemälde mit dem Rosenstrauß und nickte.

„Da hast du ja Glück gehabt“, meinte Marie langsam. „Wir kamen gleich in der ersten Nacht dran.“

Viola versuchte zu verstehen, was ihr die Frau sagte, aber es gelang ihr nicht. „Ihr ... alle ... drei?“

„Ja. Er ist ein Tier, aber das wirst du noch selbst merken.“

„Marie, mach der Kleinen keine Angst!“, mahnte Ludovica. „Er ist auch nicht schlimmer als andere.“ Sie griff nach Violas Arm und lächelte sie beruhigend an. „Komm, setz dich mit uns ins warme Wasser und entspann dich. Marie übertreibt gerne. Von dem, was sie erzählt, kannst du getrost die Hälfte vergessen.“

Widerstrebend ließ sich Viola in das ovale Becken ziehen. Das Wasser war nicht sehr tief, es reichte ihr gerade bis zur Brust. Sie setzte sich neben Ludovica auf die an der Bassinwand entlanglaufenden Stufen.

„Was ist mit deinem Bein? Hast du dich verletzt?“, fragte das Mädchen neugierig.

„Nein. Es ist ein Geburtsfehler“, entgegnete Viola und blickte sich um. „Von so etwas wie diesem ... diesem Bad hier habe ich noch nie gehört. Ich habe immer nur in Holz- oder Kupferwannen gebadet, die von Dienstboten in mein Zimmer gebracht wurden.“

„Die Osmanen sind nicht weit, vergiss das nicht. Dort sind Hamams so verbreitet wie bei uns Schankstuben. Und einem Badehaus ist das hier auch nachempfunden", erklärte Nadja und glitt ebenfalls ins Wasser. „Es gibt noch eine Dampfkammer, ein Kaltwasserbecken und einen Ruheraum. Kyrian lässt es Tag und Nacht heizen. Du kannst herkommen, wann immer du Lust hast."

Die Selbstverständlichkeit und Vertrautheit, mit der die drei über den Herrn der Burg sprachen, erstaunte Viola. Sie frage sich, ob sie hier Näheres erfahren würde, ob die Frauen vielleicht sogar wüssten, warum sie selbst hier war.

Sie ließ ihre Blicke über die nackten Frauen wandern, die unbekümmert im warmen Wasser planschten und miteinander lachten, als säßen sie in einem Salon und wären vollständig bekleidet.

„Wisst ihr ...", sie räusperte sich. „Wisst ihr, warum ich hier bin?"

Die Gespräche brachen ab, und alle Augen richteten sich auf sie. „Weil er eine Jungfrau haben wollte. Nicht eine, sondern drei", erwiderte Ludovica trocken. „Warum haben sie dich allein hergeschickt?"

„Es gibt nur mich", antwortete Viola und nahm allen ihren Mut zusammen, um die nächste Frage zu stellen. „Wie hat er gemerkt, dass ihr keine Jungfrauen seid?"

Die drei starrten sie an und prusteten einen Moment später los. Der Raum hallte von ihrem Gelächter wider. Viola sprang auf und wollte mit brennenden Wangen das Becken verlassen, doch Nadja hielt ihren Arm fest.

„Setz dich wieder hin, Mädchen!" Ihre Augen funkelten vor Heiterkeit, aber ihre Stimme klang ruhig und ohne Spott, als sie fortfuhr. „Etwas nicht zu wissen, ist keine Schande. Etwas nicht zu wissen und nicht zu fragen, das ist eine Schande."

Viola versuchte sich loszureißen. „Ich will ..."

„Du willst eine Antwort." Maries kalte Stimme ließ sie innehalten. Sie saß ihr gegenüber am Beckenrand und ließ ihre Beine ins Wasser baumeln. „Deiner Frage nach glaube ich, wir müssen tatsächlich ganz am Anfang beginnen. Weißt du, wie ein Mann aussieht, ohne Kleider? Weißt du, was Männer mit Frauen tun?"

Wieder richteten sich alle Augen auf Viola. „Ich habe Abbildungen gesehen. In einem Buch", sagte sie leise. „Eine nackte Frau und einen nackten Mann."

„Welches Buch?", fragte Ludovica dazwischen und beugte sich interessiert vor.

„Über Krankheiten."

„Igitt!" Ludovica schüttelte sich.

„Du weißt also, wie ein Mann aussieht. Was weißt du noch?", erkundigte sich Nadja.

Viola wäre am liebsten in einem Mauseloch verschwunden. Verschwommen tauchte die Erinnerung an Samara und Andrej vor ihrem inneren Auge auf, aber auch diese Szene konnte sie nicht wirklich in ihre Vorstellungen einfügen, geschweige denn vor den dreien laut schildern. „Nichts", flüsterte sie tonlos und starrte auf den kunstvoll gestalteten Mosaikboden des Beckens, der durch das klare Wasser schimmerte.

Nadja seufzte. „Was du auf den Bildern gesehen hast, diesen Teil des Mannes, der anders ist als bei Frauen, nennen sie Schwanz, damit verbinden sie sich mit uns. Durch diese Verbindung entstehen auch Kinder. Es ..."

Viola sah sie mit großen Augen an, ohne ein Wort zu verstehen.

„Bei Luzifer, Nadja, dein geziertes Geschwätz bringt uns nicht weiter", unterbrach Marie sie. Dann wandte sie sich an Viola und öffnete langsam ihre Schenkel. „Sieh her! Wenn ihm danach ist, wird der Schwanz eines Mannes groß und hart. Damit stößt er hier hinein. In unseren Körper. Wieder und wieder. Er keucht und schreit und schwitzt dabei, als wäre sein letztes Stündlein gekommen. Seine Hände kneten unsere Brüste oder unseren Hintern. Und immer stößt er dabei weiter. Bis sein Samen in uns fließt. Dann steht er auf und geht seiner Wege."

Violas Augen hefteten sich auf die Stelle zwischen Maries Beinen. Gegen ihren Willen war sie mehr fasziniert als abgestoßen und betrachtete das unter den feuchten blonden Locken schimmernde rosige Fleisch.

Marie spreizte ihre Schenkel weiter und legte sich am Beckenrand zurück. Ihre Finger fuhren die Konturen der langen Spalte entlang und tauchten in die Öffnung dazwischen. „Hier stecken sie ihren Schwanz in uns. Und wenn du noch Jungfrau bist ..." Sie nahm die Hand weg und richtete sich wieder auf, „... dann muss er dich für sich öffnen, denn jede Frau wird mit einer natürlichen Barriere geboren." Violas Augen wanderten zu Maries Gesicht, in dem sich die Lippen spöttisch kräuselten. „Dabei gibt es Schmerzen, es fließt Blut, und daran erkennt ein Mann, dass er eine Jungfrau unter sich hat."

Viola hörte die Worte, aber sie konnte sich nicht vorstellen, dass sie der Wahrheit entsprachen. „Ist ... ist das wirklich so?" Hilfe suchend blickte sie zu den anderen Frauen. Die beiden nickten.

„Als ich das erste Mal aufgespießt wurde, dachte ich, ich müsste sterben. Es war, als ob mich eine glühende Zange in zwei Teile reißen würde", erinnerte Ludovica sich.

„Kann nicht schlimmer gewesen sein als bei mir. Mein erster Mann bekam ihn nicht hoch, weil er zu betrunken war. Er stieß mir seinen Spazierstock hinein und fing mein Blut mit seinem Taschentuch auf, um vor seinen Freunden damit prahlen zu können, eine Jungfrau gehabt zu haben.“ Maries Stimme klang völlig unbeteiligt, als ob sie erzähle, was es zum Abendessen gegeben habe.

„Mein Vater hat mich als Einsatz beim Kartenspiel an seine Freunde verloren. Ich war zwölf. Und ich hatte solche Schmerzen, dass ich ohnmächtig wurde, noch bevor der Erste fertig war.“ Nadja spielte mit ihrem auf dem Wasser dahin treibenden Haarsträhnen. „Vermutlich das Beste, was mir passieren konnte.“

Violas Magen krampfte sich vor Angst zusammen. Sie konnte sich nicht vorstellen, dass ihre empfindlichste Körperstelle derartig malträtiert werden sollte. Dass etwas in sie stoßen sollte, während sie nackt und wehrlos unter einem Mann lag.

„Warum will der Weiße Wolf eine Jungfrau?“, murmelte sie undeutlich.

„Er mag es, wenn eine Frau schreit“, antwortete Marie trocken. „Je lauter, desto besser.“

„Manche Kerle macht der Gedanke besonders geil, der erste Mann bei einer Frau zu sein“, sagte Ludovica. „Manche halten es für ihr Geburtsrecht, Jungfrauen zu stechen. Und Kyrian ist hier der unumschränkte Herrscher.“

„An deiner Stelle würde ich mir eher Gedanken darüber machen, warum er drei Jungfrauen wollte statt einer“, stellte Marie fest und fuhr nach einer kurzen, aber wirkungsvollen Pause fort. „Eine Frau befriedigt ihn nicht. Seine Gier kennt keine Grenzen. Er kann die ganze Nacht zwischen den Schenkeln einer Frau liegen und hat noch immer nicht genug. Er ist brutal. Die Male auf meinem Körper verdanke ich ihm.“ Sie deutete auf die blutunterlaufen Stellen an ihren Hüften, Schenkeln und Oberarmen.

Violas Kopf dröhnte von den abscheulichen Dingen, die sie erfahren hatte. Niemals hatte sie mit all dem gerechnet. Der Tod erschien ihr weniger furchtbar, als das Schicksal, das sie erwartete. Sie merkte nicht, wie Nadja Marie einen bösen Blick zuwarf und den Mund öffnete. Aber bevor sie etwas sagen konnte, rief Marie: „Nadja, verschone uns mit deinen romantischen Vorstellungen! Wir sind die Opfer eines Ungeheuers, nichts anderes. Und je eher sich das Mädchen mit den Tatsachen abfindet, desto besser."

„Wie ... wie sieht er aus?"

„Nun, er ...", fing Marie an, doch jetzt unterbrach sie Nadja mit fester Stimme. „Wir haben sein Gesicht noch nie gesehen. Niemand hat das außer einigen seiner Männer."

Viola versuchte, diesen Satz mit dem Gehörten in Einklang zu bringen. Die Frauen hatten mit dem Herrn der Burg eine derart intime Situation geteilt und trotzdem nicht sein Gesicht gesehen. Wie konnte das möglich sein?

Marie schien ihre Gedanken zu lesen. „Er muss seine Maske nicht ablegen. Auch nicht seine Kleidung. Er muss nur seine Hose öffnen, damit sein Schwanz herausspringt. Das ist alles. Und vermutlich ist es besser, wenn er uns seinen Anblick erspart. Die Dienstboten zerreißen sich darüber ohnehin das Maul."

„Mir wird kalt, ich gehe auf mein Zimmer", sagte Ludovica und stand auf.

Auch Nadja und Viola stiegen aus dem Becken. Sie trockneten sich mit weichen Tüchern ab, die auf warmen Steinen lagen und schlüpften in dicke, seidengefütterte Morgenmäntel aus Brokat. Dann halfen sie Viola dabei, ihr Mieder zu schnüren und die Knöpfe des Kleides zu schließen.

Gemeinsam verließen sie den Baderaum. Die Frauen gingen geduldig neben der hinkenden Viola her und zeigten ihr die Zimmer, in denen sie untergebracht worden waren. Sie lagen auf derselben Ebene wie ihr eigenes, aber im entgegengesetzten Flügel. Auch diese Räume waren sorgfältig und kostbar eingerichtet. Viola blickte sich höflichkeitshalber kurz um, ehe sie sich verabschiedete und niedergeschlagen zurück in ihr eigenes Zimmer ging. Dort warf sie sich aufs Bett und ließ ihren Tränen freien Lauf.

KAPITEL 9

„Musstest du ihr solche Angst machen?“, fuhr Nadja Marie an, sobald sich die Tür hinter Viola geschlossen hatte.

„Wäre es besser für sie, völlig ahnungslos zu sein, wenn er sie in sein Bett holt? Außerdem wollte sie es wissen.“ Marie streckte sich auf ihrem Bett aus und gähnte gelangweilt.

„Trotzdem war es nicht richtig, ihr die Wahrheit derart grob entgegenzuschleudern. Samt deiner blauen Flecken, an denen du ganz allein schuld bist! Schließlich hast du ihn immer wieder aufgefordert, dich hart zu nehmen“, sagte jetzt auch Ludovica. „Die Kleine ist so unschuldig, wie wir es nicht einmal bei unserer Geburt waren. Nach dem, was du ihr erzählt hast, wird sie halb tot vor Angst sein, wenn er nur seine Handschuhe auszieht.“

Marie hob die Brauen. „Was kümmert uns das?“

„Du hast statt einem Herzen wirklich einen Stein in der Brust“, stellte Nadja kopfschüttelnd fest. „Sie sieht zwar ungewöhnlich und exotisch aus, aber sie ist ein Krüppel. Eine Gezeichnete. Ich möchte nicht wissen, was sie schon alles durchgemacht hat. Und was Kyrian ihr noch alles antun wird. Keiner von uns weiß, warum er eine Jungfrau will.“

„Was wird er schon von ihr wollen? Das, was er von uns wollte“, entgegnete Marie ungerührt.

„Wenn es nur das ist, warum war er dann so wütend, als er herausfand, dass wir keine Jungfrauen sind? Nein, da steckt etwas anderes dahinter, glaub mir.“

„Er war wütend, aber das hält ihn nicht davon ab, sich unserer zu bedienen, so oft ihm danach ist“, sagte Marie trocken. „Er braucht uns. Und so lange er uns braucht, haben wir ein gesichertes Dasein. Oder drängt es euch so sehr danach, wieder auf der Straße zu stehen und eure Gunst an jeden zu verkaufen, der seinen Geldbeutel öffnet? Immer in Gefahr, in einem Kerker zu landen und im Winter zu erfrieren?“

Sie blickte die beiden Frauen an, die langsam die Augen senkten. „Eben. Also sollten wir alles tun, was in unserer Macht steht, um zu verhindern, dass dieses dumme kleine Mädchen uns die Butter vom Brot nimmt.“

Viola versuchte sich zu beruhigen. Sie hatte die Wahrheit wissen wollen. Jetzt zu jammern und zu klagen, brachte sie nicht weiter. Doch so sehr sie sich auch anstrengte, unbeteiligt über diese neuen und für sie schwer vorstellbaren Tatsachen nachzudenken, es gelang ihr nicht. Sobald sie bei dem verschwommenen Bild anlangte, in dem etwas zwischen ihre Beine und in ihren Körper stieß, begann sie vor lauter Angst zu zittern.

Viele der Ausdrücke, die von den Dirnen gebraucht worden waren, kannte sie nicht. Niemals hatte jemand in ihrer Umgebung über diese Dinge auch nur andeutungsweise gesprochen. Sie hatte nichts von dieser Welt gewusst, die parallel zu ihrer eigenen existierte. Es war, als ob sich unmittelbar vor ihren Augen ein Abgrund auftäte, der sie zu verschlingen drohte.

Ein Klopfen an der Tür riss sie aus ihren Gedanken. Sie setzte sich auf, wischte sich rasch über das Gesicht und rief: „Herein!“

Liese trat ins Zimmer. „Der Herr lässt Euch mitteilen, dass er mit Euch zu Abend speisen wird“, richtete sie Viola nach einem Knicks aus. „Er erwartet Euch um sieben im Blauen Salon.“

„Danke.“ Das Wort kratzte wie Sand in Violas Kehle.

„Ich komme eine Stunde vorher und helfe Euch mit dem Kleid und den Haaren“, teilte ihr Liese mit und ließ sie wieder allein.

Viola starrte aus dem Fenster, ohne etwas zu sehen. Sie merkte nicht, dass jemand ein Tablett mit Suppe und kaltem Braten auf den Tisch stellte und kurz darauf das unberührte Mahl wieder abholte. Als Liese sie sechs Stunden später an der Schulter rüttelte, waren Violas Meinung nach kaum ein paar Augenblicke vergangen.

„Es ist Zeit, gnädiges Fräulein.“

Widerstandslos ließ sie sich anziehen und frisieren. Sie kam sich wie eine Puppe vor, als Urzula sie über die Treppe in das Stockwerk des Burgherren geleitete und die Tür zu einem Zimmer öffnete, dessen Wände mit pastellblauen Seidentapeten bedeckt waren. Eine sorgfältig geschmückte Tafel mit Blumen und Kerzenleuchtern stand in der Mitte des Raumes. Viola sank auf einen der gepolsterten Stühle und hörte, wie sich Urzula wieder entfernte. Ihr Mund war trocken und ihre Handflächen feucht. Als die Tür hinter ihr geöffnet wurde, brach ihr der kalte Schweiß aus.

Die Schritte kamen näher. „Viola, wie schön Euch zu sehen“, sagte eine ihr nur zu bekannte Stimme neben ihr. Eine Hand in einem schwarzen Samthandschuh griff nach ihrer, und sie spürte eine warme Berührung auf ihrem Handrücken. Ihr Blick flog hoch, da sie dachte, er hätte die Maske abgelegt.

Dieser Eindruck trog. Es war nur eine andere Maske, die glatt über seinem Gesicht lag, keine Wolfsschnauze besaß und seinen Mund freiließ. Er trug eine Jacke aus dunkelrotem Brokat und ein cremeweißes Hemd, dessen Halsbinde mit einer aufwendigen Stickerei verziert war.

Ihre Hand, die noch immer in seiner lag, begann zu zittern, und Viola versuchte, sie ihm unauffällig zu entziehen. Wenn er es bemerkte, so sagte er nichts, sondern setzte sich ebenfalls an den Tisch. „Habt Ihr einen angenehmen Tag verbracht?“, fragte er, während er aus einer Kristallkaraffe roten Wein in ihr Glas goss.

„Ich habe mich in der Burg umgesehen“, gelang ihr mit halbwegs fester Stimme zu antworten.

Die Dienstboten brachten eine Suppenterrine und eine große, runde Platte, die mit einer Silberhaube abgedeckt war. Sie stellten beides auf den Tisch und sahen den Burgherrn abwartend an.

„Danke, wir bedienen uns selbst“, entließ Kyrian sie, und die beiden verließen sofort mit einer Verbeugung das Zimmer.

Nun erst stand Kyrian auf und füllte die beiden Suppenschalen. „Wenn Ihr Lust habt, können wir nach dem Abendessen auf der Wehranlage spazieren gehen. Wart Ihr schon auf dem Turm?“

Viola schüttelte den Kopf. Sie starrte auf die Gemüsesuppe vor sich und war überzeugt, nicht einen Löffel davon essen zu können. „Ich war nur unten. In der Empfangshalle. In der Bibliothek. Und ... und in dem türkischen Bad.“

Ihr Stocken schien ihm nicht aufzufallen. „Mein Urgroßvater hat es anlegen lassen. Habt Ihr es schon benutzt?“ Er aß unbekümmert, während sich Viola der Magen umdrehte, als sie sich an den Vormittag erinnerte. Ihre Finger klammerten sich um den Stiel des Löffels, und sie hielt den Blick auf den Inhalt ihrer Suppenschale geheftet. Dann nickte sie langsam.

„Es ist eine nette Annehmlichkeit, vor allem in den kalten Wintermonaten. Außerdem ...“, er brach ab und starrte auf ihre zitternde Hand. Seine Augen wanderten zu ihrem kalkweißen Gesicht. „Was ist passiert?“, fragte er mit harter Stimme.

Viola schluckte. „Nichts.“

„Warum zittert Ihr dann, als hättet Ihr einen Geist gesehen?“

Sie kroch noch tiefer in sich zusammen, und er runzelte die Stirn unter seiner Maske. Was mochte ihr zugestoßen sein? Hatten die Dienstboten ... die Erkenntnis traf ihn wie ein Blitzschlag. „Ihr habt die drei Dirnen getroffen, die Eure betrügerischen Mitbürger mir geschickt haben?“

Ihr zaghaftes Nicken brachte die gewünschte Bestätigung, und er warf den Löffel mit einer zornigen Geste auf den Tisch. „Ihr habt sie nicht nur getroffen, sondern auch gesprochen.“ Das war keine Frage mehr. Er schloss die Augen, und versuchte der Wut, die in ihm aufstieg, Herr zu werden. Wie hatte er nur vergessen können, dass die Dirnen genauso frei in der Burg umherwanderten wie Viola! Und es daher nur eine Frage der Zeit sein würde, bis sie sich begegneten.

Dass es allerdings ausgerechnet im Hamam geschehen musste, bewies ihm einmal mehr, dass das

Schicksal es nicht gut mit ihm meinte. „Was ist im Bad passiert?“

Sie wand sich unter seiner direkten Frage. „Wir haben zusammen ... gebadet“, brachte sie schließlich zaghaft und leise heraus.

Einen Moment lang stellte er sich die vier Frauen nackt und unbekümmert im warmen Wasser planschend vor. Dieses erotische Bild wurde allerdings durch den roten Nebel seiner Wut empfindlich gestört. Er war davon überzeugt, dass die Dirnen etwas damit zu tun hatten, dass das Mädchen wie ein Häuflein Elend vor ihm saß und es nicht einmal fertig brachte, ihn anzusehen.

„Was haben sie Euch erzählt?“ Sogar er selbst hörte, dass seine Stimme wie ein zorniges Knurren klang.

Die Stille zog sich bleiern dahin. „Sie haben mir nur gesagt ...“, fing Viola stockend an und hielt den Kopf weiterhin gesenkt, „... warum ich hier bin.“

Die wüstesten Bilder wirbelten durch seinen Kopf, als er nachdachte, was genau sie ihr erzählt haben mochten. Mit einer schnellen Bewegung streckte er den Arm über den Tisch und griff nach ihrem Kinn, um gegen ihren Widerstand in ihr Gesicht blicken zu können. In ihren Augen lagen Angst und Verzweiflung. Und, am deutlichsten von allen, Abscheu. Er kannte diesen Ausdruck besser, als ihm lieb war. Er hatte ihn oft genug gesehen.

Seine Wut löschte die Vernunft aus. Er sprang so heftig auf, dass der Stuhl mit einem lauten Poltern umfiel. „Und dieser Gedanke ist mehr als Ihr ertragen könnt“, presste er zwischen den Zähnen heraus.

Obwohl er seine Hand weggenommen hatte, hielt sie seinem Blick stand. Wie ein Kaninchen bewegungslos vor der Schlange verharrte. „Ich bin sicher, ich kann Euch nicht daran hindern, mit mir zu verfahren, wie immer Ihr wollt." Die Resignation in ihrer Stimme schraubte seine Wut noch ein Stück höher. All seine Pläne, all seine Träume lösten sich in Nichts auf.

Er atmete tief durch und versuchte, den Schaden zu begrenzen. „Ich bedauere, dass Ihr es auf diese Weise erfahren musstet. Ich hatte die Absicht, mit Euch im Laufe des Abends zu sprechen. Euch zu erklären ...", er brach ab. Auf ihrem Gesicht lag höfliches Desinteresse. Er konnte sagen, was immer er wollte, keines seiner Worte würde ihre Haltung auch nur um ein Jota ändern. Das Einzige, was die Angst und den Hass aus ihr vertreiben würde, war das Einzige, das er ihr nicht geben konnte: die Freiheit, aufzustehen und zu gehen.

Er wandte sich ab und machte einige schnelle Schritte zum Fenster, um in die Dunkelheit zu starren. Die Ohnmacht, mit der er seinem Schicksal gegenüberstand, erzürnte ihn. Noch nie hatte er sich so gefangen gefühlt wie in diesem Augenblick, und am liebsten hätte er die dünne Scheibe zertrümmert - doch im hintersten Winkel seines Verstandes wusste er, dass er damit nichts änderte. Also ballte er die Hände zu Fäusten und grub sie in die Taschen seiner Hose. Er wollte kein Opfer. Er wollte keine Frau, die halb tot vor Angst war, wenn er sie berührte. Keine endlosen Jahre voller Hass und Verzweiflung. Die einzige Möglichkeit, das alles zu verhindern, bestand darin, ihr seine Empfindungen begreiflich zu machen.

Er drehte sich um und ging zu ihr zurück. „Viola", begann er erneut, „es lag niemals in meiner Absicht, Euch zu verletzten oder Euch zu ängstigen. Die Gründe, warum Ihr hier seid, warum die Wolfsmänner vor Ewigkeiten diesen Pakt schlossen, der Euer Leben so nachhaltig beeinflusst hat, gefallen mir so wenig wie Euch. Deshalb versichere ich Euch, dass es keinen Anlass für Angst und Verzweiflung gibt."

Der Ausdruck auf ihrem Gesicht blieb unverändert. Sie glaubte ihm nicht, gleichgültig, was er sagte. Wut überfiel ihn, weißglühend und unbeherrschbar. Er fuhr auf Viola los, packte ihr Handgelenk und riss sie hoch.

„Ihr habt völlig Recht, ich kann mit Euch verfahren, wie immer ich will", knirschte er durch die Zähne. „Und genau das werde ich jetzt tun."

Mit schnellen Schritten ging er zu Tür und zerrte Viola hinter sich her. Am Rand seines von Wut vernebelten Verstandes merkte er, dass ihr lahmes Bein sie zum Stolpern brachte und ein Schmerzenslaut über ihre Lippen kam.

Er wirbelte herum und sah die zusammengekrümmte Gestalt mit den riesigen grünen Augen in einem vor Entsetzen bleichen Gesicht. Mit einem Fluch griff er nach ihr und hob sie auf seine Arme. Sie zitterte, und er spürte es mit jeder Faser seines Körpers.

Er durchquerte den langen Flur und schritt die Treppe hinunter. Vor ihrem Zimmer blieb er stehen und trat die Tür ohne Umstände mit dem Stiefel auf. Drinnen stellte er das Mädchen zu Boden, warf die Tür ins Schloss und drehte nachdrücklich den Schlüssel, um diese abzuschließen.

Noch immer zornig, zog er einen Sessel heran, setzte sich und streckte die Beine aus. Viola stand mit gesenktem Kopf vor ihm, die Finger hatte sie so fest ineinander verschlungen, dass die Knöchel weiß hervortraten.

Er sah es, ließ sich aber dadurch nicht von seinem Vorhaben abbringen. Diese Lektion würde er ihr nicht ersparen.

„Zieht Euch aus."

Ihr Kopf ruckte hoch. Wenn es überhaupt noch möglich war, dann wurde ihr Gesicht nun noch blasser. Mit bebenden Händen begann sie, die Knöpfe ihres Kleides zu lösen, bis es mit sanftem Rascheln zu Boden glitt. Noch immer hatte sie Mieder, Hemdchen, lange Unterhosen und Seidenstrümpfe an. Ihre Arme hingen zu beiden Seiten ihres Körpers herunter, als wären Bleigewichte daran befestigt.

Seine Augen wanderten über sie und registrierten dabei jedes Detail. Als sie anfing, sich an der Verschnürung des Mieders zu schaffen zu machen, stand er auf. An der Tür blieb er stehen und sagte, ohne sich umzudrehen: „Was ich tue und was ich nicht tue, bestimme ich ganz allein! Kein Pakt und keine ängstlichen Augen und kein Klatsch von böswilligen Dirnen. Nur ich selbst! Und Ihr, Mädchen, tut gut daran, das niemals zu vergessen."

Die Tür fiel hinter ihm ins Schloss, und Viola starrte sie an, ohne zu begreifen, was gerade geschehen war.

KAPITEL 10

Kyrian ging über den Flur. Die Wut beschleunigte seine Schritte. Ohne anzuklopfen, riss er die Tür zu Maries Zimmer auf.

Die drei Frauen saßen am Tisch und spielten Karten. Jetzt blickten sie ihn neugierig an. Er atmete tief ein, um durch die roten Schleier seines Zorns sehen zu können. Mit verschränkten Armen lehnte er sich an den Bettpfosten.

„Was habt ihr dem Mädchen erzählt?" Seine Stimme klang nicht annähernd so ruhig und beherrscht, wie er es gerne gehabt hätte.

Marie blickte ihn an, während die anderen beiden die Köpfe senkten. „Sie wollte wissen, warum sie hier ist. Diese Frage haben wir ihr beantwortet, nachdem du das ja verabsäumt hast. Du brauchst dir keine Sorgen zu machen, wir haben ihr nichts gesagt, was nicht den Tatsachen entspricht. Sie ist hier, um dein Bett zu teilen - wie wir alle."

Kyrian sah sie an. Ihr blondes Haar, das lose auf ihre nackten Schultern fiel, glänzte im Kerzenschein. Sie wäre eine Schönheit gewesen, wenn nicht Missgunst und Neid tiefere Spuren in ihrem Gesicht hinterlassen hätten als das entbehrungsreiche Leben auf der Straße. Ohne Zweifel jedoch war sie eine Kämpferin und würde ihren Besitz mit Zähnen und Klauen verteidigen.

Und der Gedanke, dass er in ihren Augen zu diesem Besitz zählen könnte, verursachte ihm so tiefes Unbehagen, dass er unwillkürlich einen Schritt zurückwich.

„Was immer dich bewogen hat, Marie, die Kleine derartig in Angst und Schrecken zu versetzen, es wird sich für dich nicht rechnen. Sie wird hier bleiben. So lange ich es für nötig befinde."

Marie kam mit wiegenden Hüften auf ihn zu und blieb so knapp vor ihm stehen, dass der Saum ihres Kleides über seine Stiefelspitzen fiel. Sie atmete ein, und ihre Brüste streiften sein Wams. „Damit teilt sie unser Schicksal in einer weiteren Weise. Auch wir sind nur so lange hier, wie du uns brauchst, nicht wahr, Kyrian?"

Er blickte in die harten blauen Augen. „Noch nie hat eine der Jungfrauen die Wolfensburg verlassen, Marie."

„Aber wir sind keine Jungfrauen. Und niemand weiß das besser als du, Kyrian." Ihre Nähe und ihre kehlige Stimme blieben nicht ohne Wirkung auf ihn, und dieser Umstand entging ihr nicht. Ihre Hand schoss vor und schloss sich um die Wölbung seiner Hose. Sie massierte seine beginnende Schwellung meisterlich, und er kämpfte darum, nicht einfach die Augen zu schließen und sich einmal mehr in den Strudel der Begierde fallen zu lassen.

Unverhüllter Triumph lag auf ihrem Gesicht, als sie den Verschluss der Hose öffnete und sein heißes, hartes Fleisch in ihre geschickten Hände nahm. Jede ihrer virtuosen, wohl berechneten Zärtlichkeiten war dazu angetan, ihn noch weiter zu erregen, seinen Verstand in ein Land jenseits aller Vernunft zu schicken.

Die anderen beiden Mädchen kamen näher. Ihre Finger schoben sich unter sein Hemd und seine Jacke, liebkosten seine nackte Haut und rieben an seinen Brustwarzen, bis sie sich steif aufrichteten.

Während all dessen hielt sein Blick noch immer den von Marie fest. Ihr unerbittlicher Ausdruck wurde weicher, und ihre Augen verdunkelten sich. Sie atmete schneller, und aus ihren leicht geöffneten Lippen drang ein leises Stöhnen, das wie Feuer durch seinen Körper lief.

Aus der Kuppe seines Gliedes perlten die ersten klaren Lusttröpfchen, die Marie eifrig mit der Daumenspitze verrieb. Ihr voller kirschförmiger Mund war noch immer geöffnet, und ihre kleine vorwitzige Zunge strich über die Unterlippe. Der Gedanke, was sie mit ihrem Mund alles anstellen konnte und bereits angestellt hatte, brachte seine Hoden dazu, sich lustvoll zusammenzuziehen.

Er beugte sich vor und küsste sie. Genoss die samtige Wärme ihres Mundes und die Geschicklichkeit, mit der ihre Zunge vorschnellte, um mit der seinen einen leidenschaftlichen Tanz zu beginnen. Ihre Hand fasste seinen Schaft fester und glitt in einem unwiderstehlichen Rhythmus auf und ab, der so exakt an seine Begierde angepasst war, dass ihm schwindelte. Seine Sinne begannen sich in einem allzu bekannten, dunklen Rausch zu verlieren.

Er hob den Kopf. Ihre Augen waren verschleiert und blicklos.

Kyrian rieb seine in Leder gekleidete Wange an ihrer, spürte ihr Erschauern und flüsterte in ihr Ohr. „Bist du geil, Marie?"

Sie nickte.

„Sag es! Sag mir, dass du geil bist! Sag mir, dass du mich willst!"

„Ich bin geil. Ich will dich, Kyrian, ich will dich so sehr, wie ich noch keinen anderen gewollt habe!" Ihr Atem war so heiß, dass er die Hitze sogar durch die Maske spürte, und ihre freie Hand klammerte sich an seine Schulter.

„Sag, dass es dir leidtut, was du dem Mädchen erzählt hast!"

Sie keuchte, als ein weiteres klares Rinnsal aus seinem heißen harten Schaft über ihre Finger sickerte. „Es tut mir leid, was ich dem Mädchen erzählt habe."

„Du wirst es nie wieder tun."

„Ich werde es nie wieder tun." Ihre Stimme klang heiser.

„So ist es gut, Marie. Willst du, dass ich dich nehme? Von hinten? Dass sich meine Finger in deine Oberarme graben und blutige Male hinterlassen, dass ich mit meinen Lederhandschuhen deinen weißen Hintern dresche, wieder und wieder, bis er so rot und heiß ist wie deine nasse Spalte? Dass ich dein Haar packe und deinen Kopf zurückreiße, bis du mir in die Augen siehst?"

Sie nickte so heftig, dass ihre blonden Locken flogen.

„Bitte mich darum!"

„Bitte, Kyrian, fick mich!", murmelte sie undeutlich. „Von hinten. Schlag mich! Fick mich! Schlag mich! Bitte, Kyrian. Schlagmichfickmichjetztbittejetzbitte!" Ihre Worte verschmolzen zu einem zusammenhanglosen Gebrabbel, und auf ihrem Gesicht zeichnete sich eine geradezu inbrünstige Sehnsucht ab.

Er griff nach ihren Schultern. Ihre glasigen Augen waren auf ihn gerichtet, ohne ihn zu sehen. Es war schwerer, als er gedacht hatte, aber er schaffte es, sie mit einer schnellen Bewegung von sich zu stoßen und gleichzeitig einen Schritt rückwärts zu machen. Ihre Hand glitt von seinem Schwanz.

Er holte rasselnd Luft. Der kühle Luftzug, der über den feuchten, empfindlichen Kopf seines hochgereckten Schafts strich, ließ ihn erschauern. Langsam wandte er den Blick von Maries Gesicht ab, auf dem sich Begreifen gleich einer entstellenden Maske ausbreitete.

„Du Bastard!“, keuchte sie.

Die beiden anderen Frauen standen neben dem Bett. Maries Bett. Sie sahen ihn mit einem Ausdruck an, in dem sich Bewunderung mit Angst mischte.

„Legt euch hin!“, befahl er, ohne Marie weiter zu beachten. „Legt euch hin, schiebt die Röcke nach oben und spreizt die Beine!“

Er hatte den Satz kaum beendet, als Nadja und Ludovica vor ihm auf dem Bett lagen und ihm ihre Hüften entgegenhoben.

„Du Bastard wirst sie nicht in meinem Bett ficken!“, fauchte Marie und fuhr auf ihn los.

Er hatte ihre Reaktion erwartet, denn bevor sie ihn erreichte, hatte er sein Messer aus dem Stiefel gezogen. „Wer sollte mich daran hindern?“ Er packte sie blitzschnell von hinten und hielt ihr den Dolch an die Kehle. Dann zerrte er sie zu den Vorhängen, griff nach dem Seil, mit dem die Draperien gerafft wurden, und band ihr damit die Handgelenke hinter dem Rücken zusammen.

„Keine Menschenseele wird sich darum kümmern, wenn ich dir den Hals durchschneide, Marie.“ Er nahm ein Seidentuch von einem Sessel und betrachtete es einen Moment nachdenklich, ehe er es wieder zurückwarf. „Großzügig wie ich bin, verbinde ich dir nicht die Augen."

„Du gottverdammter Bastard, seelenloses Ungeheuer, du wirst nie etwas anderes als Huren stechen, keine Frau wird dich freiwillig in ihr Bett ..."

„Du hast einen prachtvollen Körper und geschickte Hände, Marie. An deiner Konversation solltest du allerdings noch arbeiten." Er drehte sich um, nahm das Seidentuch und band ihr damit den Mund zu.

Sobald er damit fertig war, ging er zurück zum Bett, kniete sich ohne Umstände zwischen Ludovicas Schenkel und vergrub sich mit einem einzigen Stoß bis zum Anschlag in ihr. Sie war feucht, und ihr Aufstöhnen bewies, dass ihr sein ungestümes Eindringen ebensolche Lust verschaffte wie ihm selbst. Er konzentrierte sich darauf, seinen Bewegungen jenen Rhythmus zu geben, der sie beide dem Höhepunkt näher brachte, und blendete alle Gedanken an ein Mädchen mit grünen Augen und rotem Haar aus seinem Bewusstsein aus. Viola hatte mit dem hier nichts zu tun. Er würde sie nicht beschmutzen, in dem er an sie dachte, während er in den heißen Schoß einer anderen Frau stieß.

Sein Blick fiel auf Nadja, die neben Ludovica lag. Sie sah ihn an, und ihre Finger wanderten zwischen ihren prall geschwollen Schamlippen auf und ab. Er wusste, dass er sie nicht nehmen würde. Im Gegensatz zu sonst hatte er heute kein Interesse daran, seine Erregung länger hinauszuzögern als nötig. Deshalb streifte er die Handschuhe ab, um ihr auf andere Weise Befriedigung zu verschaffen.

Er strich über ihre Schenkel und schob seine Finger vorsichtig in ihre heiße Spalte. Zuerst einen, dann zwei und schließlich bewegte er vier Finger im gleichen Takt in ihr, mit dem er sich in Ludovicas Körper rammte. Sie stöhnte und spreizte die Beine weiter, um ihn ihr glänzendes, vor Erregung pralles Fleisch sehen zu lassen, das sich unter den feuchten dunklen Löckchen verbarg. Ihre eigenen Finger tanzten um die weit hervorgetretene Perle, die ihre Pforte schmückte.

Kyrian spürte, wie sich ihre Muskeln um seine Finger zusammenzogen, als wollten sie ihn noch tiefer in sich saugen. Ihr Becken wölbte sich in einem letzten ekstatischen Aufbäumen vom Bett, ehe sie erschlafft liegen blieb. Als sie sich auf die Seite rollte, zog er seine Finger aus ihr.

Er bewegte seine Hüften schneller und änderte den Winkel, um endlich auch Erlösung zu finden. Ludovica stöhnte. Ihre Finger fuhren rastlos über das Laken, als suche sie etwas, an dem sie sich festhalten könnte.

Nadja beugte sich über ihr Gesicht. Sie warf Kyrian einen fragenden Blick zu, und als er nickte, bedeckte sie Ludovicas Mund mit ihrem. Nachdem der erste Hunger gestillt war, hob sie leicht den Kopf, damit Kyrian die sich aneinander reibenden, schlängelnden Zungen sehen konnte. Ihre Hände schoben das Dekolletee der auf dem Rücken liegenden Frau nach unten, bis sich die von harten Knospen gekrönten weißen Hügel sehnsüchtig ihren Fingern entgegenreckten. Ohne den Kuss zu unterbrechen, rollte Nadja einen der beiden rosigen Kieselsteine zwischen Daumen und Zeigefinger. Ludovica riss ungebärdig ihren Mund von Nadjas Lippen. Ihr kehliges Stöhnen füllte den Raum und ging schließlich in spitze Lustschreie über. Schauer liefen über ihren sich windenden Körper, und Kyrian genoss das Schauspiel ebenso sehr wie Ludovica die Zärtlichkeiten der anderen Frau. Während Nadja mit der Zunge die zweiten Brustspitze zu reizen begann, presste Kyrian seine Hand flach auf ihre Scham und rieb sanft über die ebenso harte Knospe zwischen ihren geschwollen Lippen.

Sie kam mit einem heiseren Schrei. Ihre Kontraktionen glichen tausend saugenden Flammen. Kyrian spürte, wie sich unter seiner Maske Schweißperlen bildeten, und wie Schweiß unter seinem Hemd die Wirbelsäule entlanglief. Seine Kiefer mahlten aufeinander, und er schloss die Augen, als er sich endlich seiner eigenen Lust ergab. Aller Kontrolle beraubt, ließ sein Bewusstsein keine Täuschung mehr zu, sondern zeigte ihm jenes Gesicht, das zu verleugnen er so fest entschlossen gewesen war: Violas klare, verletzliche Züge.

KAPITEL 11

Marie starrte in die Dunkelheit. Sie lag auf ihrem Bett. Ihre Hände waren noch immer gefesselt und das Seidentuch bedeckte ihren Mund. Sie wusste nicht, wie viele Stunden sie schon in diesen Laken verbrachte, die nach dem wilden Treiben des frühen Abends rochen.

Der Bastard würde dafür zahlen! Er hatte sie nicht nur gedemütigt, sondern er hatte sie vor den Augen der anderen gedemütigt. Alles hätte sie vergessen können, aber das nicht. Niemand untergrub ungestraft ihre Stellung als Anführerin.

Sie holte zitternd Luft. Er hatte sie nicht einmal berührt. Er hatte sie in ein wimmerndes, bettelndes Bündel willigen Fleisches verwandelt, nur mit der Macht seiner Worte.

Dass er Potenzial besaß, war ihr schon klar gewesen, als er seine Unschuld zwischen ihren Schenkeln verloren hatte. Seine körperliche Stärke und seine innere Kraft, sich in Momenten zu kontrollieren, in denen andere Männer nur mehr sabbernde Tiere waren, hatten sie schon in dieser ersten Nacht beeindruckt. Von diesem Moment an war sie fest entschlossen gewesen, ihn zu ihrem Sklaven zu machen.

Sein ungewöhnlich starker Trieb hatte sie in der Überzeugung bestärkt, dass ihr das ohne

Schwierigkeiten gelingen würde. Dass sie ihn von sich abhängig machen könnte. Er brauchte Frauen. Oder eine Frau, die wusste, wie sie mit ihm umzugehen hatte. Die seine Leidenschaft und seine beharrliche Lust nicht abstieß, sondern erregte. Und sie war diese Frau. Sie wusste zu würdigen, was er bot. Seine Neugier, alle Geheimnisse des weiblichen Körpers zu entdecken, seine unglaublich schnell erlernte Raffinesse, diesem Körper Vergnügen zu bereiten und immer neue, immer gewagtere Spielarten der körperlichen Liebe auszukosten.

Sie war die perfekte Partnerin für ihn. Und er der einzige Mann, der sie jemals befriedigt hatte. Sie würde ihn nicht aufgeben. Nicht für ein zimperliches kleines Mädchen, das niemals wissen würde, niemals wissen konnte, welches Geschenk ihr das Schicksal gemacht hatte.

Die Tür des Zimmers wurde geöffnet. Kyrian trat mit einer Kerze in der Hand ein. Er stellte sie aufs Nachtkästchen und setzte sich aufs Bett.

„Dreh dich um!", befahl er, während er den Dolch aus seinem Stiefel zog. Er schnitt das Seil durch, das ihre Handgelenke fesselte. Dann beugte er sich vor und streifte das Tuch von ihrem Mund. Während Marie sich aufsetzte und ihre schmerzenden Handgelenke rieb, ging Kyrian zum Tisch und goss aus einer Karaffe Wasser in ein Glas, das er ihr reichte.

„Danke." Sie blickte ihn durch ihre Wimpern hindurch an. Ob sie wohl jemals sein Gesicht sehen würde? Sie kannte den Tratsch der Dienstboten über seine entstellten Züge, die ihn zu einem monströsen Ungeheuer machten, dessen Anblick niemand ertrüge. Das hätte sie nicht gekümmert. Er war jung, und er hatte einen Körper, wie sie ihn noch nie zuvor gesehen hatte. Stahl unter warmer, glatter Haut, der zwischen ihren Händen und Lippen zu Leben erwachte. Wer brauchte da ein hübsches Gesicht?

Er stand vor dem Bett. „Lass die Kleine zufrieden, Marie! Hast du mich verstanden? Sie ist ein unschuldiges Opfer in diesem Stück."

„Sie wird dir niemals das geben können, was ich dir gebe", entgegnete sie langsam.

Er zuckte die Schultern. „Möglich. Dafür wird sie mir etwas anderes geben."

Marie richte sich mit einer schnellen Bewegung auf und kniete am Bettende. „Kyrian, wir beide, wir gehören zusammen. Du weißt es. Schick das Mädchen weg! Wir beide sind füreinander geschaffen."

Er sah auf sie hinunter, dann schüttelte er bedächtig den Kopf. „Und du, Marie, weißt, dass es nicht so ist." Ohne den Blick von ihrem Gesicht zu nehmen, legte er seine Hand auf die Vorderseite seiner Hose. „Wir gehören hier zusammen. Aber nicht hier." Seine Hand lag jetzt auf seiner Brust über seinem Herzen. „Und auch nicht hier." Er berührte seine Stirn. „Was wir haben, reicht nicht für ein ganzes Leben. Ein Leben, wie ich es mir vorstelle. Abgesehen von allem anderen. Vom Pakt. Von meinen Pflichten dem Rudel gegenüber."

„Deine Pflichten? Was haben deine Pflichten mit mir zu tun? Mit uns? Ich werde deinen Pflichten nicht im Weg stehen, ich werde ..." Sie brach ab, weil sie den flehentlichen Unterton in ihrer Stimme hörte. Er durfte nicht wissen, wie wichtig es ihr geworden war, bei ihm zu bleiben. Stattdessen versuchte sie, seine Augen hinter der Maske zu erkennen. „Wie wird es weitergehen? Wirst du uns töten? Uns verjagen, um mit der vierten Jungfrau glücklich bis ans Ende deiner Tage zu leben?“

Seine Schultern fielen leicht nach vorne, was ihn müde und erschöpft wirken ließ. „Ich weiß es nicht. Ihr könnt vorläufig hier bleiben. Alles andere wird sich weisen.“

„Du wirst nicht mehr mit mir schlafen?“

Sie hörte ihn seufzen.

„Nein. Nie mehr.“

Er wandte sich ab und verließ das Zimmer ohne ein weiteres Wort.

Marie rollte sich auf dem Bett zusammen und schloss die Augen. Um ihre Lippen spielte ein zufriedenes Lächeln. Noch war die Schlacht nicht verloren, und Nie war ein großer Herr, der herausgefordert werden wollte.

Obwohl sich Viola vorgenommen hatte, den Tag auf ihrem Zimmer zu verbringen, trieb eine innere Rastlosigkeit sie kurz nach dem Frühstück dazu, durch die Burg zu wandern. Ohne dass sie diese Richtung bewusst eingeschlagen hätte, stand sie plötzlich vor dem Eingang des türkischen Bades.

Mit gemischten Gefühlen starrte sie auf die Klinke. Doch Faszination und Neugier waren stärker als die Vernunft. Ein Schwall warmer, feuchter Luft kam ihr entgegen, der sich sofort auf ihrem Gesicht niederschlug. Vorsichtig blickte sich Viola um. Das Becken war leer, niemand lag auf den gefliesten Stufen, die es umgaben. Erleichtert ging sie weiter. Das gab ihr die Möglichkeit, sich unbeobachtet umzusehen. Neben dem Hauptraum mit dem Bassin gab es noch zahlreiche Kammern und Nebenräume. Hinter einer kunstvoll durchbrochenen Wand im orientalischen Stil entdeckte Viola eine Schiebetür mit einem bunten Mosaikfenster, die in einen kleinen Garten führte. Zierliche Bänke luden zum Verweilen ein, und sie nahm diese Einladung gerne an. Neben wild wuchernden, duftenden Rosen wiegten sich Lilien, Rittersporn und Lupinen im Wind. Der Duft der Blüten schwängerte die Luft, und die warmen Sonnenstrahlen streichelten Violas Haut. Sie schloss die Augen und hob ihr Gesicht der Sonne entgegen.

Ihre Gedanken wanderten zurück zum vergangenen Abend. Auch die Nacht, die sie darüber geschlafen hatte, bescherte ihr keine Klarheit. Sie konnte Kyrian Lupanescus Verhalten nicht einordnen. Seine aufmerksame Höflichkeit während des Abendessens, die kalte Wut, mit der er sie in ihr Zimmer geschleift hatte und mit der er ihr befahl, sich auszuziehen. Sie war überzeugt gewesen, dass jetzt genau das passieren würde, was ihr Marie und die anderen prophezeit hatten. Doch dann war er plötzlich aufgesprungen, hatte ihr ein paar karge Sätze hingeworfen, die sie nicht verstand, und sie allein gelassen.

Obwohl sie entschlossen gewesen war, ihm keine seiner Versicherungen zu glauben, rein aus dem Grund, weil sie nichts an den Tatsachen änderten, brachte dieser Vorfall ihre Entscheidung gefährlich ins Wanken. Die verschiedenen kleinen Steinchen, die Viola erhielt, ergaben kein schlüssiges Bild in diesem Mosaik. Was die Frauen ihr gesagt hatten, wollte nicht zu Kyrians Verhalten passen. Und sie hatte keine Möglichkeit festzustellen, ob die drei sie angelogen hatten. Oder ob Kyrian ein falsches Spiel mit ihr trieb. Sie konnte nichts tun, als abwarten.

Mit einem Seufzen öffnete sie die Augen. Direkt vor ihr auf einem Fliederbusch saß eine Amsel und sang eine zarte Melodie. Die friedliche Umgebung blieb nicht ohne Wirkung auf Viola. Sie ließ sich auf die Knie nieder und pflückte einen Strauß der duftenden Blumen, den sie mit auf ihr Zimmer nahm.

Liese brachte ihr eine geschliffene Kristallvase, und gemeinsam ordneten sie die Blumen zu einem prächtigen Arrangement.

Zufrieden trat Viola einen Schritt zurück und betrachtete ihr Werk. „Ich habe Hunger. Esse ich mit den anderen Frauen?“, fragte sie, während sie eine vorwitzige Haarsträhne hinter ihr Ohr strich.

„Der Herr hat Anweisung gegeben, dass Ihr nicht mehr mit ihnen zusammentreffen sollt.“ Liese zupfte angelegentlich an einem Blütenblatt. „Ich bringe Euch daher Euer Essen aufs Zimmer.“

Mit diesen Worten knickste sie und verschwand. Viola überdachte ihre Worte. Sie hatte zwar nicht unbedingt Sehnsucht nach der Gesellschaft der drei Frauen, aber Kyrians Anweisung bedeutete, dass sie in Zukunft abgesondert von allen anderen leben musste. Sie blickte sich um. Hier gab es nichts, um sich die Zeit zu vertreiben. Ihre Augen wanderten über den Blumenstrauß. Ob sie wohl Kreide und Farben und Papier bekommen könnte?

Sie stand auf und eilte so schnell es ihr möglich war, die Treppe hinunter. In der Halle begegnete ihr Urzula. „Ich gehe zu den Häusern hinunter und esse später. Wo finde ich den Schneider?“

„Ihr könnt Meister Kariakis’ Haus nicht verfehlen. Es ist das letzte am Ende der zweiten Quergasse zur Hauptstraße. Ein Backsteinhaus mit einem weiß gestrichenen Tor.“

„Danke."

Viola fand das Haus ohne Schwierigkeiten. Eine Frau mittleren Alters öffnete ihr. Um ihre dunklen Augen lagen kleine Fältchen, die sich vertieften, als sie freundlich lächelte. „Kann ich Euch helfen?"

„Ich möchte Kreide, Farben, Pinsel und Papier kaufen, und ich dachte, dass Ihr mir damit aushelfen könnt. Ihr zeichnet doch Eure Entwürfe, bevor Ihr sie schneidert?", sprudelte sie heraus.

„In der Tat, das tun wir. Kommt doch herein!" Sie führte Viola in einen gemütlich eingerichteten Salon. „Ich bin Bettina Kariakis. Darf ich Euch Kaffee oder Tee oder eine andere Erfrischung anbieten?"

„Kaffee, wenn es nicht zu viele Umstände macht. Ich heiße Viola Brugger, und ich lebe in der Burg."

Die Frau nickte. „Ich bin gleich zurück. Nehmt doch Platz!"

Wenig später kehrte sie mit einem Tablett, auf dem eine Kaffeekanne, Tassen und eine Kuchenplatte standen, zurück. Während sie Viola die gefüllte Tasse reichte, fragte sie mit einem Lächeln: „Ihr zeichnet und malt also?"

„Ja, vorwiegend Blumen und Pflanzen. An Porträts habe ich mich bisher nur selten herangewagt."

„Nicolas, mein Mann, besitzt einen großen Vorrat an Farben und anderen Utensilien. Er skizziert zwar seine Kleider, aber er malt auch Landschaftsbilder und Stillleben. Er wird Euch gerne aushelfen." Sie bot Viola ein Stück Kuchen an.

„Das trifft sich gut." Viola zog einen Beutel, in dem die aus Allershausen mitgebrachten Münzen aufbewahrte, aus den Falten ihres Rockes.

„Das wird nicht nötig sein, Herrin", sagte die Frau beinahe erschrocken. „Mein Mann kann die

Gegenstände auf die nächste Rechnung setzen, die er in die Burg schickt. Ich glaube nicht, dass es dem Herrn recht wäre, wenn Ihr uns Geld gebt."

Die Anrede erstaunte Viola mehr als der Umstand, dass die Frau von ihr kein Geld nehmen wollte. „Ihr wisst, wer ich bin?"

„Wir sind eine kleine Gemeinschaft, Herrin, Nachrichten verbreiten sich schnell."

„Aber ich bin nicht die Herrin. Ich bin nicht ..."

„Ihr seid es. Oder werdet es in Bälde sein."

„Ihr meint ... Heirat? Ich soll den Weißen Wolf heiraten?", rutschte Viola unüberlegt heraus.

Die Frau wirkte peinlich berührt und machte eine lange Pause, ehe sie weiter sprach: „Es gibt hier keine Kirche und auch keine Kapelle. Man sagt, dass Gott diesen Flecken längst vergessen hat. Oder nie von ihm wusste."

Eine Gänsehaut rieselte über Violas Rücken. Sie wollte weiterfragen, aber Bettina Kariakis stand auf. „Kommt, lasst uns zu meinem Mann hinübergehen. Dort könnt Ihr Euch aussuchen, was Ihr braucht."

Viola folgte ihr nachdenklich. Von der Frau würde sie kein weiteres Wort erfahren, so viel stand fest.

Der Raum, den sie betraten, war groß und hell. Tische, auf denen sich Stoffballen, Nadelkissen, Garnspulen neben Kästchen mit bunten Federn und Glasperlen stapelten, reihten sich aneinander. Eine Schar Näherinnen saß davor und stichelte schneller an den Stoffbahnen, als das Auge folgen konnte. Drei lebensgroße Holzpuppen lehnten in einer Ecke.

Ein Mann mit dichtem, grau gesträhntem Haar stand vor einem Tisch und führte eine große Schere entlang vorgezeichneter Konturen auf einem glänzenden Seidenstoff. Er blickte auf und musterte die

Neuankömmlinge über den dünnen Rand seiner Brille. „Nicolas, das ist Viola Brugger. Sie möchte Farben und Pinsel und Papier kaufen."

Der Mann schob die Brille auf seine Stirn und kam näher. Er griff nach Violas Hand und beugte sich darüber. „Welche Ehre, Euch kennen zu lernen, Herrin."

Die Anrede löste wieder Unbehagen in Viola aus. „Danke, Meister Kariakis. Ich freue mich ebenso, Euch kennen zu lernen. Ich habe die von Euch gefertigten Roben mit großer Bewunderung betrachtet. Sie sind wirklich wunderschön."

Der Mann verbeugte sich. „Meine Familie schneidert seit Generationen die Gewänder der Lupanescus. Ich habe schon für den Großvater und den Vater des gegenwärtigen Herrn gearbeitet."

Bevor Viola etwas erwidern konnte, sagte Bettina Kariakis rasch: „Am besten, du zeigst der Herrin deine Schätze und sie soll sich aussuchen, was ihr gefällt, Nicolas."

Der Meister blickte seine Frau eine Weile schweigend an, dann wandte er sich an Viola: „Kommt mit mir in mein Atelier. Dort bewahre ich meine Utensilien auf."

Er beriet Viola geduldig bei der Auswahl der Farben, Pinsel, Stifte und Papiersorten. Schließlich packte er die Dinge in einen kleinen Henkelkorb, den er ihr mit einer Verbeugung überreichte.

„Danke. Dürfte ... dürfte ich vielleicht Eure Bilder sehen?", fragte sie dann schüchtern.

„Natürlich, gerne", entgegnete der Mann bereitwillig und führte sie zu den an den Wänden lehnenden, auf Holzrahmen gespannten Leinwänden. Mit großer

Geste entfernte er ein zum Schutz darüber gebreitetes Tuch, und Viola trat näher.

Die Zeichnungen und Gemälde waren meisterhaft, anders konnte man es nicht nennen. Detailgetreue Abbildungen der Häuser innerhalb der Wehrmauer fanden sich ebenso darunter wie eindrucksvolle Bilder der Wälder und Gebirge der Umgebung.

Sie wollte sich schon mit einem Dankeswort abwenden, als ihr Blick auf das Gemälde einer jungen Frau mit traurigen dunklen Augen fiel. Sie trug ein helles Kleid, und ihr schwarzes Haar war zu kunstvollen Locken aufgetürmt.

„Wer ist das?“, erkundigte sie sich neugierig, da es das einzige Portrait in der langen Reihe von Bildern war.

Nicolas Kariakis breitete hastig das Tuch über die Gemälde. „Die Mutter des jetzigen Herrn“, murmelte er und komplimentierte Viola zur Tür hinaus. „Es ist ein altes Bild. Ich habe es unmittelbar nach ihrer Ankunft angefertigt.“

„Wie heißt sie? Ich habe sie noch nie gesehen. Lebt sie überhaupt auf der Burg?“, fragte Viola weiter.

Der Mann blickte sich hastig um, als wollte er prüfen, dass sie nicht belauscht wurden. „Sie ist tot. Sie hat sich vor knapp vier Jahren das Leben genommen. Am achtzehnten Geburtstag ihres Sohnes“, flüsterte er.

Alles Blut wich aus Violas Wangen, und sie fühlte sich, als hätte sie einen Schlag in den Magen bekommen. Und zwar nicht, weil sich Kyrians Mutter umgebracht hatte, eine zweifellos traurige Neuigkeit, sondern weil ihr diese Worte klar machten, dass Kyrain viel jünger war, als sie immer gedacht hatte. Gerade zweiundzwanzig Jahre. Seinem entschlossenen, selbstsicheren Verhalten nach zu urteilen, war sie überzeugt gewesen, es mit einem weitaus älteren Mann zu tun zu haben.

Dieser neue Aspekt beschäftigte sie dermaßen, dass sie sich widerstandslos zur Tür führen ließ und sich gedankenverloren vom Ehepaar Kariakis verabschiedete. Auch als sie auf ihrem Zimmer ankam, befasste sie sich im Geist noch immer mit Kyrian Lupanescu und dem Tod seiner Mutter. Dass sein Vater bereits verstorben sein musste, hatte sie geahnt, da Kyrian der Herr der Burg war.

Während sie anfing, die Blüten einzeln zu skizzieren, überlegte sie, ob zwischen dem Tod seiner Mutter und seines Vaters wohl ein Zusammenhang bestünde. Hatte sich die Frau umgebracht, weil sie es nicht ertragen konnte, ohne ihn weiterzuleben? Hatte sie ihn so sehr geliebt, dass ihr das eigene Leben sinnlos erschien ohne ihren Gatten? Ihren Gefährten, verbesserte sie im Stillen. Gott hat diesen Ort vergessen. Bettina Kariakis' Worte fielen ihr ein, und wieder lief ein Schauer über ihren Rücken.

Obwohl Gott sich ihrem eigenen Flehen gegenüber immer taub gestellt hatte, verlieh dieser Satz gemeinsam mit dem Fehlen einer Kapelle der Wolfensburg die Aura einer verfluchten, vom Bösen beherrschten Stätte.

Und sie selbst befand sich im Mittelpunkt dieses Horts der Finsternis.

KAPITEL 12

Viola beschäftigte sich bis zum Einbruch der Dämmerung mit dem Skizzieren der Blumen und hing ihren Gedanken nach. Gerade, als sie die Kerzen entzündete, betrat Liese das Zimmer und teilte ihr mit, dass der Herr wieder mit ihr zu speisen wünsche. Viola war darüber nicht verwundert, sondern beschloss die Gelegenheit zu nutzen, um einige Antworten auf ihre Fragen zu bekommen.

Als sie die Tür zum Blauen Salon öffnete, kam ihr Kyrian entgegen, augenscheinlich völlig unberührt von den Vorkommnissen des vergangenen Abends. Er deutete eine Verbeugung an und hob ihre Hand an seine Lippen.

„Ihr seht bezaubernd aus, Viola", sagte er leise. „Ich freue mich, dass Ihr mir die Ehre erweist, mit mir zu speisen."

Der Satz machte Viola verlegen, sie konnte nicht glauben, dass irgendjemand sie bezaubernd fand. Und was die Ehre anbelangte, so blieb ihr kaum etwas anderes übrig. Aber sie schluckte alle Einwände hinunter und rang sich ein gezwungenes Lächeln ab.

„Vielen Dank", entgegnete sie und setzte sich an den Tisch.

Wie immer war der Weiße Wolf perfekt gekleidet, wie immer trug er Maske und Handschuhe. Er entließ die Dienstboten, sobald diese die Speisen aufgetragen hatten, und sagte, während er ihr von der Pastete vorlegte: „In Zukunft möchte ich jeden Abend mit Euch speisen."

„Natürlich. Wie Ihr wünscht", antwortete sie mechanisch und stocherte mit der Gabel in der Pastete auf ihrem Teller.

„Gut. Außerdem wünsche ich, dass wir uns von jetzt an duzen."

Sie hob den Kopf und blickte ihn an. Zu dieser Art von Vertrautheit war sie noch nicht bereit. Aber das scherte ihn vermutlich keinen Deut.

Sie nickte stumm. Die Entwicklung der Dinge gefiel ihr nicht, denn sie wusste, dass sie in dieser neuen Situation nicht den Mut aufbringen würde, ihm all die Fragen zu stellen, die ihr auf der Zunge lagen.

Kyrian hatte damit keine Probleme, das zeigte seine nächste Frage. „Wie hast du den Tag verbracht?"

Viola ließ die Gabel sinken. „Ich war bei Herrn und Frau Kariakis. Sie haben mir Farben und Papier verkauft. Allerdings ließen sie mich nicht dafür bezahlen. Sie sagten, dass sie die Rechnung hierher schicken würden."

„Ja, du brauchst kein Geld, alle Bewohner, die etwas an die Burg liefern oder verkaufen, bekommen einmal im Monat ihr Geld. Es gibt einen Schatzmeister, der sich um alles kümmert."

Er legte ihr ein Stück gebratenen Fasan auf den Teller und häufte etwas von dem Gemüse und den Maismehlschnitten daneben. „Du malst also?"

Viola griff das Thema dankbar auf. „Ja. Ich habe vor einigen Jahren damit angefangen und konnte mich nicht mehr davon trennen. Es ist ein lieb gewordener Zeitvertreib, nichts weiter."

„Und was sind deine bevorzugten Motive?"

„Ich male und zeichne vorwiegend Pflanzen. Hin und wieder habe ich mich auch an Porträts versucht, aber das Ergebnis war nicht ...", sie stockte und setzte dann trocken hinzu: „Die Zeichnungen wiesen keine allzu große Ähnlichkeit mit den lebendigen Vorbildern auf. Deshalb bleibe ich bei Blumen. Mit ihnen muss ich nicht darüber diskutieren, ob sie sich in meinen Werken wieder erkennen oder nicht."

Er lachte. „So schlimm ist es bestimmt nicht."

Viola schnitt eine Grimasse. „Wenn ich fertig bin, werde ich mit den Zeichnung die Wände hier dekorieren. Dann kann sich jeder selbst ein Bild von meinen Künsten machen." Sie wollte nicht darüber sprechen, dass nur Samara sie ermutigt und gelobt hatte. Das brachte nur unerwünschte Erinnerungen zurück. Schuldbewusst fiel ihr ein, wie wenig sie in den vergangenen Tagen an ihre Schwester gedacht hatte. Um sich nicht um ihr schlechtes Gewissen kümmern zu müssen, konzentrierte sie sich auf Kyrians Fragen und beantwortete sie bereitwillig.

Die Zeit verflog so schnell, dass Viola völlig überrascht merkte, dass die Schüsseln und Teller plötzlich leer waren.

Kyrian stand auf. „Was hältst du von einem kleinen Abendspaziergang?"

Viola nickte. Schließlich gab es keinen Grund, seinen Vorschlag abzulehnen. Er bot ihr seinen Arm, und sie legte ihre Hand darauf. Sie gingen schweigend nebeneinander durch die nur von spärlichem Kerzenlicht erhellten Gänge. Die Situation erschien Viola so unwirklich, ein Mann ohne Gesicht, eine düstere Burg, Geheimnisse und Gerüchte, wohin sie blickte, aber nichts Greifbares. Ihr war zumute, als lebe sie in einem Traum und könne nicht mehr erwachen, so sehr sie sich auch bemühte.

Viola hatte angenommen, sie würden nach unten gehen, doch der Gang endete an einer schmalen Wendeltreppe. Beklommen blickte Viola nach oben und fasste nach dem Geländer. Die einzelnen Stufen waren hoch, abgetreten und gefährlich glatt. Außerdem gab es hier keine Kerzen, nur völlige Dunkelheit. Sie stellte den rechten Fuß auf die erste Stufe und zog den linken nach, während sie sich mit ihrer Hand am Geländer festhielt. Sie wiederholte die Reihenfolge dieser Bewegungen bei der zweiten Stufe und war sich dabei Kyrians Gegenwart überdeutlich bewusst.

Er ging hinter ihr. Als sie auf der vierten Stufe stand, spürte sie seinen Atem auf ihrer Wange. „Du erlaubst?"

Sie wusste nicht, was er meinte. Aber ehe sie in irgendeiner Weise reagieren konnte, hatte er sie auf seine Arme gehoben. Erschrocken versteifte sie sich.

„Leg deinen Arm um meinen Hals", befahl er leise. „Ich schätze es nicht, wenn mich dein spitzer Ellbogen durchbohrt."

Hastig tat sie, was er verlangt hatte. Sie spürte seine Schulter- und Nackenmuskeln unter der Jacke. Ihr Körper wurde an seine harte Brust gepresst. Auch Hauptmann Andropol hatte sie auf seinen Armen getragen, aber dabei waren ihre Empfindungen nicht halb so sehr in Aufruhr geraten wie in diesem Augenblick.

Seine linke Hand lag knapp unter ihrer Brust, und Viola hätte schwören können, dass ihr Kleid an dieser Stelle trotz Handschuh und Mieder versengt war, so intensiv spürte sie die Hitze, die von dieser Berührung ausging.

Sie fühlte sich eigenartig sicher und geborgen, deshalb breitete sich Bedauern in ihr aus, als er sie oben absetzte. Um sie herum war es stockdunkel, aber Kyrian hantierte neben ihr ohne das geringste Zögern. Er musste außergewöhnlich empfindliche Augen besitzen, damit seine Handgriffe, jeder einzelne, so sicher saßen. Ein Schlüssel wurde in einem Schloss gedreht. Mit lautem Knarren ging die Tür auf, und ein Schwall angenehm frischer Luft schlug Viola entgegen.

Unglaublicherweise war die Schwärze der Nacht weniger dunkel als die Dunkelheit um sie herum. Neugierig machte Viola zwei ungeschickte Schritte und spürte sofort Kyrians Hände an ihrer Taille. „Vorsicht, drei Stufen führen hinunter, dann ist das Pflaster eben."

Sie nickte und stieg die kleine Treppe hinab. Erst als sie unten angekommen war, ließ Kyrian sie los. Beeindruckt sah sich Viola um. Sie befanden sich auf einem der beiden Türme. Jenseits der Brüstung lagen auf einer Seite die dunklen Wälder, die sich am Horizont mit dem funkelnden Sternenhimmel trafen. Auf der anderen Seite konnte man die erleuchteten Fensterscheiben der Häuser erkennen, die zur Burganlage gehörten. Auf dem tiefer liegenden Wehrgang, der durch eine Hand voll Laternen erhellt wurde, waren einzelne Männer auszumachen, Wachen, die ihren Dienst versahen.

In der milden Nachtluft hing ein schwacher Duft nach Rosen, und Viola nahm an, dass sich der kleine Garten direkt unter ihnen befinden musste. Sie stützte die Arme auf die Brüstung und beugte sich vor, so weit, dass sie schließlich auf den Zehenspitzen stand und sich ihr gesamter Oberkörper über dem Abgrund befand.

„Nicht!“ Kyrians Stimme klang gepresst, und er zog Viola an ihrem Arm zurück.

Sie sah ihn überrascht an. „Nicht - was?“

Er atmete tief ein und ließ sie los. „Es war dumm. Verzeih. Ich dachte ...“ Er brach ab und senkte den Kopf. „Meine Mutter, sie ist von dem gegenüberliegenden Turm gesprungen.“

Viola schwieg. Sie wusste nicht, was sie sagen sollte. „Du hast sie sehr geliebt, nicht wahr?“

Er zuckte die Schultern. „Sie war meine Mutter.“

Viola vermutete, dass der Schmerz noch tief in ihm saß. Um ihn abzulenken, begann sie von sich zu erzählen. „Ich habe meine Mutter nicht gekannt. Sie starb bei meiner Geburt. Mein Vater hat schnell wieder geheiratet, aber weder mit ihm noch mit seiner zweiten Frau bin ich gut ausgekommen. Es war ... nichts als Kälte zwischen uns.“ Viola verschränkte die Arme und blickte in die Nacht.

„Also wirst du niemanden vermissen, wenn du hier bist?“ Er lehnte sich mit dem Rücken an die Brüstung.

„Nur meine Schwester. Mein Stiefschwester Samara. Sie hat Hochzeit gefeiert an dem Tag, als Hauptmann Andropol mich ... holte.“

Seine Augen hinter den Schlitzen der Maske glitzerten. „Hat um dich niemand angehalten? Du bist älter als Samara. Du hättest zuerst heiraten sollen.“

Viola überlegte kurz und entschied sich dafür, die Wahrheit zu sagen. „Es gab niemanden, der mich heiraten wollte. Nicht einmal samt der Mitgift, die mir mein Vater gegeben hätte. Ich bin nicht nur ein Krüppel, ich bin auch hässlich. Sieh mich doch an!“, forderte sie ihn voller Bitterkeit auf.

„Das tue ich.“ Er stieß sich von der Wand ab und kam auf sie zu. „Ich sehe ein Mädchen mit flammendem Haar und smaragdgleichen Augen. Den grazilen Gliedern einer Elfe. Einer Haut, so glatt und weiß wie die Blütenblätter einer Lilie.“ Er blieb vor ihr stehen. Als er weiter sprach, war seine Stimme rau. „Und einem Mund, um den dich Aphrodite beneiden würde.“

Viola sah ihn an. Entgeistert. Fasziniert. Ungläubig. Was redete er da? Sie sah krank und blass aus, ihr Haar und ihre Augen erschienen jedermann unnatürlich. So war es immer gewesen.

Seine Worte überraschten sie dermaßen, dass sie nicht zurückwich, als er sich zu ihr beugte. Warme Lippen streiften die ihren wie Schmetterlingsflügel. Doch die Berührung war vorbei, ehe sie etwas anderes als Verwunderung empfinden konnte.

Viola hob die Hand und legte sie an eine von Leder bedeckte Wange. Sie spürte die Wärme unter ihren Fingerspitzen. „Lass mich dein Gesicht sehen“, bat sie leise.

„Die Maske ist mein Gesicht“, entgegnete er und drehte leicht den Kopf. Seine Lippen berührten ihre Finger und öffneten sich. Schockiert merkte sie, wie seine Zunge über ihre Handfläche glitt. Feucht und heiß ein Ornament beschrieb und ihrem Zeigefinger bis zu dessen Spitze folgte. Dort angekommen schloss er seinen Mund über der Kuppe und saugte sanft daran.

Gelähmt sah Viola zu, wie ihr Finger in seinem Mund verschwand, und spürte, wie seine Zunge ihn liebkoste. Hitzewellen liefen durch ihren Körper. Ihre Brüste spannten sich, und ihr Herzschlag hämmerte in ihrem Unterleib. Sie fühlte sich fiebrig und schwach und hatte Angst, dass ihre Beine einfach unter ihr nachgeben würden. Was tat er da? Warum tat er es? Und warum ließ sie zu, dass er es tat?

Sie atmete zitternd ein und versuchte, ihm ihre Hand zu entziehen. Mit offensichtlichem Widerstreben ließ er sie los, und sie machte einen hastigen Schritt zurück.

So standen sie sich gegenüber und rangen beide nach Fassung. Viola packte den ersten klaren Gedanken, der durch ihren Kopf wirbelte, und sprach ihn laut aus: „Gestern wolltest du mir erzählen, warum ich hier bin. Was es mit dem Pakt auf sich hat."

Er ging an ihr vorbei zur anderen Seite der Brüstung und lehnte sich daran. Sie folgte ihm langsam und blieb schließlich neben ihm stehen.

„Über meiner Familie liegt ein Fluch", begann er schließlich. „Graf Wolfdietrich von Lupariat, einer meiner Vorfahren, nahm nach päpstlichem Aufruf am ersten Kreuzzug teil. Er zog mit seinen Kameraden eine Blutspur durchs Gelobte Land, brandschatzte, mordete und vergewaltigte im Namen des einzig wahren Gottes. Man nannte ihn den 'Blutwolf'. Seine Gräueltaten veranlassten Gottfried von Bouillon sogar, ihn vom Kreuzzug auszuschließen. Aber er machte weiter, zog mit einer Hand voll Kumpanen eine Schneise des Grauens durch das Land. Schließlich erreichten sie die Küste und gelangten zu einer kleinen Ansiedlung. Die Männer waren mit ihren Booten hinausgefahren, um zu fischen, ihre Familien blieben schutzlos zurück.

Innerhalb weniger Stunden vergewaltigte und tötete der Blutwolf mit seiner Meute die Frauen und Mädchen. Den männlichen Kindern schnitten sie die Zunge heraus und machten sie zu Zeugen der abscheulichen Schandtaten. Als sie über die Dorfälteste herfielen, sprach die Frau mit ihrem letzten Atem einen Fluch aus: Niemand aus der Familie sollte mehr das

Licht der Sonne sehen. Sie sollten zu einem Leben in ewiger Dunkelheit verdammt sein."

Er schwieg einen Moment, ehe er fortfuhr. „Wolfdietrich Lupariat schiffte sich einige Tage später nach Venedig ein, um zurückzukehren nach Dessau, wo sich sein Familiensitz befand. Schon während der Reise verschlechterte sich sein Sehvermögen. Als er in Dessau ankam, war er blind. Seine Frau, die er kurz vor dem Kreuzzug geheiratet hatte, gebar ihm in kurzen Abständen drei Söhne. Sie kamen ohne Augen zur Welt und überlebten nur wenige Tage."

Grauen stieg in Viola auf, und sie versuchte, das Zittern ihrer Hände zu verbergen, indem sie sich an den Oberarmen festhielt.

„Schließlich kam ein vierter Sohn zur Welt. Er sah gesund und normal aus. Zwei Tage nach der Geburt ließen ihn die stolzen Eltern taufen. Sie fuhren an einem Sommertag zur Kirche. Der Junge schrie, sobald sie die Kutsche verließen und schrie weiter, als ihn das Weihwasser berührte. Alle, die Zeugen dieses Ereignisses waren, erzählten es flüsternd weiter. Am Abend desselben Tages war das Kind tot. Sein Gesicht, sein Kopf, seine Hände waren mit Blasen übersät. Der Medicus, der in diesem Fall den Tod bezeugte, war auch in der Kirche gewesen. Er kam zu der Überzeugung, dass das Weihwasser dem Kind die tödlichen Verletzungen beigebracht hatte. Sein Bericht und die Weigerung des Pfarrers, die kleine Leiche einzusegnen, führten dazu, dass die Bewohner der Umgebung sich aufmachten, um die ihrer Meinung nach dämonischen Untoten zu richten. Wolfdietrich und seine Frau flohen. Sie flohen quer über den Kontinent hierher, in diese Burg, die Wolfdietrich während des Kreuzzugs vom Besitzer beim Würfelspiel gewonnen hatte. Aus Lupariat wurde Lupanescu."

Viola blickte ihn an. „Aber es war nicht das Weihwasser, das ihn getötet hat. Es war die Sonne", sagte sie langsam.

„Ja", antwortete er. „Ich freue mich, dass du die richtigen Schlüsse ziehst."

„Und sie haben noch einen Sohn bekommen, denn die Linie ging weiter."

„Richtig. Sie bekamen noch zwei Söhne, aber nur einer blieb am Leben. Vermutlich begriff Wolfdietrich mittlerweile das ganze Ausmaß des Fluchs. Entweder kamen seine Söhne ohne Augen zur Welt, oder sie ertrugen das Licht der Sonne nicht. Im ersten Fall überlebten sie nicht lange, im zweiten Fall konnte man sie schützen. Sie durften leben. Im Schutz der Dunkelheit. Abseits vom Licht."

Viola überlegte. „Kann der Fluch gebrochen werden?"

„Er kann gebrochen werden. Darum bist du hier." Er drehte sich zu ihr. „Nur die männlichen Nachkommen sind davon betroffen. Sobald ein Mädchen geboren wird, ist die Kette durchschlagen."

„Das heißt ... es gibt seit gut sechshundert Jahren keine weiblichen Nachkommen in deiner Familie?"

„Nein. Es wurden nur Söhne geboren, die keine Augen hatten oder im Sonnenlicht verbrennen."

Sechshundert Jahre Leid und Verzweiflung. Generationen, die in der Dunkelheit lebten. In der Dunkelheit der Nacht und der Dunkelheit der Seele. Sie versuchte sich vorzustellen, was es bedeutete, ein Kind zu gebären und es wenige Tage später zu begraben. Und Monate lang vorher gleichermaßen Hoffnung wie Angst zu empfinden.

„Darum bin ich hier. Um eine Tochter zu gebären. Um den Fluch zu brechen“, sagte sie leise.

„Ja“, antwortete er ruhig. „So ist es.“

„Warum eine Jungfrau? Und warum wolltest du drei Jungfrauen, statt einer, wie der Pakt vorsieht?“

Er schwieg lange, und Viola bekam den Eindruck, dass er seine Worte wohl überlegte. Trotzdem schockierte sie die Direktheit, mit der er sie aussprach: „Der Samen des Weißen Wolfes verwurzelt sich schwer. Je unverbrauchter die Erde ist, in die er gesetzt wird, desto größer sind die Chancen, das gewünschte Ergebnis zu erhalten. Nachdem wir uns nicht ungehindert bewegen können, schloss ein Vorfahre den Pakt mit Allershausen. Jede Generation des Weißen Wolfs bekam eine Jungfrau, im Tausch für Sicherheit und Silber.“

„Alle fünfundzwanzig Jahre ...“, murmelte Viola. Wieder hatte sich ein Teil des Rätsels geklärt. Und drei Jungfrauen verdreifachten die Chance, den Fluch zu brechen. Darauf hätte man auch schon früher kommen können.

Unbemerkt war er ganz nahe zu ihr getreten. Sie hob den Kopf und blickte in diese hellen Augen, das Einzige, das er bereit war, ihr von sich zu zeigen.

„Wir sind aneinander gebunden, weil es das Schicksal so will - durch einen Fluch und einen Pakt.“

„Ich soll dein Kind bekommen“, sagte sie atemlos, da sie erst jetzt wirklich begriff und die abstrakte Situation auf sich bezog.

„Du wirst mein Kind bekommen“, verbesserte er, ohne seine Stimme zu heben. „Und du wirst mehr als nur ein Kind bekommen. Du wirst augenlose Ungeheuer gebären, die nicht leben können. Du wirst Söhne gebären, die du nicht ansehen willst, weil du den

Anblick dessen, was aus deinem Schoß gekrochen ist, nicht erträgst. Aber vielleicht ... vielleicht, wenn wir es oft genug versuchen, werden wir eine Tochter bekommen und damit den Fluch ein für alle Mal brechen."

Ungeachtet des verstörenden Inhalts seiner Worte, übten sie eine geradezu hypnotische Wirkung auf Viola aus. Sie starrte ihn an, wehrlos dieser seltsamen Magie erlegen.

„Und deshalb will ich, dass du für mich brennst. Vor Leidenschaft und Verlangen. Brennst für meine Berührung und nicht verbrennst vor Hass und Abscheu und Ekel. Wie meine Mutter. Und meine Großmutter. Und meine Urgroßmutter."

Sein Atem strich über ihr Gesicht, und er hob die Hand, um eine lose Strähne ihres Haares um seinen behandschuhten Finger zu wickeln. „Ich will, dass du für mich brennst, so wie ich für dich brenne, Viola."

Er beugte sich vor und küsste die um seinen Finger gewickelte Strähne, ohne dabei den Blick von ihrem Gesicht zu lösen.

Viola spürte das Blut in ihren Adern rauschen. Ihr schwindelte. Kein einziger klarer Gedanke war in ihrem leergefegten Gehirn aufzutreiben. Sie wollte, dass er aufhörte, sie so zu verwirren. Und gleichzeitig wollte sie, dass er nicht aufhörte. Dass er weitermachte, damit sie herausfinden konnte, was am Ende dieses unbekannten, dunklen Weges auf sie wartete.

Ihren Augen waren weit aufgerissen, und ohne dass es ihr bewusst wurde, öffneten sich ihre Lippen leicht.

Kyrian wandte sich ab. Seine Haltung wirkte angespannt. „Wir gehen wieder hinunter. Komm, Viola!"

Diese nüchternen Worte brachten sie in die Wirklichkeit zurück. Hastig griff sie nach seinem Arm. An der Schwelle der Treppe angekommen, half er ihr die drei Stufen hinauf und schloss das Tor hinter ihnen. Ohne ein weiteres Wort hob er sie auf seine Arme und trug sie die Wendeltreppe hinunter.

Wieder spürte sie die verborgene Kraft in seinem harten Körper. Ich will, dass du für mich brennst, so wie ich für dich brenne. Elfengleiche Glieder. Flammendes Haar. Ein Mund, um den Aphrodite dich beneiden würde. Konnte es tatsächlich sein, dass er meinte, was er sagte? Dass er sie ... schön fand?

Sie kamen am Ende der Treppe an, und er trug sie weiter, bis sie bei ihrer Zimmertür ankamen. Drinnen stellte er sie auf den Boden. Sie hob den Kopf und lächelte ihn an, aber bevor sie etwas sagen konnte, wischten seine Worte das Lächeln von ihrem Gesicht.

„Zieh dich aus!“

KAPITEL 13

Seine Stimme klang kühl und völlig emotionslos. Noch emotionsloser als am Abend zuvor. Er hatte ihr erzählt, warum sie hier war, und wie es schien, sollte sie gleich erfahren, was sich hinter den Worten Ich brenne für dich verbarg.

Die Angst war wieder da, löschte all die anderen seltsamen, aber durchaus angenehmen Gefühle aus und paarte sich mit Enttäuschung darüber, dass er sein Recht jetzt rücksichtslos einfordern würde.

Sie öffnete die an beiden Seiten ihres Kleides angebrachten Häkchen und streifte den Ausschnitt über ihre Arme nach unten. Als Nächstes löste sie die Bänder des Unterrocks und stieg über die sich auf dem Boden bauschenden Stoffbahnen.

Gestern Abend war er an diesem Punkt aufgestanden und gegangen, aber heute blieb er an den großen Sessel gelehnt stehen und sah ihr zu, wie sie mit zitternden Fingern das Mieder löste und über ihre Hüften schob.

Sie wartete und hoffte inständig, dass er etwas sagen würde, dass er gehen, dass er sie in Ruhe lassen würde. Aber weder das eine noch das andere geschah, und so stand sie schließlich völlig nackt vor ihm. Gänsehaut breitete sich auf ihren Armen aus, doch sie hatte nichts mit der Temperatur im Raum zu tun.

Er betrachtete sie lange und sagte schließlich: „Öffne dein Haar!"

Sie hob die Arme und zog die Nadeln aus ihrem Haar, bis es auf ihre Schultern fiel und schüttelte es aus, um ihre Brüste zu bedecken und ihr damit ein winziges Gefühl der Sicherheit zu geben, das er jedoch mit drei Worten zunichte machte. „Leg dich hin!"

Als sie sich umdrehte und zum Bett hinkte, war sie sich ihrer Behinderung stärker bewusst als jemals zuvor in ihrem Leben. Sie blinzelte, um die aufsteigenden Tränen zu vertreiben, und biss sich auf die Lippen. Sie würde nicht weinen. Zumindest nicht jetzt. Dazu war Zeit genug. Später. Wenn es vorbei war. Wenn sie wieder allein war.

Mit zusammengepressten Beinen lag sie schließlich auf dem Bett. Der Boden knarrte unter seinen Stiefeln, als er durchs Zimmer ging und vor ihr stehen blieb. Sie sah in an. Ängstlich und hoffnungsvoll zugleich.

Wieder erschien es ihr eine Ewigkeit, die er damit zubrachte, sie mit seinen Blicken zu erforschen, jedes Zoll ihrer Haut einer genauen Prüfung zu unterziehen. Während sie wartete, was weiter geschehen würde, bildeten sich feine Schweißperlen auf ihrer Stirn, und dort, wo seine Blicke über ihren Körper glitten, begann ihre Haut zu kribbeln.

Unvermittelt drehte er sich um und trat an den Tisch, auf dem die Vase mit den Blumen stand. Er zog eine gelbe, voll erblühte Rose aus dem Strauß, deren faustgroße Blütenkrone zu schwer für den dünnen Stiel schien.

Damit kam er zu ihr zurück. Er hob die Rose langsam an seine Lippen und küsste sie. Dann strich er damit über Violas Wange, ihr Kinn, zwischen ihren Brüsten nach unten. Die einzelnen Blätter lösten sich vom Kelch und hinterließen eine schimmernde, duftende Spur auf ihrem Körper.

Bei dem flammenfarbenen Dreieck angekommen, drehte er die Rose so lange, bis auch die letzten Blätter fielen. Dabei entstand ein leises, intimes Knistern das Viola zu Bewusstsein brachte, dass ihr Mund völlig ausgetrocknet war und sie die ganze Zeit hindurch den Atem angehalten hatte.

Sie starrte ihn an. Die Angst war vergessen. Die Hoffnung geblieben. Nur hoffte sie jetzt nicht mehr darauf, dass er gehen würde.

Kyrian bemerkte den dünnen Schweißfilm, der ihre Stirn überzog. Ebenso die glühenden Wangen und harten Spitzen ihrer jungen festen Brüste. Das Verlangen sich vorzubeugen und an ihnen zu saugen, wie er es vorhin bei ihrem Finger getan hatte, wurde übermächtig. Auch wenn sie es in ihrer Unschuld selbst nicht wusste, war sie erregt. Durch die Situation. Durch das, was er getan hatte.

Durch ihn.

Seine Finger krampften sich um den dünnen Stiel der Rose. Sein Körper und sein Instinkt befahlen ihm, Viola zu nehmen. Sofort. Sein Verstand aber und sein Herz forderten Zurückhaltung. Er hatte viel gewonnen an diesem Abend, es war jedoch noch nicht genug. Er wollte mehr. Er wollte alles.

„Gute Nacht, Viola. Bis morgen." Seine Stimme klang fest und verriet nichts von dem Tumult, der in ihm tobte. Er warf den nutzlosen Blumenstiel auf den Tisch und ging zur Tür, die mit einem Knall hinter ihm zufiel.

Viola blinzelte verwirrt. Die Anspannung wich von ihr, und sie setzte sich auf. Die Rosenblätter rieselten auf das Laken. Sie füllte ihre Hände damit, hob sie an ihr Gesicht und atmete den betäubenden Duft ein. Warum war er gegangen? Warum hatte er nicht getan, weswegen er gekommen war?

Oder hatte er am Ende genau das getan, weswegen er gekommen war?

Viola fand darauf keine Antwort. Sein Verhalten irritierte sie, weil sie es nicht im Mindesten einschätzen konnte. Immer, wenn sie glaubte zu wissen, was passieren würde, verhielt er sich völlig anders als erwartet.

Den ganzen nächsten Tag hindurch fühlte sie eine seltsame Ruhelosigkeit. Sie verbrachte einige Stunden damit, an ihren Zeichnungen weiterzuarbeiten, sah sich in der Bibliothek um und suchte wieder den Garten hinter dem Hamam auf. Je näher der Abend rückte, desto unruhiger wurde sie. Sie nahm die Kleider aus dem Schrank, drehte und wendete sie mit kritischen Blicken hin und her, bis sie schließlich eines gefunden hatte, das ihr passend für ein gemeinsames Abendessen mit Kyrian erschien.

Doch gerade als sie fertig angezogen war, brachte Liese die Nachricht, dass ihn eine wichtige Besprechung mit Hauptmann Andropol daran hindere, mit ihr zu speisen.

Viola nahm die Neuigkeit enttäuscht zur Kenntnis. Sie hatte sich auf das gemeinsame Abendessen gefreut. Jedes Mal, wenn sie mit Kyrian zusammentraf, geschah etwas völlig Unvorhergesehenes. Mochte es auf den ersten Blick erschreckend wirken, so stellte sich doch immer heraus, dass es nicht bedrohlich, sondern vielmehr faszinierend war. Zumindest empfand sie eine

Faszination, die immer größer wurde, je öfter sie mit ihm zusammen war. Je mehr sie über ihn erfuhr.

Ihr ganzes Leben lang hatte ihr niemand eine derartige Rücksichtnahme entgegengebracht, wie es der Weiße Wolf und die anderen Angehörigen des Rudels in den vergangenen Tagen getan hatten. Weder wäre ihr Vater auf die Idee gekommen, sie die Treppe hinaufzutragen, nicht einmal als Kind, noch hätte er einem Dienstboten den Befehl dazu erteilt.

Niemand hatte sich dafür interessiert, wie sie den Tag verbrachte. Niemand hatte je ... für sie gebrannt. Dieser Satz beschäftigte und beunruhigte, faszinierte und beeindruckte sie in einem geradezu bedenklichen Ausmaß.

Der Gedanke, dass Kyrian für sie 'brannte' - obwohl sie nicht genau wusste, was er damit meinte -, ließ ihr Herz schneller schlagen. Alles deutete darauf hin, dass geschehen würde, was Marie und die beiden anderen ihr erzählt hatten. Aber in die Angst und Unsicherheit, die sie bei der Vorstellung überfielen, mischte sich ein anderes Gefühl, das sie nicht in Worte fassen konnte.

Viola saß in ihrem Nachthemd vor dem Spiegel ihres Toilettetisches und bürstete ihr Haar, um es anschließend für die Nacht zu einem Zopf zu flechten. Nur mehr zwei Kerzen brannten. Eine stand vor ihr, die andere auf dem Nachtkästchen.

Sie hörte, wie die Tür geöffnet wurde und drehte sich um. Kyrian hatte das Zimmer betreten. Er trug seine Maske, eine schwarze Hose und ein weißes Hemd, das vorne offen stand.

„Guten Abend, Viola.“ Er kam langsam näher und stellte eine Porzellanschüssel und einen Porzellanbecher vor ihr auf den Toilettetisch.

Ungläubig starrte sie auf seine Hände ohne Handschuhe. Die Finger waren lang und schmal, mit kurz geschnittenen Fingernägeln. Er trug keinen Schmuck, nicht einmal einen Siegelring.

Sie besann sich und erwiderte unsicher: „Guten Abend."

Er legte ein Leintuch, das er über dem Arm getragen hatte, auf die mit Wasser gefüllte Schüssel. Viola konnte seine helle Haut unter dem Hemd erkennen und auch, wie sich seine Brust hob und senkte, wenn er atmete.

Sie sollte ihn fragen, was er wolle, aber sie brachte kein Wort über die Lippen. Er nahm ihre Hand und zog sie hoch auf die Füße. „Ich habe Andropol weggeschickt. Ich musste dich sehen", sagte er leise und legte ihre Hand auf seine Brust. Über sein Herz, dessen festen, rhythmischen Schlag sie spüren konnte. Seine Haut war warm und glatt und lebendig.

„Du musstest mich sehen?", echote sie.

„Ja. Ich kann noch immer nicht glauben, dass du nicht nur in meinen Träumen existierst, sondern Wirklichkeit bist. Deshalb musste ich mich davon überzeugen, dass ich dich sehen kann. Wann immer ich will."

Ich brenne für dich. Die Worte hallten in ihrem Kopf und machten sie wehrlos. Sie standen sich gegenüber, gefangen im Zauber des Augenblicks.

Schließlich nahm er ihre Hand von seiner Brust. „Zieh dich aus!"

Die Worte überraschten sie nicht, im Gegenteil, sie hatte sie erwartet. Diesmal zitterten ihre Finger nicht, als sie die Knöpfe ihres Nachthemds öffnete. Sie musste nur leicht die Schultern bewegen und schon glitt der dünne Stoff raschelnd zu Boden. Ihr langes Haar ringelte sich um ihre Brüste und die Spitzen traten hart und prall hervor.

„Leg dich hin!“, befahl er weiter.

Sie gehorchte und streckte sich auf dem Bett aus, während er bei ihrem Toilettetisch hantierte. Schließlich stand er mit der Porzellanschüssel in der Hand vor ihr und sah auf sie hinunter.

„Öffne deine Beine!“

Wieder erwachten Angst und Unsicherheit in ihr zum Leben. Würde er es diesmal tun? Würde er sich zwischen ihre Schenkel legen und in sie stoßen?

Langsam spreizte sie die Beine. Ihr Gesicht glühte vor Scham, und am liebsten hätte sie die Augen geschlossen. Aber ihre Neugier hinderte sie daran. Also sah sie, wie er die Schüssel zwischen ihre Beine stellte und den Porzellanbecher holte.

Er kniete sich neben ihrem Schenkel aufs Bett und nahm den Deckel vom Becher. Ein schwerer, aromatischer Duft stieg auf. Rosen, dachte Viola. Er zog etwas aus seiner Hosentasche, und sie hob unwillkürlich den Kopf, um besser erkennen zu können, was es war.

Es war ein kurzer, dicker Pinsel, und Kyrian tauchte diesen Pinsel in den Porzellanbecher. Als er ihn wieder herauszog, war er mit Seifenschaum bedeckt.

Diesen Seifenschaum begann er ohne weitere Umstände auf ihrem kupferfarben schimmernden Dreieck zu verteilen. Violas Herz setzte einen Schlag aus. Im ersten Moment verspannte sie sich, aber die regelmäßigen Striche des Pinsels mit dem warmen Schaum brachten jeden Nerv in ihr zum Schwingen.

Sie legte den Kopf zurück ins Kissen und schloss die Augen. Der Pinsel glitt an der zarten Haut ihrer Leistenbeuge entlang, und Viola konnte ein Erschauern nicht verbergen, als er über ihre Schamlippen strich. Ihr Unterleib schien zu glühen und ihr Fleisch anzuschwellen. Unbewusst spreizte sie ihre Schenkel weiter. Ihr Mund war trocken, und sie öffnete ihre Augen einen winzigen Spalt breit.

Die ganze Zeit über sagte er nichts, sah sie auch nicht an, sondern war völlig vertieft in seine Aufgabe. Schließlich steckte er den Pinsel in den Porzellanbecher zurück und stellte diesen neben dem Bett auf den Boden.

Wieder griff er in seine Hosentasche. Der Gegenstand in seiner Hand war diesmal schmal und schwarz. Mit einer knappen Bewegung ließ er die Klinge seitlich herausschnellen.

Das lange Messer blitzte im Licht der Kerzen. Wieder setzte Violas Herzschlag aus. Sein Daumen glitt an der Schneide entlang, als wolle er sich von der Schärfe überzeugen. Über das silberne Metall hinweg sahen sie seine silbernen Augen hinter der Maske an. Sie starrte zurück, völlig gebannt und unfähig, etwas zu sagen. Oder zu denken. Das Blut rauschte in ihren Ohren.

Er beugte sich über ihren Unterleib. Das Messer schabte über ihren Venushügel und hinterließ einen Streifen glatter Haut, auf dem sie sofort den schwachen Luftzug spürte, den seine Bewegungen verursachten. Er tauchte die Klinge in die Wasserschüssel, um den Schaum abzustreifen. Dann setzte er das Messer wieder an. Mit vier, fünf gleichmäßigen Zügen hatte er ihre Scham freigelegt, ohne sie dabei mit den Fingern zu berühren.

Er schob die Schüssel zur Seite und kniete sich direkt zwischen ihre Beine. Seine linke Hand strich leicht über die Innenseite ihrer Schenkel. Das Messer setzte unterhalb ihres Venushügels an, und sie spürte, wie er ihre Haut straff spannte, damit die Klinge nicht in ihr Fleisch schnitte. Seine Finger waren warm und berührten sie, als wäre es das Selbstverständlichste auf der Welt.

Wieder schloss sie die Augen, weil sie die Ungeheuerlichkeit dessen, was hier geschah, schwindelig machte. Es war intim. Intimer als alles, wovon Marie berichtet hatte. Sie lag nackter als nackt vor einem Mann, dessen Gesicht sie nicht kannte. Von dem sie nur das wusste, was er ihr erzählen wollte, und der ihr klar gemacht hatte, dass sie seine Kinder gebären sollte. Und dass diese Kinder Ungeheuer sein würden.

Trotzdem ließ sie ihn gewähren. Ließ es zu, dass er ihren Verstand in einen seidenen Kokon einspann und ihren Körper berührte, wie ihn noch nie zuvor jemand berührt hatte.

Viola atmete zitternd aus. Ihre Hände krallten sich ins Laken. Sie fühlte sich fiebrig und schwach und hellwach zugleich. Wellen sengender Hitze liefen von ihren Zehenspitzen zu ihren Haarwurzeln und wieder zurück, ehe sie sich als schnelles Pulsieren zwischen ihren Beinen niederließen.

Er wischte die Klinge des Messers mit dem Tuch ab, klappte es zusammen und steckte es wieder ein. Dann feuchtete er eine Ecke des Leinens an und entfernte die letzten Seifenschaumreste von Violas Unterleib. Wieder waren seine Bewegungen sanft und sicher. Schließlich warf er das Tuch in die Schüssel und stellte diese danach zu dem Becher auf den Boden.

Violas Nerven waren zum Zerreißen gespannt. Was würde jetzt passieren? Sie wusste es nicht, aber was immer er vorhatte, sie würde ihn gewähren lassen. Sie war mehr als bereit, den Weg bis zum Ende zu gehen. Mit ihm. Unbewusst befeuchtete sie ihre trockenen Lippen mit der Zunge und sah ihn an. Erst jetzt bemerkte sie, dass seine Brust mit kleinen Schweißperlen überzogen war. Aber ehe sie etwas sagen konnte, stand er auf und bückte sich, um die Schüssel zu nehmen.

Sie folgte seiner Bewegung mit den Augen. Ihre Blicke blieben an der unübersehbaren Wölbung an der Vorderseite seiner Hose hängen. Groß und hart. Maries Worte fielen ihr ein. Das Werkzeug, mit dem ein Mann für Nachkommen sorgte, musste einsatzbereit sein. Sie wusste nicht warum, sie hatte nichts getan. Darüber hatten ihr die Frauen auch nichts erzählt.

Die Luft, die ungehindert über ihre nackte Scham strich, ließ sie erzittern. Noch immer fühlte sie sich erhitzt, und ihr ganzer Körper war angespannt. Sie wartete darauf, dass er zurückkommen und seine Hose öffnen würde, wie Marie es berichtet hatte. Er wollte ein Kind von ihr, und den Weg dazu hatten ihr die Frauen deutlich erläutert. Er war bereit, auch das war ihr nach den ausführlichen Erzählungen klar. Trotzdem lag in seiner Haltung eine Art von Distanz, die sie in der Vermutung bestärkte, dass er gehen würde. Und zwar in diesem Augenblick.

Kyrian stand vor dem Bett und hielt noch immer die Schüssel in der Hand. Sie sah ihn an. Der Ausdruck auf ihrem Gesicht spiegelte sowohl Verwirrung als auch Neugier wider. Und diese Neugier brachte ihn gemeinsam mit seiner schmerzhaften Erregung beinahe um den Verstand. Zum ersten Mal fragte er sich, ob seine Taktik richtig war. Oder ob er die Schüssel einfach fallen lassen und sich zwischen ihren weichen, weißen Schenkeln vergraben sollte. Ihre Neugier stillen.

Er bückte sich, hob das Nachthemd auf und legte es neben Viola aufs Bett. „Gute Nacht, Viola."

Seine Stimme klang gepresst. Er merkte, dass sich der Ausdruck auf ihrem Gesicht wieder veränderte und die Verwirrung zu Enttäuschung wurde. „Gute Nacht, Kyrian."

Im Flur lehnte er sich neben die Tür. Seine Finger umklammerten die Schüssel, als wäre sie das Einzige, was ihn aufrecht halten könnte. Er zitterte am ganzen Körper. Noch nie hatte er ein derartiges Verlangen gefühlt. Sein Verstand glich einer formlosen, unstrukturierten Masse. Er atmete tief ein und schloss die Augen.

Das war ein Fehler. Sofort sah er Viola vor sich. Ihren glatten Venushügel. Die geschwollenen Schamlippen, die sich einladend für ihn geöffnet hatten und ihm ihre feuchten, purpurnen Falten darboten. Er hatte schon immer eine Frau so völlig entblößt sehen wollen, aber er hatte nicht geahnt, wie sehr ihn die Verwirklichung dieser Fantasie erregen würde.

Er öffnete die Augen wieder und blickte den Flur hinunter, der in den anderen Flügel führte. Dorthin, wo Marie, Ludovica und Nadja untergebracht worden waren. Sie wären glücklich, wenn er zu ihnen käme und sich an ihnen abreagierte. Aber er wollte nicht. Er wollte sich nicht seinem Instinkt beugen. Er wollte mehr als die Befriedigung seines Körpers. Er wollte endlich mehr sein als ein Tier.

KAPITEL 14

Die nächsten beiden Tage sah und hörte Viola nichts von Kyrian. Sie verbrachte ihre Zeit allein, beschäftigte sich mit Zeichnungen und Spaziergängen innerhalb der Burg.

Marie, Nadja und Ludovica begegneten ihr nicht. Zwar hörte Viola hin und wieder ihre Stimmen oder ein helles Lachen, aber mehr auch nicht. Sobald die Sonne unterging, wartete sie darauf, dass sie - so wie er gesagt hatte - gemeinsam speisen würden. Die Enttäuschung, wenn er sie nicht rufen ließ, nagte an ihr.

Lustlos schob Viola die Bratenstücke auf ihrem Teller hin und her. In Allershausen hatte sie oft ohne Gesellschaft gegessen und die meiste Zeit allein verbracht. Nie hatte es sie gestört. Nie hatte sie Sehnsucht danach gehabt, mit einem anderen Menschen zusammen zu sein. Dieses Gefühl war neu und ungewohnt. Und sie wusste nicht, ob es ihr gefiel.

Gerade, als sie nach der Glocke griff, damit ihr Urzula beim Auskleiden für die Nacht zur Hand ginge, wurde die Tür geöffnet und Kyrian betrat das Zimmer. Er trug einen schwarzen Umhang und hielt ihr wortlos einen zweiten entgegen.

Viola blickte Kyrian fragend an und griff zögernd nach dem Kleidungsstück. Nicht gewillt, seinen stummen Befehl zu befolgen, wartete sie, bis er sich schließlich bequemte zu sagen: „Ich möchte, dass du mich begleitest. Es ist Vollmond, eine wunderschöne Nacht für einen Ausritt."

Viola erinnerte sich an die halsbrecherische Tour quer durch die Dunkelheit, die sie hergebracht hatte, und unterdrückte ein Seufzen.

„Wohin reiten wir?", fragte sie, während sie in den Umhang schlüpfte.

„Durch die Wälder", antwortete er einsilbig. Sein Ton ließ keine weiteren Fragen zu, also schwieg Viola, bis sie bei den Ställen ankamen. Kyrian wirkte unnahbarer, als sie ihn je erlebt hatte. Er trug die silberverzierte Wolfsmaske, mit der er ihr zum ersten Mal gegenübergetreten war. Die flackernden Kerzen in den Gängen verzerrten die ohnehin schon dämonischen Züge der Maske und machten Kyrian zu einem Geschöpf aus einer anderen Welt. Halb Mensch, halb Tier.

Kyrians ungewöhnliches Verhalten weckte Violas Neugier, und die Aufregung rötete ihre Wangen. Egal, was das alles zu bedeuten hatte, sie empfand keine Angst, nur die mittlerweile wohl bekannte Faszination.

Einer der Stallknechte führte ein Pferd herbei, und Kyrian schwang sich in den Sattel. Er streckte ihr den Arm entgegen.

Überrascht blickte ihn Viola an. „Bekomme ich kein eigenes Pferd?"

„Nein."

Sie wartete, aber er fügte keine Erklärungen hinzu. Mit einem Schulterzucken griff sie nach seiner Hand und ließ sich von ihm auf das Pferd ziehen. Sie saß quer vor ihm, ihre Schulter drückte gegen seine Brust, ihre Hüfte gegen seinen Unterleib. Unbewusst presste sie die Beine zusammen und straffte den Rücken. Wenn er es merkte, dann sagte er nichts.

Das Pferd setzte sich in Bewegung, und Viola krallte die Finger in die Mähne. Das Geräusch der Hufe hallte auf dem Kopfsteinpflaster des menschenleeren Burghofes. Nur auf den Wehrgängen und vor dem Tor standen Wachposten, die sich anschickten, den schweren Riegel zu lösen, als das Pferd näher kam.

Sobald sie das Tor passiert hatten, trieb Kyrian das Tier zu einer schnelleren Gangart an, und Viola rutschte noch enger an ihn. Sie saß in der Wiege seiner Schenkel, wurde an seine Brust gedrückt und spürte seinen Oberarm in ihrem Rücken. Das Gefühl der Geborgenheit mischte sich unerwünschter Weise mit dem Bild, nackt vor ihm auf dem Bett gelegen zu haben. Jede Faser in ihrem Leib erinnerte sich daran, wie er sie mit der Rose liebkost hatte, und jeder Nerv in ihr war sich seines Körpers bewusst, der sich durch die Bewegungen des Pferdes an ihr rieb. Sie legte den Kopf an seine harte Schulter und schloss die Augen. Der Geruch nach Leder vermengte sich mit einem leichten Hauch von Amber, einer jener Essenzen, die in den zahlreichen Kristallflakons im Hamam aufbewahrt wurden.

Violas Gedanken verloren sich in Träumen und Erinnerungen, daher wusste sie nicht, wie lange sie geritten waren, als Kyrian das Pferd schließlich zügelte und zum Stehen brachte. Unwillig öffnete sie die Augen. In der Dunkelheit konnte sie außer den schemenhaften Konturen der Bäume um sich herum nichts erkennen.

Kyrian half ihr beim Absteigen und ließ seine Hand auf ihrer Taille liegen. „Wir lassen das Pferd hier, es ist zu riskant weiterzureiten.“

Mit diesen Worten führte er Viola vorsichtig zwischen den Bäumen hindurch, bis sie auf einer Lichtung ankamen. Die volle Scheibe des Mondes hing tief über den Wipfeln und tauchte die Szenerie in kaltes Licht, das die Farben der Landschaft auf verschwommene Kontraste reduzierte. Kyrian blieb am Waldrand stehen. „Hier warten wir."

Viola wollte gerade fragen, worauf sie denn warteten, als sie am gegenüberliegenden Ende der Lichtung eine Bewegung wahrnahm. Ein Wogen, als striche der Wind über ein Kornfeld. Ein dunkles Kornfeld, das langsam näher kam und sich auf der Lichtung ausbreitete. Ungläubig blickte Viola auf das Bild, das sich ihr bot.

Direkt vor ihr, nur wenige Meter entfernt, standen Hunderte von Wölfen. Unwillkürlich fasste sie nach Kyrians Arm.

„Keine Angst", beruhigte er sie leise. „Sie werden dir nichts tun, nicht, wenn ich bei dir bin. Wenn du meinen Mantel und meine Witterung trägst."

„Sind wir deshalb auf einem Pferd geritten?" Fasziniert blickte Viola auf das riesige Rudel.

Er nickte und nahm ihre Hand. „Komm!"

Zögernd folgte sie ihm, trotz des beruhigenden Drucks seiner warmen Finger schlug ihr Herz wie wild. Ein Großteil der Wölfe legte sich auf die Wiese, doch eine Gruppe an vorderster Front löste sich vom Rudel und kam ihnen entgegen.

In der Mitte der Lichtung blieb Kyrian stehen. Viola betrachtete den Leitwolf. Er war größer als seine Begleiter, sein Fell schimmerte silbergrau, und er musterte sie unverwandt aus schräg geschnittenen, bernsteinfarbenen Augen. In diesem Blick lag ein

Wissen, so alt wie die Welt. Viola rann ein Schauer über den Rücken.

Kyrian hockte sich nieder, ohne ihre Hand loszulassen. Der Wolf drehte den Kopf und befand sich in Augenhöhe mit Kyrians Maske. Eine kleine Ewigkeit sahen sich die beiden regungslos an, dann schnellte der Wolf ohne Vorwarnung hoch und sprang Kyrian an.

Viola schrie auf.

Kyrian verlor das Gleichgewicht und fiel auf den Rücken, der Wolf stand über ihm, die hochgezogenen Lefzen entblößten spitze Zähne. Ein dumpfes Knurren wurde hörbar.

Hilflos ballte Viola die Hände zu Fäusten. Sie wusste nicht, was sie tun sollte. Ihre Gedanken schossen ziellos durcheinander, und sie suchte verzweifelt nach einer Möglichkeit, Kyrian zu helfen. Aber sie hatte keine Waffe, ja nicht einmal ein Messer. Sie hatte nichts, um den Wolf daran hindern, seine Zähne in die Kehle des unter ihm liegenden Mannes zu graben. Gerade als sie einen zaghaften Schritt näher machte, packte Kyrian den Kopf des Tieres mit beiden Händen und - Viola traute ihren Ohren nicht - lachte. Der Wolf begann mit seinem buschigen Schwanz zu wedeln und versuchte sich mit gesträubtem Nackenfell aus dem Griff zu befreien, doch ehe es ihm gelang, hatte ihn Kyrian herumgewirbelt und zu Boden geworfen.

Vorsichtig blickte Viola zu den anderen Wölfen. Sie hatten sich auf die Hinterbeine gesetzt und betrachteten das Schauspiel gelangweilt.

Kyrian tätschelte den weißen Bauch des Tieres und ließ es dann los. Der Wolf sprang auf, schüttelte sich und stieß Kyrian, der noch immer kniete, die Schnauze in die Achselhöhle, ehe er anfing, hingebungsvoll seine Hände abzulecken.

Viola beobachtete fassungslos diese unglaubliche Szene. Eine wilde Bestie, die sich wie ein dressiertes Schoßhündchen an Kyrian schmiegte! Und unzählige andere wilde Bestien, die sich schläfrig im feuchten Gras ausstreckten, statt ihrer Natur zu folgen und zwei wehrlose Menschen zu reißen, die in ihr Revier eingedrungen waren.

Kyrian bemerkte ihren Blick und hob den Kopf. „Sie tun mir nichts. Und auch niemandem, der mich begleitet."

„Aber ... aber ... warum?", brachte sie schließlich heraus und betrachtete den großen Wolf, der sich neben Kyrian legte.

„Als ich ein Kind war", sagte er langsam, „verstand ich nicht, warum sie uns Wolfsmänner nannten. Von dem Fluch erfuhr ich erst viel später. Ich dachte, ich könnte es herausbekommen, wenn ich einen Wolf fände. Also machte ich mich in einer Vollmondnacht auf und stahl mich heimlich aus der Burg." Er machte eine Pause. „Es war Winter und so kalt, dass der Atem an den Brauen gefror. Ich irrte stundenlang im Wald umher, ohne auch nur die Spur eines Wolfs zu finden. Schließlich wurde ich müde und setzte mich einfach unter einen Baum. Ich schlief ein und wäre bestimmt erfroren, wenn nicht ...", er brach ab und strich dem Wolf über den Kopf, „... zwei Wölfe mich mit ihren Körpern geschützt hätten. Sie kuschelten sich an mich, wärmten mich und wichen erst von meiner Seite, als mich die Männer meines Vaters am nächsten Tag fanden."

„Sie taten dir nichts?", fragte Viola ungläubig.

„Nein. Damals fand ich nichts dabei. Und ich widersetzte mich den Verboten meines Vaters und verließ immer wieder heimlich die Burg, um mich mit den Wölfen zu treffen. Im Lauf der Zeit wurden es immer mehr. Als mein Vater den Befehl gab, Jagd auf sie zu machen, hatten wir unsere größte Auseinandersetzung." Er tätschelte den Wolf ein letztes Mal und stand auf. „Der Befehl wurde nie ausgeführt, weil mein Vater wenig später ums Leben kam."

Viola schwieg beklommen.

„Wir begegnen uns noch immer, die Nacht verbindet uns. Sie sind ein Teil von mir", erklärte Kyrian ernst und nahm Violas Hand. „Berühre sie, hab keine Angst."

Ihre Finger zitterten, als der Wolf daran schnupperte. Vorsichtig strich sie über die Stirn des Tieres und die samtigen Ohren. Die bernsteinfarbenen Augen sahen sie unverwandt an. Schließlich drehte er den Kopf und schmiegte ihn in ihre Handfläche.

Ein seltsames Gefühl stieg in Viola auf. Eine Mischung aus Rührung und Triumph, das Vertrauen dieser ungezähmten Kreatur errungen zu haben. Sie blickte über die mondbeschienene Lichtung, auf der das restliche Rudel lag. Das Geschehen hatte etwas Unwirkliches, als befände sie sich im Mittelpunkt einer Legende oder eines Traums.

Kyrians Stimme riss sie aus ihren Gedanken. „Du siehst, der Name 'Wolfsmänner' hat auch eine vollkommen reale Bedeutung."

Viola kraulte den Hals des Wolfs, der inzwischen die Augen geschlossen hatte. Sein Fell fühlte sich weich und warm an und glänzte im Mondlicht wie Silber.

„Du hast keine Angst vor ihnen, nicht wahr?"

„Nein“, antwortete Viola, „weil du bei mir bist. Du hast mir gesagt, dass sie mir nichts tun werden, und ich vertraue dir.“

„Von heute an brauchst du mich nicht mehr. Sie haben deine Witterung aufgenommen und werden sie nicht vergessen.“

Sie hatte nicht die Absicht, nachts allein durch die Wälder zu reiten, um sich mit den Wölfen zu treffen, trotzdem rührte es sie, dass es für Kyrian wichtig war, dass die Wölfe sie akzeptierten.

„Hast du damals eigentlich Schaden genommen? Ich meine, die Männer deines Vaters haben dich doch bestimmt erst nach Sonnenaufgang gefunden“, sprach sie den Gedanken, der ihr bei seiner Erzählung gekommen war, laut aus.

„Nein, ich war dick vermummt, und die Maske, die ich als Kind trug, konnte ich nicht selbst abnehmen. Ich war zwölf Jahre alt, als ich zum ersten Mal mein Gesicht in einem Spiegel gesehen habe, und auch das war nur ein Zufall.“

Viola wollte nicht darüber nachdenken, wie er sich gefühlt haben musste, ohne eigene Identität aufzuwachsen, nie mehr von sich zu sehen als die Augen und den Mund. Dann rief sie sich zur Ordnung. Seine Eltern wollten ihn schützen, wollten nicht, dass er das ganze Ausmaß seiner Entstellung begriffe. Jede andere Erklärung für diese unmenschliche Handlungsweise machte keinen Sinn.

Der Wolf stand auf und ging zu Kyrian. Er rieb den Rücken an seinem Bein, sah ihn ein letztes Mal an und lief mit federnden Schritten zu den beiden Gefährten, die in einiger Entfernung warteten.

„Lass uns ebenfalls gehen, Viola.“ Kyrian streckte ihr die Hand entgegen, und sie legte ihre hinein. Die

Wölfe hätten das Pferd in Angst versetzt, deshalb hatte es Kyrian zurückgelassen. Trotzdem tänzelte es nervös, als sie wieder aufstiegen, den sie hatten den Geruch des Rudels mitgebracht, doch Kyrian hielt die Zügel kurz und klopfte beruhigend auf den Hals des Tieres.

Viola besaß keinerlei Orientierung, daher fiel ihr nicht auf, dass sie nicht zur Burg zurückritten. Erst als Kyrian das Pferd anhielt, abstieg und sie herunter hob, merkte sie, dass sie sich noch immer mitten in den Wäldern befanden. Ihre Augen hatten sich zwar an die Dunkelheit gewöhnt, aber mehr als vage Schemen nahm sie nicht wahr. Deshalb zuckte sie überrascht zusammen, als wie aus dem Boden gewachsen ein Mann vor ihnen stand. Er hielt das Schwert in Angriffshaltung, ließ es aber sinken, als sich Kyrian ihm näherte und verbeugte sich tief.

„Es ist gut, Tomasz, wir nehmen den Weg durch den Berg. Bring das Pferd nach deiner Ablöse in die Stallungen!“

„Gewiss, Herr.“ Der Wächter trat zur Seite, und Viola bemerkte den in Fels gehauenen Gang, auf den Kyrian jetzt zuschritt. Er verschwand kurz aus ihrem Blickfeld, um mit einer Fackel in der Hand zurückzukehren.

Vorsichtig hob Viola die Röcke und stieg über die Felsbrocken. Kyrian nahm fürsorglich ihren Arm. „Soll ich dich tragen?“, erkundigte er sich mit einem Blick auf den unebenen, aus dem groben Stein geschlagenen Boden. „Ich habe nicht daran gedacht ...“, er brach ab, reichte ihr die Fackel und hob sie ohne ein weiteres Wort hoch.

Viola leuchte mit der Fackel den schmalen Gang aus und genoss das angenehme Gefühl, das der enge

Kontakt mit Kyrian in ihr auslöste. „Was ist das hier?", fragte sie neugierig.

„Das Herz der Wolfensburg, die Grundlage unserer Existenz", antwortete er geheimnisvoll und ging mit großen Schritten weiter.

Die Wände glänzten feucht, Wasser sickerte über den Felsen. In regelmäßigen Abständen stützten Pfosten und Balken den Schacht. Brennende Kienspäne wiesen den Weg.

„Eine Mine", rief Viola plötzlich, „wir sind in einer Mine!"

„Im Stollen einer Mine", berichtigte Kyrian. „In einem stillgelegten Stollen, um genau zu sein. Er dient seit Jahrzehnten nur mehr der Belüftung und als Fluchtweg. Durch ihn habe ich die Burg als Kind verlassen, um mich mit den Wölfen zu treffen."

Viola redete weiter, als hätte sie ihn gar nicht gehört. „Silber, das ist die Grundlage der Existenz der Wolfsmänner. Silber, das ihr jährlich an Allershausen übergebt, um euch die Bewohner gewogen zu machen. Silberbeschläge, wohin man bei den Reitern blickt, das Geschirr, die Kandelaber ... einfach alles."

„Ja, ganz richtig, Viola."

Deshalb also die peniblen Sicherheitsmaßnahmen. Nicht der Eingang zur Hölle lag unter der Burg, sondern unermessliche Schätze.

„Darüber Schweigen zu bewahren, ist ein Teil des Schwurs, den alle leisten müssen", erklärte Kyrian.

Sie gelangten in ein Gewölbe, in dem sich Spitzhacken, Schaufeln und Körbe in verschiedenen Größen befanden. Das Geräusch von Schlägen in den Fels wurde hörbar, unterbrochen von Stimmen und Gelächter.

„Im Augenblick werden die abschließenden Arbeiten in einem parallel laufenden Schacht durchgeführt; ein Stück entfernt wird bereits ein neuer Stollen gegraben.“

Sie bogen in einen gekalkten Gang ein, der so niedrig war, dass sich Kyrian bücken musste. Trotzdem ließ er Viola nicht los. Wenig später gelangten sie über eine Treppe in das Untergeschoß der Burg. Viola merkte, dass sie den Hamam passierten und schließlich die Eingangshalle erreichten.

Kyrian schwieg, bis sie vor Violas Zimmer ankamen. Dort stellte er sie wieder auf ihre eigenen Füße. Viola blickte ihn an, und vergaß vor lauter Anspannung beinahe darauf, zu atmen. Würde es jetzt passieren? Würde er fortsetzen, was er neulich begonnen hatte? Wollte sie, dass er es fortsetzte?

Die Sehnsucht, die der enge Kontakt mit ihm ausgelöst hatte, steigerte sich schmerzhaft, während sie auf seine Worte wartete.

„Heute Nacht habe ich dir meine größten Geheimnisse anvertraut, Viola. Ich will, dass du alles von mir weißt. Nur auf diese Weise können wir miteinander verbunden sein.“

Er griff nach ihrer Hand und presste den Mund auf die Innenseite. Hitze rieselte in einem wohligen Schauer durch Violas Körper. Sie wollte mit ihm verbunden sein, sie wollte ...

„Gute Nacht, Viola.“

Er drehte sich um, und sie blickte ihm enttäuscht nach. Sie verstand nicht, warum er so handelte. Warum er sie wieder allein ließ. Während sie traurig die Tür öffnete, dachte Viola an seine Worte.

Auch sie hatten ihr etwas vorgegaukelt, waren nicht die Wahrheit gewesen. Sein größtes Geheimnis hatte er ihr nicht anvertraut, und es sah auch nicht danach aus, als ob sie es jemals erfahren sollte.

KAPITEL 15

Am nächsten Abend saß er ihr gegenüber und verwickelte sie während des Essens in ein belangloses Gespräch. Weder ging er auf das Erlebnis mit den Wölfen ein, noch machte er andere Andeutungen. Trotzdem hatte sie Mühe die richtigen Antworten zu geben, weil sie die ganze Zeit hindurch überlegte, was wohl nach dem Abendessen geschehen würde. Allein der Gedanke daran brachte ihre Nerven in Aufruhr.

„Es ist eine milde Nacht. Wollen wir hinauf zum Turm?"

Sie nickte. Wenn sie auch auf etwas anderes gehofft hatte - den Turm zu besteigen hieß, dass er sie wieder tragen musste. Und das war besser als nichts.

Viel zu schnell für Violas Geschmack kamen sie oben an, und Kyrian stellte sie auf den Boden, bevor er das schwere Tor öffnete, das auf die Plattform führte.

Wie an ihrem ersten Abend, so genoss Viola auch heute die grandiose Aussicht über die unergründlichen dunklen Wälder und den sternenübersäten Himmel, von dem heute die fette Scheibe des noch immer vollen Mondes auf sie herunterblickte.

Viola lehnte sich an die Brüstung und war so vertieft in die Schönheit der friedlich vor ihr liegenden nächtlichen Szenerie, dass sie Kyrian erst bemerkte, als er neben ihr stand.

Er hielt eine kleine Truhe in seinen Händen. „Ich habe etwas für dich. Komm, setzen wir uns dort drüben hin.“ Mit einer Kopfbewegung deutete er zu einer steinernen Bank an der gegenüberliegenden Brüstung.

Als sie saßen, stellte er die Truhe zwischen sich und Viola und öffnete den Deckel. Viola runzelte die Stirn. Sie wusste nicht, was sie erwartet hatte. Am ehesten verspielte Liebesgaben, Geschmeide oder kostbare Stoffe. Tatsächlich befanden sich in der Truhe allerdings Schuhe. Auf den ersten Blick sahen sie alle gleich aus.

Kyrian nahm einen davon heraus und gab ihn ihr. „Diesen habe ich nach einem deiner mitgebrachten Schuhe anfertigen lassen. Er ist für deinen rechten Fuß gedacht und völlig normal gearbeitet. Die fünf anderen hier ...“, er nahm zwei und drehte sie, „haben unterschiedlich hohe Plateausohlen. Die niedrigste misst ein viertel Zoll, die höchste eineinhalb Zoll. Die Sohle ist aus Kork, daher ist sie leicht und belastet dich nicht. Du musst ausprobieren, welche Höhe deinen linken Fuß ausgleicht, danach können wir weitere Modelle anfertigen lassen.“

Viola betrachtete den Schuh in ihren Fingern, dann jenen, den Kyrian in seinen behandschuhten Händen hielt. Seine Worte, die klar und völlig selbstverständlich klangen, brachten sie wieder einmal gänzlich aus der Fassung. Ihre Kehle war wie zugeschnürt, nichts, was ihr in den Sinn kam, schien ihren Empfindungen gerecht werden zu können.

Er deutete ihr Schweigen falsch. „Ich weiß, sie sind nicht besonders schön, aber sie sollen auch nur als Modell für den Schuster dienen, damit ...“

„Sie sind wunderschön", unterbrach ihn Viola mit belegter Stimme.

„Dann wollen wir doch sehen, welcher von ihnen passt." Er kniete sich vor ihr nieder und streifte seine Handschuhe ab. Einen Augenblick später spürte sie seine warmen Hände auf ihrem Fuß. Er löste die Verschnürung der leichten Halbschuhe, die sie trug, und stellte sie ordentlich nebeneinander. Dann half er ihr in den rechten Schuh. „Gib mir den, von dem du glaubst, dass er am besten passen könnte."

Viola wählte den mittleren der fünf Schuhe. Kyrian schloss sorgsam die Schnallen und reichte ihr die Hand, um ihr beim Aufstehen zu helfen.

Sie machte ein paar vorsichtige Schritte. Ihr Hinken wurde schwächer, verschwand aber nicht ganz. Kyrian half ihr in einen anderen Schuh. Damit ging sie zur Brüstung und wieder zurück zur Bank. Ohne Hinken. Ohne auch nur den leisesten Schmerz in der Hüfte.

Vollkommen fassungslos, dass ihre 'Heilung' so einfach war, drehte sie sich übermütig im Kreis und warf die Hände in die Luft. „Ich kann es nicht glauben!", rief sie. „Ich kann nicht glauben, dass die Lösung immer da war, und ich sie nicht gesehen habe!" Sie lachte, über ihre Wangen strömten Tränen, und sie drehte sich noch einmal im Kreis. Einige ihrer Locken lösten sich aus der strengen Frisur und fielen auf ihre Schultern.

Kyrian trat auf Viola zu, legte seine Hände auf ihre Taille und wirbelte sie herum. Überglücklich warf sie den Kopf in den Nacken. Noch nie hatte sie sich so leicht und unbeschwert gefühlt. Sorglos und heiter. Ihr helles Lachen durchschnitt die Nacht.

Er stellte sie nieder und ließ ihre Taille los. Violas Brust hob und senkte sich, und ihre Augen strahlten mit den Sternen um die Wette. „Danke, Kyrian, ich danke dir!“

Die Worte erschienen ihr so armselig, alles in ihr drängte danach, etwas zu tun, um ihm ihre Dankbarkeit zu beweisen. Noch immer völlig berauscht von den unbeschreiblichen Gefühlen, die in ihrem Inneren tobten, nahm sie seine Hand und hob sie an die Lippen.

So, wie er am ersten Abend auf dem Turm ihre Handfläche liebkost hatte, presste sie ihren Mund jetzt in seine. Sie hörte, dass er scharf einatmete, und dieses Geräusch machte sie mutiger. Ihre Zunge folgte ihren Lippen bis sie die Kuppe seines Mittelfingers erreicht hatte und dort verweilte.

Er atmete aus, und seine Hand glitt über ihre Wange zu ihrem Nacken. Langsam zog er sie zu sich. Viola sah ihn an, sah in seine Augen, in deren silbernen Tiefen sich die runde Scheibe des Vollmonds spiegelte.

Seine Lippen legten sich auf die ihren. Wieder sanft, aber diesmal löste er sich nicht sofort wieder von ihr, sondern nahm sich Zeit, diese ihre samtigen Lippen genießerisch zu erkunden.

Viola schloss die Augen. Sein Mund warb und schmeichelte so nachdrücklich, dass sie instinktiv die Lippen öffnete und ihm entgegenkam.

Seine Hand wanderte von ihrem Nacken auf ihren Rücken, und er presste sie an seinen Körper, während seine warme, feuchte Zunge in ihren Mund glitt.

Violas Herz hämmerte, und ihre ganze Welt stand Kopf. Sie versuchte ruhig zu bleiben, aber die Art und Weise, mit der er das Innere ihres Mundes mit seiner Zunge liebkoste, hatte eine ungeahnte Auswirkung auf ihren restlichen Körper. Sie begann zu zittern und drückte sich so fest an ihn, dass sich die Knöpfe seiner Jacke schmerzhaft in ihre Brust bohrten. Ihre Hände klammerten sich an seine Schultern, und sie stöhnte in seinen Mund.

Seine Arme schlossen sich fester um sie, und sein Kuss verlor alles Spielerische, wurde fordernd und leidenschaftlich. Sie merkte nicht, dass er sie hochhob und sie zur Brüstung hinübertrug. Dort setzte er sie auf den Vorsprung und stellte sich zwischen ihre Beine. Erst jetzt verließ sein Mund den ihren und wanderte über ihren Hals zur glatten Haut ihres Dekolletees. Gleichzeitig glitt seine Hand unter ihren Rock und strich ihr Bein entlang, bis er das nackte Fleisch ihres Schenkels oberhalb des Strumpfbandes erreichte.

Viola presste seinen Kopf an ihre Brust und öffnete ihre Knie weiter. Sie keuchte, und ein unartikuliertes Wimmern entrang sich ihrer Kehle. Irgendetwas passierte mit ihr, das ihr Verstand nicht mehr steuern konnte.

Seine Finger erreichten die heiße, pulsierende Stelle zwischen ihren Beinen, die nach seiner Berührung gierte, und begannen diese mit sanften, nachdrücklichen Bewegungen zu streicheln. Viola keuchte und versuchte, etwas Luft in ihre Lungen zu pressen. Eine unbeherrschbare Spannung baute sich in ihr auf, die alles Denken vertrieb und sie nur mehr fühlen ließ. Fühlen, wie seine Zunge die harte Knospe ihrer Brust reizte und seine Finger die Hitze in ihrem Schoß weiter anfachte, bis sie glaubte, in einem Regen aus Sternschnuppen zu zerbersten. Sein Mund war im selben Moment auf ihrem und erstickte den Schrei, ehe er die Stille der Nacht durchdringen konnte.

Zitternd versuchte Viola zur Ruhe zu kommen und das Universum unbekannter Empfindungen zu verarbeiten, das so plötzlich und unvermutet über sie hereingebrochen war. Sie merkte, dass er ihren Kopf an seine Schulter drückte und mit der anderen Hand begütigend ihren nackten Schenkel streichelte. Eine Ewigkeit lang verharrten sie aneinander geschmiegt, und Kyrian wiederholte immer wieder: „Es gut, Viola, alles ist gut."

Seine Stimme klang heiser und gepresst, aber das fiel ihr nicht auf, weil sie entsetzt feststellte, dass sie zwischen ihren Beinen nass war.

Voller Panik drückte sie ihre Schenkel zusammen und richtete sich auf. Am liebsten wäre sie im Erdboden versunken, so sehr schämte sie sich. „Lass mich los, bitte", flüsterte sie.

Er zog seine Hand unter ihrem Rock hervor, und fassungslos sah sie, dass seine Finger von glänzender Feuchtigkeit überzogen waren. Ihr Körper wurde steif. „Es tut mir so leid", murmelte sie mit hochroten Wangen. „Ich habe nicht gemerkt, wie es passiert ist."

„Was tut dir leid?", fragte er verständnislos und folgte ihrem Blick zu seiner Hand. „Meinst du etwa ...", er brach ab und nahm einen neuen Anlauf. „Diese Flüssigkeit fließt aus deinem Körper, wenn du bereit bist, einen Mann aufzunehmen. Ohne sie hättest du Schmerzen, deine Haut ist an dieser Stelle so empfindlich wie nirgendwo sonst."

Sie sah ihn ungläubig an. Da hob er den Arm und begann seinen Handrücken abzulecken wie eine Katze ihre Pfote. Ihr Unterleib zog sich bei diesem Anblick zusammen, und sie fragte sich, warum sie weder Ekel noch Abscheu empfand, sondern eine geradezu magische Faszination.

Kyrian schien es zu merken, denn er ließ seine Hand sinken und beugte sich zu ihr. „Ich liebe es, wie du schmeckst, und ich zähle die Stunden und die Minuten, bis ich deinen Nektar von der Quelle trinken werde."

Sie brauchte einige Herzschläge, bis sie verstanden hatte, was seine Worte bedeuteten. Die Vorstellung, dass seine Zunge sie dort berühren sollte, wo seine Finger sie eben so unvergleichlich gestreichelt hatten, ließ ihren Atem stocken. Sie wäre nie auf die Idee gekommen, dass es derart gewagte Zärtlichkeiten geben könnte. Und zum ersten Mal kam ihr auch der Gedanke, dass ihr Marie zwar die Wahrheit über die Beziehung zwischen Mann und Frau erzählt hatte, aber nicht die ganze Wahrheit.

Kyrian schob den Ausschnitt ihres Kleides zurecht und streifte den Rock glatt. „Möchtest du noch hier bleiben?"

Viola schüttelte den Kopf. „Nein, lass uns hinuntergehen."

Sie nahm die Hand, die er ihr reichte und rutschte vom Vorsprung der Brüstung. Die Leichtigkeit ihrer Schritte erinnerte sie wieder an die Schuhe, die Kyrian für sie hatte anfertigen lassen. Ob er ermessen konnte, was das für sie bedeutete? Jahrelang hatte sich niemand darum gekümmert. Sie war ein Krüppel. Sie hinkte. Eine traurige, aber unabänderliche Tatsache. Und sie selbst hatte immer nur in den medizinischen Büchern der Apotheke nach einer Methode gesucht, die ihr Bein heilen würde, und keine gefunden, weil es keine gab. Aber es gab eine Lösung, die sie nicht mehr hinken ließ, und die Schmerzen, die ihr zu kurzes Bein ihrem Rücken und ihrer Hüfte bereiteten, beenden würde. Und diese Lösung war so einfach ...

Bei der Pforte angekommen, sah Kyrian sie fragend an, und Viola nickte. Sie würde noch oft genug Gelegenheit haben, auszuprobieren, wie sie mit den neuen Schuhen die Treppen hinauf und hinunter kam. Dagegen würde sie nicht das herrliche Gefühl verschenken, das sich in ihr ausbreitete, wenn Kyrian sie hochhob und an seine Brust gedrückt nach unten trug. Sie schmiegte sich an ihn und genoss die Momente stiller Verbundenheit, das sanfte Schaukeln seiner Schritte und seine Arme, die sie fest und sicher hielten.

Viel zu schnell erreichten sie Violas Zimmertür, und er stellte sie auf den Boden. Einige Augenblicke standen sie sich schweigend gegenüber, dann griff Kyrian nach ihrer Hand und hob sie an die Lippen. „Gute Nacht, Viola. Bis morgen."

Er blickte sie an. Ihre Wangen waren noch immer gerötet, und ihre Lippen von seinen leidenschaftlichen Küssen geschwollen. Er wartete, und er hoffte, obwohl er ahnte, dass es noch zu früh war. Das leichte Neigen ihres Kopfes bestätigte seine Vermutung.

„Ich danke dir, Kyrian. Für die Schuhe und ..." Die Spitze ihrer Zunge huschte über ihre Lippen und brachte für Kyrian die Erinnerung an die Samtigkeit ihres Mundes zurück. „... und alles andere."

Sie sah ihn an, eine kleine Ewigkeit, in der er Zeit und Ort vergaß. Sich abzuwenden, verlangte eine Kraft, von der er nicht recht wusste, woher er sie nahm. Er hörte, wie die Tür hinter ihm ins Schloss fiel; er war mit seiner pochenden Erregung allein.

Er atmete tief durch und setzte seinen Weg fort. Morgen war ein neuer Tag. Und der Schritt, den er heute in seiner Beziehung zu Viola getan hatte, schürte nicht nur sein Verlangen, sondern auch seine Zuversicht.

KAPITEL 16

Kyrian wanderte durch die langen Gänge der Burg. Seine Gedanken waren noch immer bei den vergangenen Stunden und bei Viola. Er bemerkte Marie erst, als sie direkt vor ihm stand. Die Spitzen ihres blonden Haares schimmerten feucht und ein schwerer Duft nach Patschuli verriet, dass sie aus dem Hamam kam.

Sie war neben einem der Wandleuchter stehen geblieben, zweifellos um ihre Vorzüge ins rechte Licht zu rücken, und stemmte die Arme mit einem provozierenden Lächeln in die Hüften.

„Kyrian, fast hätte ich dich nicht mehr erkannt, so lange ist es her, dass ich dich gesehen habe.“ Ihre Stimme klang tief und verführerisch. Der ohnehin großzügige Ausschnitt ihres Kleides saß schief und gewährte einen Blick auf die dunklen Aureolen ihrer Brustwarzen. Der lockere, nachlässige Fall des Gewandes verriet, dass sie kein Mieder darunter trug. „Hast du Lust, zu spielen? Nur wir beide, du und ich?“, fragte sie und ließ ihre Augen dabei schamlos über die Ausbuchtung seiner Hose wandern.

„Marie, ich habe dir schon einmal gesagt, dass zwischen uns alles vorbei ist.“

Sie zuckte die Schultern. „Das hast du. Aber wen kümmert es?“ Mit einem Schritt stand sie dicht vor ihm. „Sie erregt dich, aber sie will dich nicht. Ich will dich. Wo ist das Problem? Wir nehmen ihr nichts weg, wenn wir unsere Gier stillen. Wenn wir unsere Körper aneinander reiben, bis wir es nicht mehr aushalten. Wenn sich deine Zähne und deine Finger tief in mein Fleisch graben und mein Fötzchen deinen Schwanz drückt und quetscht, bis du schreist.“

Ihre Hand lag auf seiner Brust und glitt nach unten. Er sah in ihr Gesicht, in die harten, leuchtend blauen Augen, die seine geheimsten Wünsche kannten. Und wusste, dass er verloren hatte.

Mit einer schnellen Bewegung drängte er sie an die Wand und stellte sich hinter sie. Sie wackelte einladend mit dem Hintern, als er ihre Röcke hochschob und gleichzeitig seine Hose öffnete.

Einen Augenblick später war er in ihr. Er stützte beide Hände neben ihrem Kopf ab, um sie nicht mehr zu berühren als unbedingt nötig. Aber das schien sie nicht zu stören. Mit geschlossenen Augen presste sie ihre Wange fest an die Wand. Sie seufzte tief und kehlig und fuhr mit der Zunge rastlos über ihren Mund.

Er stieß hart zu, wollte sie und sich selbst strafen, für den Rausch, den er empfand und nicht empfinden durfte, aber stattdessen wurde ihr Stöhnen lauter. Ihr Becken passte sich seinen Bewegungen an und nahm seinen Rhythmus auf. Es war so gut, dass er die Zähne zusammenbiss, um nicht selbst zu stöhnen. Er wollte ihr nichts geben, keine Befriedigung, keine Intimität. Nichts von sich. Als er seinen Höhepunkt nahen fühlte, zog er sich aus ihrem heißen, feuchten Schacht zurück und pumpte seinen Samen über ihre nackten Hinterbacken.

Schwer atmend machte er zwei Schritte von ihr weg. Sie drehte sich langsam um, während er seinen Schwanz hastig in die Hose stopfte, als könne er so ungeschehen machen, was passiert war. Ihre Augen schossen zornige Blitze, und ihre atemlose Stimme verriet, dass ihr Verlangen nicht befriedigt worden war.

„Bastard!", zischte sie leise und hasserfüllt. „Das wird dir noch leidtun. Denk an meine Worte!"

Sie zerrte an ihrem Kleid herum und ging an ihm vorbei, ohne ihn eines weiteren Blickes zu würdigen.

Kyrian lehnte sich an die Wand und versuchte, das Zittern seiner Hände unter Kontrolle zu bekommen. Er hatte versagt. Wieder hatte er sich wie ein Tier benommen. Ein Tier, das über das erste brünstige Weibchen herfiel, das seinen Weg kreuzte. Er musste handeln, er konnte so nicht weitermachen, wollte er nicht jegliche Selbstachtung verlieren.

Die ganze Nacht über hatte er an einem Plan gearbeitet, und in den frühen Morgenstunden lehnte er sich müde, aber zufrieden in seinem Sessel zurück. Er läutete nach einem der Diener und befahl, Marie, Ludovica und Nadja unverzüglich zu ihm zu schicken.

Es verging keine halbe Stunde, und die drei standen gähnend vor seinem Schreibtisch. Er hatte nicht die Absicht, lange um den heißen Brei herumzureden, und sagte deshalb knapp: „Ihr werdet die Wolfensburg verlassen, und zwar noch heute."

Sie starrten ihn an, und die Müdigkeit wich schlagartig aus ihren Gesichtern. Nadja und Ludovica begannen gleichzeitig wie aus einem Mund zu jammern: „Unmöglich ... du kannst uns doch nicht so einfach ... wo sollen wir hin ... so schnell ... wir brauchen Zeit ..."

Marie verschränkte die Arme vor der Brust. Sie sah ihn nur wortlos an.

Er räusperte sich. „Jede von euch bekommt einen Beutel Silber“, unterbrach er die Tirade der beiden Frauen und holte drei Säckchen aus den Tiefen seines Schreibtischs. Noch während er sie vor sich hinstellte, hörte die Jammerei auf. Nadja machte einen schnellen Schritt auf den Schreibtisch zu und streckte begierig die Hand aus.

„Warte“, sagte Kyrian. „Das Silber ist an euren Schwur gebunden, über alles, was ihr hier gesehen habt, zu schweigen!“

„Was könnten wir schon erzählen?“, höhnte Marie von ihrem Platz aus. „Dass der Weiße Wolf ein Mensch und keine Legende ist? Ein Mann, dessen Perversionen ohne Zahl sind?“

Kyrian beachtete sie nicht. „Außerdem bekommt jede von euch ein Dokument, bei dessen Vorlage euch ein weiter Beutel Silber ausgehändigt wird. Bei einem Geldverleiher in Szögely, und zwar zehn Jahre lang an jeder Wintersonnenwende.“

Schweigen hing im Raum. Dann trat Ludovica entschlossen einen Schritt vor und sagte laut und deutlich: „Ich schwöre, bei allem, was mir heilig ist, dass ich niemals über die Vorkommnisse auf der Wolfensburg ein Wort verlieren werde. Der Blitz soll mich erschlagen, wenn ich diesen Schwur breche.“

Sie blickte Kyrian an, der nickte und ihr den Beutel samt einer dünnen Papierrolle über den Tisch zuschob. Ludovica packte beides und presste es an ihre Brust.

Kyrian sah zu Nadja, die langsam den Kopf hob. „Auch ich schwöre bei der heiligen Jungfrau Maria, dass ich niemandem etwas von der Wolfensburg erzählen werde. Wenn ich meinen Schwur breche, soll ich auf der Stelle tot umfallen."

Während sie ihren Beutel und das Dokument nahm, fragte Marie: „Was passiert, wenn ich nicht schwöre?"

„Ich lasse dich töten."

Ihre Lippen kräuselten sich. „Das glaube ich nicht. Dazu kenne ich dich zu gut."

Er hatte gewusst, dass sie es ihm nicht leicht machen würde. Und in der Tat kannte sie ihn zu gut. Aber sie wusste nichts von seiner Entschlossenheit, alles in seiner Macht Stehende zu tun, um der Zukunft die Stirn zu bieten. „Es geht um die Sicherheit meiner Leute, meines Rudels. Dafür muss ich tun, was nötig ist. Ob du es glaubst oder nicht, kümmert mich nicht. Entscheide dich!", forderte er hart.

Marie starrte den Beutel auf Kyrians Schreibtisch eine Ewigkeit lang an. Ihr innerer Kampf war für alle im Raum spürbar. Kyrian hoffte, sie würde auf die Vereinbarung eingehen. Er wollte sie nicht töten, aber er würde es tun, wenn es die Umstände erforderten.

Resignierend zuckte Marie schließlich mit den Schultern und sagte leise: „Ich schwöre, das Geheimnis der Wolfensburg zu bewahren. Andernfalls fällt meine Seele der ewigen Verdammnis anheim."

„Gut." Kyrian stand auf. „Packt eure Sachen zusammen, meine Männer werden euch Geleit ins nächste Dorf geben. Ich wünsche euch viel Glück für euer weiteres Leben."

Ludovica und Nadja eilten zur Tür, ohne sich noch einmal umzudrehen. Auf ihren Gesichtern lag ein zufriedener Ausdruck.

Marie schwieg, bis die beiden verschwunden waren. „Du erwartest nicht, dass ich dir danke", meinte sie dann spöttisch.

„Nein. Ich erwarte, dass du gehst." Er lehnte sich an seinen Schreibtisch und verschränkte die Arme vor der Brust.

„Du wirst es bedauern, mich weggeschickt zu haben. Sie kann dein Verlangen niemals stillen. Nicht so, wie ich es kann."

„Marie, du ermüdest mich. Pack deine Sachen zusammen und verschwinde!"

Sie hielt die Augen unverwandt auf ihn gerichtet und kam langsam näher. „Du hast Angst vor mir, Kyrian."

Er schwieg.

„Du hast Angst vor mir, darum schickst du mich weg."

„Erspar uns beiden dieses Theater, Marie. Behalte etwas Würde und geh", erwiderte er, aber seine Stimme klang angespannt, und Marie merkte es.

„Wenn du keine Angst hast, dann zeig mir dein Gesicht!"

Er wandte sich ab, ging um seinen Schreibtisch herum und ließ sich auf seinen Sessel fallen. „Du hast von mir bekommen, was ich bereit bin, dir zu geben. Mein Gesicht gehört nicht dazu. Du wirst nie erfahren, wie ich aussehe." Er machte eine kleine Pause. „Du wirst nie erfahren, wie das Ungeheuer aussieht, das dich dazu gebracht hat, es anzuflehen, dich zu ficken."

Marie zuckte zusammen, als habe er sie geschlagen, und wich einen Schritt zurück. „Es ist nicht vorbei, Kyrian, auch wenn du das gerne glauben möchtest." Mit diesen Worten drehte sie sich um und verließ das Zimmer.

Kyrian atmete erleichtert aus. Seine Maßnahmen stellten sicher, dass niemand die Geheimnisse der Wolfensburg und seiner Bewohner erfahren würde. Die jährliche Übergabe des Silbers in Szögely brachte die

Frauen weit genug von hier weg, damit sie nicht in der Gegend herumlungerten und Unruhe stifteten. Er war froh, diese Angelegenheit reibungslos erledigt zu haben. Während die Frauen sich bereitmachten, würde er Andropol mit den nötigen Anweisungen versehen.

Du hast Angst, hörte er Maries Stimme in seinem Kopf. Und jetzt konnte er auch zugeben, dass sie Recht hatte. Er hatte Angst, was alles sie in der Lage war, aus ihm hervorzulocken, wenn sie länger hier blieb. Er hatte Angst, dass das Tier in ihm an die Oberfläche drängen und die Führung übernehmen könnte. Aber er hatte Marie bezwungen und damit sich selbst. Diese Tatsache erfüllte ihn mit Triumph. Trotzdem zitterte seine Hand, als er sie nach dem Klingelzug ausstreckte.

KAPITEL 17

Viola arbeitete wieder an ihren Zeichnungen. Sie hatte das Fenster geöffnet, um die milde Sommerluft ins Zimmer strömen zu lassen.

Ein lauter Wortwechsel erregten ihre Aufmerksamkeit, und sie lehnte sich neugierig auf den Sims. Die schwarze Kutsche wartete vor dem Aufgang zur Burg. Vier Reiter standen als Eskorte daneben.

Marie, Ludovica und Nadja stritten lautstark wie Marktweiber, umgeben von zahlreichen Taschen, mitten auf dem Platz. Viola verstand zwar nicht, worum es ging, aber sie verfolgte das Geschehen mit gerunzelter Stirn. Die Szene erweckte den Eindruck, als ob die drei abreisen und - wenn es nach dem angehäuften Gepäck ging - nicht mehr wiederkehren würden.

Viola wartete, bis die Frauen eingestiegen waren und der Kutscher die Peitsche schnalzen ließ. Dann ging sie nachdenklich zurück zum Tisch. Das rückte ihre Beziehung zu Kyrian auf eine neue Ebene, denn sie zweifelte nicht daran, dass er mit ihnen all das getan hatte, was ihr die Frauen im Hamam erzählt hatten. Wenn er die drei weggeschickte, konnte das nur bedeuten, dass er mit ihr zusammen sein wollte, richtig zusammen sein.

Sie erinnerte sich an den vergangenen Abend, und ein Schauer lief über ihren Körper. Der Kuss, seine Berührungen, seine heiseren Worte an ihrem Ohr. Die Vorstellung, seinen Mund an ihrer geheimsten Stelle zu spüren, brachte ihren Herzschlag zum Rasen.

Sie hatte keine Angst mehr.

Kyrian machte ihr keine Angst. Er war kein Ungeheuer, gleichgültig, wie er unter der Maske aussah. Er besaß wundervolle Augen, einen wundervollen Mund und die zärtlichsten Hände, die man sich vorstellen konnte. Er brannte für sie, und er hatte sich Gedanken gemacht, wie er ihr helfen könnte, ohne dass sie sich jemals über ihre Situation in seiner Gegenwart beklagt hatte. Deshalb würde sie alles tun, um ihm zu helfen, den Fluch von seiner Familie zu nehmen.

Ungeduldig wartete sie darauf, dass es Abend würde und sie Kyrian wiederträfe. Als es endlich an der Tür klopfte, war sie bereits fertig angezogen, um mit ihm zu Abend zu speisen. In der Annahme, dass Liese oder Urzula sie zu ihm bringen würde, öffnete sie eilig. Aber statt der Mägde stand Kyrian selbst vor ihr. Ihm folgten drei Diener, die Speisentabletts an ihr vorbei ins Zimmer trugen.

Kyrian griff nach ihrer Hand und zog sie an die Lippen. Er trug keine Handschuhe. „Heute Abend werden wir hier speisen."

Viola nickte. Die Wärme seiner Finger auf ihrer Haut, die Intensität seines Blickes und die verborgene Botschaft hinter seinen Worten hüllten sie ein wie ein warmer Mantel.

Er führte sie zum Tisch. „Du trägst wieder die Schuhe, die ich machen ließ", bemerkte er erfreut.

„Ja. Ich kann mich nicht davon trennen, es ist so ein unglaubliches Gefühl, nicht mehr zu hinken und keine

Schmerzen zu haben“, sagte sie mit einem kleinen Lächeln.

„Ich lasse morgen den Schuster kommen, er soll einige Muster zur Auswahl mitbringen, und du kannst ihn beauftragen, alle Schuhe anzufertigen, die dir gefallen.“

Er rückte ihren Stuhl zurecht und legte ihr die Speisen vor. Sie unterhielten sich über Belanglosigkeiten. Viola war mehr als einmal nahe daran, ihn wegen der Abreise der drei Frauen zu fragen, aber im entscheidenden Moment verließ sie der Mut. Außerdem lenkte sie der Anblick seiner nackten Hände ab, so lächerlich ihr dieser Gedanke auch erschien. Aber nachdem er diese Hände bisher fast immer in Handschuhen versteckt hatte, brachte die simple Geste allein eine intime Stimmung in ein ganz gewöhnliches Abendessen. Violas Anspannung wuchs, doch es war eine wohlige Anspannung.

Nach dem Essen lehnte sich Viola im Stuhl zurück und fragte sich, was wohl als Nächstes kommen würde. Der Wein und Kyrians Gegenwart hatten ihre Wangen gerötet. Sie musterte ihn durch ihre Wimpern hindurch.

Er saß ihr entspannt gegenüber, seine Finger spielten mit dem Stiel des Weinglases. Als er zu sprechen begann, hatte seine Stimme einen amüsierten Unterton. „Wir sind wohl wieder bei dem Punkt angelangt, an dem ich für gewöhnlich sage: zieh dich aus.“

Viola hatte Mühe, nicht vor lauter Eifer aufzuspringen. Sie hatte auf diese Worte gewartet, seit er das Zimmer betreten hatte. Ihre Finger zitterten nicht, als sie an den Verschnürungen des Kleides zu hantieren begann. Sie spürte seine Blicke auf sich, spürte, wie die Hitze durch ihren Körper jagte, und hielt dennoch mitten in der Bewegung inne.

Ein Gedanke blitzte plötzlich in ihrem Verstand auf. Tollkühn und verwegen. Sie hob den Kopf und sah geradewegs in Kyrians Augen. Schnell sprach sie die Worte aus, ehe sie der Mut dazu verließ: „Zieh du mich aus!"

Die Stille zerrte an ihren Nerven, und sie grub ihre Zähne in die Unterlippe. Er wandte den Blick nicht ab, aber sie wusste nicht, wie er reagieren würde. Ob er ihre Worte als Anmaßung empfand. Ob er gehen würde. Ob er zornig war.

Langsam stand er auf und kam auf sie zu. Ihre Arme hingen nutzlos zu beiden Seiten ihres Körpers herunter. Ohne etwas zu sagen, griff er nach den Schnüren aus gedrehten Seidenfäden, die kreuzweise über ihre Brust liefen und das Oberteil an seinem Platz hielten.

Er zog daran, bis diese Schnüre aus den Ösen glitten und das Kleidungsstück über Violas Schultern rutschte. Darunter trug sie ein Kamisol mit kleinen Perlenknöpfen, aber statt sich damit zu befassen, ging er um sie herum und machte sich an den Häkchen zu schaffen, die ihren Rock zusammenhielten. Mit einer schnellen Bewegung streifte er ihn samt aller Unterröcke nach unten. Er reichte Viola die Hand, damit sie aus den Stoffwolken, die sich um ihre Knöchel bauschten, steigen konnte.

Sie stand vor ihm, und er begann - noch immer schweigend - die kleinen Knöpfe des dünnen Leinenhemdchens zu öffnen. Nervös fuhr sie mit der Zungenspitze über ihre Lippen. „Habe ich etwas Falsches gesagt?"

Ohne seine Tätigkeit zu unterbrechen, erwiderte er: „Nein, du hast nichts Falsches gesagt. Ganz im

Gegenteil." Er hob kurz den Kopf und sah ihr in die Augen. „Ich habe mir gewünscht, dass du es sagst. Ich habe darauf gewartet."

Die Atemlosigkeit in seiner Stimme machte sie selbst atemlos. Sie begriff nicht ganz, was er meinte, obwohl ihr klar war, dass er nicht verärgert war.

Kyrian sah sie an. Sie war auf sein Spiel eingegangen, hatte den passiven Part mit dem aktiven vertauscht und ihn herausgefordert. Das bewies mehr als tausend Worte, dass sie keine Angst mehr vor ihm hatte.

Ihre Wangen waren leicht gerötet, und ihre Augen glänzten. Vor Aufregung. Er versuchte, sein Verlangen zu zügeln. Allein die Vorstellung, dass er in dieser Nacht endlich ans Ziel seiner Wünsche kommen könnte, machte ihn hart wie Stahl.

Er hatte die Knöpfe geöffnet und strich durch den entstandenen Spalt über ihre glatte Haut, entlang der sanften Rundung ihrer Brust bis zu ihrem Hals. „Sag mir, was du willst", flüsterte er.

Viola zitterte unter seiner Berührung und antwortete, ohne auch nur einen Moment zu überlegen: „Küss mich!"

Er beugte sich über sie und legte seinen Mund auf ihre Lippen, die sich sofort teilten und seiner Zunge Einlass gewährten. Ihre Hände wanderten über seine Brust, und sie begann die Knöpfe seiner Jacke und die seines Hemdes zu öffnen. Einen Augenblick später strichen ihre Finger über seine nackte Haut, und er musste sich zusammennehmen, um nicht laut zu stöhnen. Stattdessen vertiefte er den Kuss und zog sie enger an sich. So fest, dass sie seine Erregung spüren konnte, und wartete, ob sie zurückweichen würde.

Aber sie blieb, wo sie war, presste sich sogar noch fester an ihn und ließ ihre Zungenspitze an seiner entlanggleiten, bis sie in seinem Mund verschwand. Jetzt stöhnte er doch und spürte, wie ein Schauer über ihren Körper lief. Langsam hob er den Kopf.

Ihre Augen waren groß und dunkel, ihre Wangen glühten, und ihre Lippen schimmerten feucht und einladend. „Du tust alles, was ich will?“, fragte sie heiser, und er nickte, ohne nachzudenken.

„Dann lass mich dein Gesicht sehen“, bat sie, selbst überrascht von der Kühnheit ihrer Forderung.

Ihre Hände lagen noch immer an seiner Brust. Im Versuch, ihren Worten die Schärfe zu nehmen, beugte sie sich vor und hauchte eine Reihe kleiner Küsse von seinem Schlüsselbein zu seiner Halsgrube.

Sie hörte und fühlte das schnelle Schlagen seines Herzens, dann machte er einen Schritt von ihr weg und drehte sich um. Violas Hände fielen herunter. Sie verwünschte ihre Worte, ihre dumme Forderung. Es spielte keine Rolle für sie, wie er aussah. Warum quälte sie ihn?

Atemlos und ängstlich, alles verdorben zu haben, blickte sie ihn an. Ihre Fingernägel bohrten sich in die Handflächen. „Vergiss, was ich gesagt habe, es ist nicht wichtig. Es ist nicht wichtig für mich“, stammelte sie hastig. „Küss mich wieder! Zeig mir, wie es wirklich ist, wie ...“ Ihre Worte erstarben, da er seine Arme hob und an der Verschnürung der Maske an seinem Hinterkopf nestelte.

Ohne dass sie es merkte, schlug sie die Hände vor den Mund und starrte ihn an. Die wenigen Sekunden, die es dauerte, bis er die Maske von seinem Kopf gezogen hatte, dehnten sich in der Stille des Raumes zu Ewigkeiten.

Schließlich warf er das dünne Leder auf den Tisch, fuhr mit gespreizten Fingern durch sein Haar und drehte sich um. Violas Augen weiteten sich. Das erste Gefühl, das sie empfand, war Erleichterung darüber, dass er eine Nase hatte und keinen klaffenden Krater. Erst dann sah sie sein Gesicht wirklich an. Ihre Hände fielen vor Staunen herunter, und sie ging langsam auf ihn zu.

„Oh Gott!“, murmelte sie ergriffen. Ihr überreizter Verstand spielte ihr einen Streich. Sie blinzelte ein Mal und ein zweites Mal. Dann streckte sie die Hand aus.

Er blieb ruhig stehen und ließ es zu, dass sie ihn berührte. Die Fassungslosigkeit auf ihren Zügen machte ihm keine Hoffnung, und er wappnete sich gegen ihre Ablehnung.

Viola suchte nach Worten. Aber was sollte sie sagen? Was konnte sie sagen, das nicht abgedroschen und hohl klang? Das Gesicht vor ihr war das schönste, das sie jemals gesehen hatte. Hohe Wangenknochen harmonierten mit einer perfekten Kieferlinie und einer schmalen, geraden Nase. In eine gerade Stirn fielen schneeweiße Haarsträhnen. Auch die feinen, geschwungenen Augenbrauen waren weiß, ebenso die dichten Wimpern, die seine leicht schräg stehenden Augen umgaben. Sein Teint war durchscheinend hell, und in den Tiefen seiner Pupillen mischte sich dunkles Rot in die samtige Schwärze.

Er sah anders aus als jeder andere Mensch, den sie jemals gesehen hatte, aber nichtsdestotrotz besaß er eine geradezu überirdische Schönheit.

Ihr wurde bewusst, dass sie ihn noch immer anstarrte und dass er völlig ruhig vor ihr stand und ihrem Blick standhielt, als erwarte er - sie blinzelte verdutzt - als erwarte er ein Urteil!

Sie befeuchtete ihre Lippen mit der Zunge. „Ich will dich malen.“

„Wie bitte?“

„Obwohl ...“, sie nahm sein Kinn und drehte es zu den Kerzen, „ich daran vermutlich scheitern werde. Mein Talent reicht nicht aus, die Schönheit eines Engels auf Papier zu bannen.“

Er sah sie einen Augenblick ungläubig an, dann warf er den Kopf in den Nacken und lachte. Viola verschränkte die Arme. Dabei fiel ihr auf, dass ihre Bluse ebenso offen stand wie sein Hemd. Sie genoss diesen Anblick, während er sich beruhigte.

„Was ist so lustig?“, erkundigte sie sich, nicht wirklich beleidigt, weil sein Lachen eher bitter als erheitert geklungen hatte.

„Ich bin ein Ungeheuer, kein Engel“, erwiderte er leise. „Wie kommst du nur darauf?“

„Und wie kommst du darauf, ein Ungeheuer zu sein? Du siehst anders aus als die meisten Menschen, aber du hast ein Gesicht, das jeden Erzengel vor Neid erblassen lässt.“

„Findest du?“ Seine Stimme verriet, dass er ihr nicht glaubte, gleichzeitig aber war seine Erleichterung unüberhörbar.

„Ja, das finde ich“, bekräftigte Viola.

Kyrian betrachtete ihren ernsthaften Ausdruck. Er hatte sich gegen jede denkbare Reaktion von ihrer Seite gewappnet, Abscheu, Ekel, Angst, jedoch nicht im Entferntesten damit gerechnet, dass ihr gefallen könnte, was sie sah. Im Augenblick wollte er sich darüber nicht den Kopf zerbrechen. Im Augenblick wollte er sie nur aufs Bett legen und jeden Zoll ihres Körpers mit seinem Mund und seinen Händen erforschen. Er wischte alle rationalen Überlegungen beiseite und lächelte. „Möglicherweise sehe ich aus wie ein Engel, aber ich fühle mich wie ein Ungeheuer, das dich verschlingen wird. Mit Haut und Haaren."

„Diese Mischung finde ich sehr gelungen", erwiderte Viola und beugte sich vor, um seine Brust zu küssen. Bevor er sie umarmen konnte, schob sie Jacke und Hemd nach unten, sodass er schließlich mit nacktem Oberkörper vor ihr stand. Mit gerunzelter Stirn betrachtete sie seine muskulösen Schultern und die breite Brust, ehe sie genießerisch mit der Zungenspitze über ihre Oberlippe fuhr. „Ausgesprochen gelungen sogar."

Er brachte sie mit einem hungrigen Kuss zum Schweigen und streichelte ihren Rücken. Sein Verlangen brannte Löcher in seinen Verstand, und er kämpfte dagegen an, sie aufs Bett zu werfen und sich schnell und hart in ihrer Hitze zu vergraben. „Ich will mit dir zusammen sein, Viola, wie ein Mann mit einer Frau zusammen ist. Um ..."

„... um den Fluch zu brechen", murmelte sie und küsste hingebungsvoll seinen Hals.

„Nein, nicht wegen des Fluchs, ich will mit dir zusammen sein, weil du alles bist, was ich mir je erträumt habe. Ich will dir Lust schenken, und deine Lust wird meine Lust sein. Ich will dir mit meinem Leib und meinem Herzen dienen, und wenn ich noch eine Seele besitze, dann gehört sie dir, Viola! Ich liebe dich, und darum will ich mit dir zusammen sein. Nicht wegen eines Jahrhunderte alten Familienfluchs."

Sie lauschte den atemlosen Worten, seinem Geständnis, so ungewöhnlich wie dieser Mann, und wenn ihr Herz noch einen Grund gebraucht hätte, für ihn zu schlagen, dann hatte er ihn ihr gerade gegeben.

„Ich liebe dich auch, Kyrian. Ich habe dich geliebt, noch bevor ich dein Gesicht sah, weil ich wusste, dass du im Innersten schön und makellos bist. Und ich sehne mich danach, dass du mich verschlingst, mit Haut und Haaren."

Er stöhnte und küsste sie wieder. „Ich muss dir weh tun, bei diesem ersten Mal", flüsterte er ihr ins Ohr.

„Ich weiß. Obwohl ich mir kaum vorstellen kann, dass mir irgendetwas, das du tust, Schmerzen bereiten kann. Sag mir einfach, was ich tun soll", entgegnete sie trocken und zeichnete mit dem Finger ein Ornament auf seine Brust.

Er hob sie hoch und trug sie zum Bett. „Du brauchst nichts zu tun."

„Nein?"

Ihre Stimme klang so enttäuscht, dass er lächeln musste. „Nur heute Nacht. Später würde ich es sehr begrüßen, wenn du alles tust, was dir in den Sinn kommt, wenn wir zusammen sind."

„Gut. Das gefällt mir."

Nachdem er sie hingelegt hatte, zog er ihr die restlichen Kleidungsstücke aus und kniete sich zwischen ihre Schenkel. Er strich mit der flachen Hand über ihren Schamhügel. Das kurze, nachgewachsene Haar fühlte sich an wie Samt.

Viola seufzte und bog sich ihm entgegen. Obwohl sie noch immer nur eine verschwommene Vorstellung davon hatte, was gleich passieren würde, so sehnte sie sich mit jeder Faser ihres Seins danach.

Er trug noch seine Hose, und gerade, als sie ihn darauf aufmerksam machen wollte, beugte er seinen Kopf, und einen Augenblick später spürte sie, dass er seine Lippen auf ihren Venushügel drückte. Seine Hände glitten unter ihre Hüften und hoben ihren Unterleib leicht an. Sie konnte nicht glauben, dass er sie tatsächlich an dieser Stelle küsste und hielt unwillkürlich den Atem an.

„Entspann dich“, sagte er leise. Seine Wangen waren gerötet, und seine Augen glitzerten. Ihre Blicke trafen sich, und Viola holte zitternd Luft, ehe sie ihre Schenkel fallen ließ.

Seine Zunge leckte über ihr empfindliches Fleisch, und sie keuchte überrascht auf, als die Intensität dieser Zärtlichkeit eine neuerliche Hitzewelle durch ihren Körper jagte. Sie wand sich, aber er hielt sie fest, und fuhr fort, jene Stellen zu suchen und zu finden, die ihr ein lang gezogenes Stöhnen entlockten. Unbewusst hatte sie die Finger in seinem weichen weißen Haar vergraben, um ihn zwischen ihren Schenkeln festzuhalten. Ihr Kopf flog hin und her, und ihr Rücken hob sich ungestüm vom Bett, um noch mehr von seinen Zärtlichkeiten zu spüren.

Aber er machte ohnehin keine Anstalten, seinen Platz zu verlassen, sondern erregte sie mit meisterhaften Liebkosungen seiner Lippen und Zunge so lange, dass sich ihr Verstand wieder in einem Funkenregen aufzulösen begann. Sie schrie seinen Namen mit einer heiseren, ihr völlig unbekannten Stimme, die in einem Schluchzen verebbte.

Sofort war er neben ihr und zog sie in seine Arme. „Viola, mein Herz, alles ist gut.“

Sie schmiegte sich an ihn, während ihr Körper wieder zur Ruhe kam. „Ich weiß“, murmelte sie. „Es ist nur ... so ungewohnt, als ... als würde sich mein Körper in flüssiges Licht verwandeln.“ Sie schwieg eine Weile, während er sie festhielt und streichelte. „Aber es ist nicht das, was ... warum ...“, verlegen brach sie ab.

„Nein, das ist es nicht, aber ich liebe es, dir Vergnügen zu bereiten. Auf jede nur denkbare Weise.

Ich will, dass du glücklich bist. Ich weiß, dass du nicht freiwillig hergekommen bist, aber ich will, dass du freiwillig hier bleibst. Ich will dich nicht einsperren, so wie mein Vater meine Mutter eingesperrt hat. Ich will nicht, dass du mich hasst. Ich will nicht, dass du meine Berührung fürchtest, sondern dass du dich danach sehnst."

Sie hob die Hand und strich von seiner Wange zu seinem unglaublich weißen Haar. „Dein Vater hat deine Mutter eingesperrt?", wiederholte sie verwundert.

„Ja, und bei der ersten Möglichkeit, die sich ihr bot, versuchte sie zu fliehen. Als ihr das nicht gelang, stürzte sie sich vom Turm, um wenigstens im Tod die Freiheit zu finden, nach der es sie verlangte. Keinem fiel etwas auf, da alle mit meiner Geburtstagsfeier beschäftigt waren. Als mein Vater ihre Flucht bemerkte, machte er sich mit den Männern auf die Suche, aber unter dem Südturm beginnt eine steile, unwegsame Schlucht. Es war Sommer, und er trug nichts als ein Hemd und seine Maske. Als er sie endlich gefunden hatte, war seine Haut verbrannt. Er starb acht Tage später."

Viola schwieg betroffen. „Also hast du deine Eltern ganz kurz hintereinander verloren. Deine ganze Familie. Alle, die du geliebt hast."

Er atmete tief durch. „Ich habe sie nicht geliebt. Keiner von beiden hätte das zugelassen. Meine Mutter hat mich gehasst und verabscheut, für sie war ich die Wiedergeburt jenes Ungeheuers, das sich ihr in den Nächten aufzwang. Das ihr Leben zerstört hatte."

Viola begriff, was er meinte. „Sie war ..."

„... eine Jungfrau aus Allershausen, die von den Bürgern zur Einhaltung des Pakts an den Weißen Wolf übergeben wurde und alles hinter sich lassen musste, was ihr lieb und teuer war", ergänzte er und redete stockend weiter: „Darum habe ich drei Jungfrauen gefordert, als die Zeit gekommen war."

Viola hob den Kopf und runzelte die Stirn. Er sah sie an, und seine Stimme war fast unhörbar: „Ich dachte, dass eine davon vielleicht bereit sein würde, bei mir zu bleiben, wenn sie die Möglichkeit hätte, sich frei zu entscheiden. Und nicht gezwungen wäre, ihr Leben mit mir zu verbringen."

Und sie hatte geglaubt, dass er nur die Chance vergrößern wollte, den Fluch zu brechen. Ihr Herz zog sich schmerzhaft zusammen, und sie schloss die Augen, in denen Tränen brannten. Wie verzweifelt musste er gewesen sein, um auf diesen Plan zu verfallen? Welche Dramen hatten sich hier abgespielt? War das ein Teil des Fluchs - zu hassen, statt zu lieben? Immer an sich zu zweifeln?

Maries zornige, gehässige Worte fielen ihr ein. Gegen besseres Wissen hatte sie Kyrian als Bestie und Ungeheuer beschrieben, brutal und gemein in seinen Handlungen.

„Ich war völlig ahnungslos, als die drei hier ankamen", fuhr er fort. „Ich wusste nicht, was sie waren, und behandelte sie höflich und entgegenkommend. Sie fielen in der ersten Nacht über mich her. Nutzten meine Verwirrung. Und meine Gier." Er holte wieder tief Luft. „Ich war vorher noch nie mit einer Frau zusammen gewesen, Vater hätte mich tot geprügelt, wenn ich mich mit einer der Mägde eingelassen hätte; sie hatten also leichtes Spiel, und sie brachten mich an einen Punkt, an dem ich sie nicht mehr wegschicken konnte, weil mein Körper meinen Verstand ausschaltete. Erst als ich am nächsten Morgen allein war, konnte ich nachdenken. Und nachdem sich meine Wut darüber gelegt hatte, dass mich die

Allershausener betrogen hatten, beschloss ich meinen ursprünglichen Plan auszuführen und schickte Hauptmann Andropol los."

„Die Herzen", unterbrach ihn Viola, „die drei Herzen, die er bei der Hochzeitsfeier auf den Tisch geworfen hat ..."

„... waren von Schweinen."

Sie schloss betäubt die Augen. Er hatte niemanden getötet. Der letzte Beweis, dass er kein Ungeheuer, keine Bestie war.

„Ich musste die Legende, den Mythos der Wolfensburg und seiner Bewohner weiterspinnen. Meine Familie ist so schwach, so leicht verletzlich, dass wir unsere Feinde bereits durch Gerüchte abschrecken müssen. Weil wir im direkten Kampf unterliegen würden. Wir müssen Angst und Schrecken verbreiten. Die Wolfsmänner gelten als unangreifbar. Sie sind meine Leibgarde und die am besten ausgebildeten Kämpfer, die sich ein Befehlshaber wünschen kann. Ihr Ruf allein hält mögliche Angreifer davon ab, die Wolfensburg zu stürmen. Das alles dient zu meinem und jetzt auch zu deinem Schutz und zum Schutz der nächsten Generation, wenn wir den Bann nicht brechen können."

„Auch die Maske ..."

„Ja, auch die Maske, jedes Gerücht darüber, wie der Weiße Wolf aussieht, webt ein Stück an der Legende. Außerdem ist es mein ganz persönlicher Schutz, meine letzte Rückzugsmöglichkeit. Nur jene Menschen, denen mein uneingeschränktes Vertrauen gehört, kennen mein Gesicht."

„Dein Vertrauen ehrt mich. Ich verspreche, es niemals zu missbrauchen", murmelte sie.

„Das weiß ich. Aber ich habe Angst gehabt, dass dich mein Äußeres abstößt, dass dadurch alles zerstört wird, was in den letzten Tagen entstanden ist."

Sie sah ihn an. So unverständlich es ihr auch erschien, er meinte tatsächlich, was er sagte. „Du bist schön, und du bist faszinierend. Du bist großmütig und gutherzig. Wenn ich unter hundert oder tausend Männern wählen könnte, ich würde immer nur dich wählen."

„Wirklich?", fragte er heiser.

„Wirklich", bestätigte sie und zog seinen Kopf zu sich.

„Dann werde ich dafür sorgen, dass du diese Wahl niemals bedauern wirst."

KAPITEL 18

Viola erwiderte seinen Kuss sehnsüchtig. Ihre Hände strichen über seinen glatten Rücken und wagten sich unter den Bund seiner Hose.

Er rollte sich auf sie und presste sie mit seinem Gewicht in die Matratze. Viola erschauerte. Jetzt. Jetzt würde es passieren. Sie würden zusammen sein. Richtig.

Er rieb sich an ihr, und sie spürte seine Härte durch das körperwarme Leder an ihrer Scham.

„Wenn ich erregt bin, wird mein Körper heiß und hart. So wie jetzt", flüsterte er in ihr Ohr, und seine atemlose Stimme schürte ihr Verlagen noch weiter. „Dein Körper wird weich und heiß und feucht, damit du mich aufnehmen kannst. Gemeinsam werden wir die größte Lust erleben, die du dir vorstellen kannst."

Er spürte, wie sie in seinen Armen bebte, und schloss kurz die Augen. Nichts in seinem Leben hatte er so sehr gewollt wie diese Frau. Zu seiner Erleichterung hatte er sich völlig unter Kontrolle und konnte so langsam vorgehen, wie es nötig war. Das Tier in ihm lag an einer Kette, die er kurz genug hielt, um sie jederzeit straff zu ziehen, ehe sich die Bestie losreißen und seine Liebe zerstören konnte.

Er nestelte am Verschluss seiner Hose, bereit den letzten Schritt zur Vereinigung mit der Frau, der sein

Herz gehörte zu tun, als ihn lautes Hämmern an der Zimmertür zum Innehalten brachte.

„Herr, Ihr müsst kommen, sofort, ein Unglück ..."

Stimmen riefen vor der Tür durcheinander, wieder trommelten Fäuste an die Tür. „Schnell, Herr, kommt ..."

Kyrian richtete sich auf und sah auf Viola hinunter, die ihn voller Hingabe anblickte. „Ich muss nachsehen ... wenn sie mich hier suchen, dann ist wirklich etwas Schlimmes passiert ..."

Er küsste sie leicht auf den Mund und stand auf. Im Gehen nahm er Hemd und Jacke und schlüpfte hinein. Noch bevor er die Tür öffnete, zog er die Maske über seinen Kopf und blieb so stehen, dass niemand ins Zimmer sehen konnte.

„Der neue Stollen der Mine ist eingestürzt. Vier Männer sind eingeschlossen ... wir brauchen Hilfe ..."

Er sah die Panik in den Gesichtern vor sich und nickte. „Ich bin sofort unten. Verständigt alle anderen Männer, die sich in der Burg aufhalten. Nur die Wachen sollen auf ihren Posten bleiben."

Mit diesen Worten schloss er wieder die Tür und trat zum Bett. „Ich muss in der Mine nach dem Rechten sehen, aber ich komme wieder, versprochen!"

„Sei vorsichtig", bat Viola und sah ihm nach, wie er das Zimmer verließ. Sie kuschelte sich in die Kissen und schloss die Augen. Ihr Körper fühlte sich noch immer heiß und erregt an, aber dass Kyrian seine Verantwortung als Burgherr ernst nahm, war ihr schon seit längerem klar gewesen.

Die Mine war die Lebensgrundlage aller hier. Dort konnte Kyrian auch arbeiten, ohne sich der Sonne aussetzen zu müssen. Jetzt, da sie seinen muskulösen Oberkörper gesehen hatte, zweifelte sie nicht daran, dass er Seite an Seite mit seinen Männern stand, um dem Berg das Silber zu entreißen.

Viola versuchte wach zu bleiben, bis Kyrian zu ihr zurückkam und sie fortsetzen würden, was sie begonnen hatten. Doch irgendwann fielen ihr die Augen zu, und sie schlief ein.

Als sie aufwachte, war sie noch immer allein. Da die dicht gewebten Vorhänge das Licht ausschlossen, gab es keinen Hinweis auf die Tageszeit.

Viola tappte zum Fenster und schob den schweren Samt zur Seite. Draußen war es hell, die Sonne stand schon hoch. Sie läutete nach den Dienstmädchen und versuchte, ihre Sorge zu unterdrücken.

Nichtsdestotrotz fragte sie Liese, kaum dass sie ins Zimmer getreten war: „Was ist mit dem eingestürzten Stollen?“

„Die Männer sind noch immer unten, wir haben ihnen Essen gebracht, aber es gibt nichts Neues.“

„Weiß man etwas über Verletzte ... oder Tote?“, erkundigte sich Viola bang.

„Nein, es wurden weder Tote noch Verletzte geborgen. Bisher“, erwiderte Liese.

Abwesend ließ sich Viola beim Anziehen und Frisieren helfen. Dann fing sie an, rastlos im Zimmer umherzuwandern. Die Ohnmacht ihrer Lage zerrte an ihren Nerven.

Irgendwann brachte Urzula ein Tablett mit kaltem Huhn, aber Viola hatte keinen Appetit. Sie schickte das Mädchen weg und sank aufs Bett. Mittlerweile war sie krank vor Sorge und spann sich im Geiste die wüstesten Szenarien zusammen. Schließlich hielt sie es nicht länger aus und verließ ihr Zimmer. Weder auf den Gängen noch auf der Treppe kam ihr jemand entgegen. Sie trat vor das Portal, aber auch hier war niemand zu sehen. Unschlüssig wandte sie sich ab und beschloss, aus der Bibliothek ein Buch zu holen und auf ihrem Lieblingsplätzchen hinter dem türkischen Bad den Einbruch der Nacht abzuwarten. Vielleicht war der Eingang zur Mine durch die Burg verschüttet worden und Kyrian konnte erst nachts die Mine verlassen.

Der heiße Dampf des Hamam schlug ihr entgegen, sobald sie die Tür geöffnet hatte. Die Öllampen spendeten mildes Licht, und wie immer dauerte es einige Augenblicke, bis sich Violas Augen an das Halbdunkel gewöhnt hatten.

Jemand befand sich im Becken. Sie kam näher und erkannte Kyrians weißes Haar. Ihre Finger klammerten sich am Buchdeckel fest. Erleichterung, dass ihm nichts passiert war, überflutete sie.

Kyrian sah ihr entgegen. Er hatte seine schmerzenden Muskeln und Gelenke im warmen Wasser entspannen wollen, ehe er zu ihr zurückkehrte. Die letzten Stunden waren ein einziger Albtraum gewesen.

„Ist alles gut gegangen?“, fragte Viola und blieb neben dem Beckenrand stehen.

„Drei Männer sind verletzt, allerdings ist ihr Leben außer Gefahr. Sie wurden zu ihren Familien gebracht, und der Medicus kümmert sich um sie. Das Gebälk des Stollens wird in den nächsten Tagen erneuert werden. Alles ist glimpflich abgelaufen, glücklicherweise.“

Viola nickte, dann entdeckte sie die tiefroten Abschürfungen auf seiner rechten Schulter. „Aber du bist auch verletzt!“, rief sie und bückte sich schnell, um die Stelle besser sehen zu können.

„Ach, das ist nichts, nur ...“, er brach ab, da Viola genau in diesem Augenblick auf dem glatten Boden das Gleichgewicht verlor. Wegen seiner schmerzenden

Schulter konnte er den Arm nicht schnell genug heben, um zu verhindern, dass sie ins Becken stürzte, sondern sie nur auffangen.

Viola schnappte nach Luft. Ihre Kleider und Unterröcke sogen sich mit Wasser voll, und hätten sie erst einmal unter Wasser gezogen, wenn Kyrian sie nicht festgehalten hätte.

Ihr Blick wanderte von der abgeschürften Stelle seiner Schulter zu seinem Gesicht. Noch immer war sie nicht gegen die unglaubliche Schönheit seiner Züge gewappnet. Sie streckte die Hand aus, um die hohen Wangenknochen zu berühren. Allerdings blieb ihr Arm auf halber Strecke in der Luft hängen, weil ihr just in diesem Moment einfiel, dass er völlig nackt war.

Er zog sie an sich. Alle Müdigkeit und Erschöpfung war vergessen, als ihre warmen, weichen Lippen seinen Mund berührten. Hungrig drängte er seine Zunge tiefer, um sie zu schmecken und ihre samtige Hitze zu spüren. Sie erwiderte seinen Kuss mit all der Leidenschaft, die sie für ihn empfand und krallte dabei ihre Finger in sein Haar.

Seine Hände wanderten über ihren Rücken und zerrten den Ausschnitt ihres Kleides nach unten. Sie stöhnte in seinen Mund und wand sich, um ihm zu helfen. Ihre Brüste kamen frei, und er fing sie ein, als sie im Wasser Auftrieb erhielten. Er begann sie so geschickt zu drücken und zu streicheln, dass Viola mit einer ungestümen Geste den Kopf zurückwarf.

Ihre Nägel gruben sich in seine Oberarme, als seine Daumen die kieselsteinharten Brustspitzen reizten. Sie stöhnte auf und fühlte, wie sich die vertraute Spannung unaufhaltsam in ihr aufbaute. Aber dieses Mal wollte sie mehr. Sie wollte ihn ganz. Sie wollte die unwiderrufliche Vereinigung ihrer Körper.

Ihre Hände wanderten über seine Brust, über seinen Bauch, bis sie seinen heißen Schaft erreichte und ihn festhielt. Ihre Wangen glühten wegen ihrer Kühnheit, aber Kyrian schien ihr Tun nicht im Mindesten verwerflich zu finden. Er beugte sich vor und flüsterte ihr heiser ins Ohr: „Fester, nimm ihn fester und lass deine Faust auf und abgleiten."

Sie tat, was er gesagt hatte, und wurde mit einem lang gezogenen Stöhnen belohnt, das jeden Nerv in ihrem Körper zum Vibrieren brachte. In diesem Moment begriff sie, dass sie Macht über ihn hatte, und schwor sich gleichzeitig, diese Macht niemals zu missbrauchen.

Er lag in ihrer Hand. Schwer. Hart. Lebendig. Wie von selbst fand sie den Rhythmus, der seine Erregung höher und höher trieb. Und nicht nur seine Erregung. Meine Lust ist deine Lust.

Kyrian zog sie wieder an sich und plünderte ihren Mund rau und leidenschaftlich. Sein Verstand begann sich in der feuchten Hitze des Hamam, in der feuchten Hitze von Violas Mund und ihrer Hand aufzulösen. Kyrian wollte sie jetzt. Sofort.

Seine Finger gruben sich fiebrig in die vollgesogenen Röcke, ohne eine Möglichkeit zu finden, sie aus dem Weg zu bekommen. Schließlich packte er Viola kurzerhand an den Hüften, hob sie hoch und legte sie auf den gefliesten Boden, der das Becken umgab. Einen Augenblick später war er neben ihr.

Er merkte, dass sie an seinem Körper nach unten blickte und wurde noch härter. Mit einer schnellen Bewegung schob er die schweren Röcke hoch, aber ehe er die an ihrem Körper klebende Leinenhose nach unten zerren konnte, zogen ihn ihre Arme ungeduldig auf sich. Zwischen ihre weit gespreizten Beine.

Er keuchte auf und stieß mit seiner geschwollenen Kuppe gegen den versperrten Eingang. Sie stöhnte und wand sich wie rasend unter ihm. Ihre Hände glitten ziellos über seine Brust und seine Arme. „Ich will dich, Kyrian, ich will dich, lass uns zusammen sein, richtig zusammen sein, wie Mann und Frau!“ Ihre Stimme klang heiser, und die letzten Worte verschliffen sich zu einem atemlosen Keuchen.

„Ich will dich auch“, murmelte er rau, „aber diese verdammte ...“

„Zerreiß sie!“, forderte Viola heiser und ließ ihn kurz los.

Der knappe Befehl bahnte sich einen Weg durch seinen von Gier verhangenen Verstand. Er kniete sich auf, griff mit beiden Händen in den dünnen, nassen Stoff und riss ihn ohne weitere Umstände auseinander.

Viola packte ihn an den Schultern. Ihre Augen waren grüne Flammen, die ihn bis ins Innerste versengten. Er hatte ihr Entgegenkommen und ihre Bereitschaft gewollt, aber was er jetzt bekam, überstieg seine kühnsten Erwartungen. Fordernde Leidenschaft, die alle Dämme sprengte und ihn an die Grenzen seiner Beherrschung peitschte. Sie wölbte ihm ihren Körper entgegen und stieß seine Hand beiseite, als er sie noch weiter streicheln, noch weiter erregen wollte.

„Alles“, keuchte sie. „Jetzt.“

Ihre Finger zerrten an seinem Haar, und ihre Beine schlangen sich um seine Hüften. Sie zog ihn fester an sich, und er spürte, wie der empfindliche Kopf seines Schafts über ihre feuchten, heißen Falten glitt. Tiefer, immer tiefer.

Sein Atem rasselte in der Brust, und das bisschen Selbstkontrolle, über das Kyrian noch verfügt hatte, war verloren in der Unendlichkeit seiner Begierde.

Vergessen der Vorsatz, sanft zu sein. Vorsichtig. Langsam. Geduldig.

Es gab nur Arme und Beine, die übereinander glitten auf der Suche nach Befriedigung. Münder, die aneinander saugten und leckten und stöhnten, als wollten sie den anderen verschlingen. Hitze, Feuchtigkeit und Gier, die sich zusammenballten, um eigenmächtig und ungefragt ein Ventil zu suchen.

Kyrians Verlangen überlagerte den letzten Rest seines Verstandes. Er konnte nicht mehr denken. Er konnte sich nur mehr der hemmungslosen Lust ergeben, die wie flüssiges Feuer durch seine Adern jagte und seine Handlungen diktierte. Mit der rohen Gewalt eines Rammbocks stieß er in sie und begrub sich bis zum Anschlag in ihrem weichen, heißen Fleisch.

Viola schrie auf, tief und kehlig, während ein Schauer über ihren Körper flog. Der Schmerz hatte ihre Lust nicht gedämpft, sondern sie in eine weitere unvorstellbare Dimension katapultiert. Zum ersten Mal spürte sie ihn in sich, spürte, wie ihre Muskeln sich anpassten und dehnten, bis sie ihn ganz aufgenommen hatte und er sie vollständig ausfüllte.

Einen köstlichen Moment lang verharrte er unbeweglich, dann zog er sich zurück und stieß wieder zu. Die ungezügelte Kraft hinter seinen Bewegungen trieb die Luft aus ihren Lungen, und sie klammerte sich an seinem Hals fest. „Mehr", flüsterte sie mit geschlossenen Augen in sein Ohr, und sie bekam mehr. Seinen Mund, seine Hände, seinen Körper, seine Lust, seine harten, tiefen Stöße. Ihr Körper gehorchte ihr nicht, sondern bog sich ihm entgegen, wollte mehr und immer mehr, forderte ihn mit Worten und mit Zähnen, bis endlich eine Welle aus Feuer und Eis über ihr zusammenschlug.

Viola trieb an der Schwelle ihres Bewusstseins dahin, spürte ihn in sich, so heiß und tief, wie sie es nie für möglich gehalten hätte. Er stöhnte heiser ihren Namen, wieder und wieder, ehe er schließlich auf ihr zusammenbrach.

Ihre Arme hielten ihn fest und streichelten seinen Rücken, während sie langsam in die Wirklichkeit zurückfand. Die Intensität des Erlebten machte sie sprachlos. Dass eine solche Urgewalt an Empfindungen möglich sein könnte, war für sie bisher unvorstellbar gewesen. Und der Mann in ihren Armen hatte sie dieses Unvorstellbare gelehrt. Sie lächelte und hielt ihn fest an sich gedrückt.

Die flimmernden Punkte vor Kyrians Augen verflüchtigten sich, und sein Atem kam zur Ruhe. Gleichzeitig kehrte sein Bewusstsein mit erbarmungsloser Klarheit zurück. Er hatte die Kontrolle über sich verloren. Anstatt ihr voller Zärtlichkeit und Liebe eine neue Welt zu zeigen, war er wie ein Wilder über sie hergefallen. Wie ein Tier. Er hatte sie brutal auseinander gerissen und ihr Schmerzen zugefügt, die zu verhindern gewesen wären, wenn er über die nötige Selbstbeherrschung verfügt hätte.

Er wollte nicht den Kopf heben und ihren Hass und ihre Verachtung sehen, er wünschte ...

„Kyrian?“ Ihre Stimme klang fragend.

Er überwand sich und hob den Kopf.

Sie sah ihn mit gerunzelter Stirn an. „Ist alles in Ordnung?“

Die Worte erreichten seinen Verstand, aber trotzdem begriff er sie nicht. Und noch weniger begriff er den Ausdruck auf ihrem Gesicht. Da war kein Hass und keine Abscheu, nur Sorge.

„Ich habe dir weh getan“, murmelte er unbeholfen.

„Das hast du nicht. Ich habe gewusst, dass du mir nicht wehtun kannst.“ Sie setzte sich auf. „Ist es immer so?“

Er schwieg, verwirrt und fassungslos.

Viola konnte seine Reaktion nicht einordnen. Aber sie wollte das Schweigen zwischen ihnen auch nicht anwachsen lassen. „Habe ich etwas falsch gemacht? War ich zu ... zu ...“, sie suchte nach dem passenden Wort, „... ungestüm? Zu ... schamlos?“ Ihre Stimme war fast unhörbar. „Ich werde es nicht mehr tun, ich verspreche es, ich habe nicht gewusst ...“

Ihre Verzweiflung drang jetzt doch zu ihm durch, und er zog sie mit einer schnellen Bewegung in seine Arme. „Du warst wunderbar. Nichts, was du getan hast, war falsch. Ich habe die Kontrolle über mich verloren. Du hattest das Recht darauf, sanft und zärtlich geliebt zu werden, bei deinem ersten Mal. Stattdessen bin ich über dich hergefallen wie eine ausgehungerte Bestie.“ Er drückte ihren Kopf an seine Schulter. „Ich wollte das nicht. Ich glaubte, ich hätte mich in der Hand. Aber ich bin nichts als ein Tier, das ist wohl ein Teil des Fluchs, ich kann nicht mehr denken, wenn mich die Gier packt.“

Sie lauschte seinen rau hervorgestoßenen Worten und richtete sich in seinen Armen auf. „Du bist kein Tier. Du bist voller Leidenschaft und Glut, wenn du liebst, das ist alles. Wenn sich jemand wie ein Tier verhalten hat, dann war ich das. Aber daran waren nur diese verfluchten Kleider schuld.“ Sie lachte und schüttelte den Kopf. „Immer war ich nackt, nur im ausschlaggebenden Moment nicht.“

„Du bist nicht böse?“, fragte er ungläubig.

„Böse wäre ich nur dann, wenn wir das, was wir eben auf den harten Fliesen getan haben, nicht bei der nächsten Gelegenheit in einem weichen Bett wiederholen."

Die nassen Haarsträhnen ringelten sich über ihren nackten Oberkörper. Ihre Augen leuchteten vor Vergnügen und vor verheißungsvollen Versprechungen. Ehe er etwas erwidern konnte, beugte sie sich vor und küsste ihn. „Ich liebe dich, Kyrian Lupanescu, und nichts und niemand wird mich je davon abbringen!"

KAPITEL 19

Viola beseitigte in den folgenden Stunden mit ihrem hingebungsvollen Verhalten auch die letzten Zweifel, die Kyrian gehabt hatte. Sie schmiegte sich in seine Arme, forderte ihn mit immer gewagteren Zärtlichkeiten heraus und brachte in ihr Liebesspiel eine für ihn bisher unbekannte Leichtigkeit. Sie neckte ihn und lachte mit ihm, und er empfand eine Gelöstheit, die weit über körperliche Befriedigung hinausging. Er fühlte sich geborgen und angenommen wie noch nie zuvor in seinem Leben. Insgeheim schwor er sich wieder und wieder, alles zu tun, um Viola das gleiche Glück zu schenken wie sie ihm.

Da Violas Unersättlichkeit der seinen in nichts nachstand, waren sie die ganze Nacht zugange, nur unterbrochen von kurzen Schlafpausen, wenn die Müdigkeit sie überwältigte. Aber auch während dieser Unterbrechungen ruhten sie ineinander verschlungen auf dem breiten Bett.

Als Kyrian schließlich aufstand und sich anzog, um den Dienstboten Bescheid zu sagen, dass sie einen kleinen Imbiss zubereiten sollten, bemühte er sich, Viola nicht zu wecken. An der Tür warf noch einmal einen Blick zurück aufs Bett. Sie drehte ihm den Rücken zu und hatte ein Bein in die Decke gewickelt. Das lange rote Haar floss über die hellen Kissen. Er genoss die perfekten Linien ihres Körpers, die im sanften Licht der Kerzen verführerisch schimmerten, und unterdrückte das aufsteigende Verlangen, das ihn bei der Erinnerung an die Seidigkeit und den Duft ihrer Haut überkam. Kopfschüttelnd ging er zur Treppe. Er würde doch wohl in der Lage sein, sich von dieser Frau für einige wenige Augenblicke zu trennen!

In der Küche traf er auf Hauptmann Andropol und nutzte die Gelegenheit, sich nach dem Befinden der Verletzten zu erkundigen. Zu seiner Erleichterung waren alle wohlauf und würden in den nächsten Tagen wieder völlig genesen sein. Auch waren bereits Pläne gezeichnet worden, was die weitere Absicherung des Stollens betraf. Kyrian gab seine Einwilligung, nach den Zeichnungen in der Tischlerei neue Balken anfertigen zu lassen. Sie unterhielten sich eine Weile, und als der Hauptmann sich schließlich verabschiedete, stand auch das Tablett mit den Speisen bereit.

Kyrian stieg die Treppe hinauf und nahm dabei zwei Stufen auf einmal. Er öffnete die Tür zu seinem Zimmer mit dem Ellbogen und stellte das Tablett auf die nächste Kommode. Mit einem Lächeln auf den Lippen wandte er sich zum Bett und erstarrte mitten in der Bewegung.

Statt Viola lag in den zerwühlten Laken ein beschriebenes Blatt Papier. Eine kalte Faust presste Kyrians Magen zusammen, als er danach griff. Fassungslos flogen seine Augen über die in ungelenker Handschrift hingeworfenen Zeilen.

„Wenn du sie wieder haben willst, dann steig auf den Südturm, und zwar bevor die Sonne untergeht. Allein."

Er ließ das Papier sinken. Das wird dir noch leidtun.

Marie. Ohne Zweifel. Aber wie hatte sie zurückkommen können? Was hatte sie vor?

Er versuchte zusammenhängend zu denken, obwohl ihn die Angst mit einem eisernen Griff umklammert hielt. Marie würde sich nicht mit halben Sachen zufrieden geben. Sie wollte sein Unglück. Und sein Unglück war ein Leben ohne Viola. Marie würde Viola töten.

Ohne zu zögern, lief er durch die langen Gänge der Burg, bis er zum Aufgang des Südturms kam. Er hastete die enge Steintreppe hinauf. Oben angelangt, fand er das Tor unverschlossen vor. Er drückte die Klinke und stieß die Tür auf, ohne den im schützenden Schatten liegenden Bereich zu verlassen. Zwar trug er seine Maske samt Hemd, Jacke und Hose, aber die Sonne schien gleißend hell vom mittäglichen Sommerhimmel. Er war noch nie unter diesen Bedingungen ins Freie getreten.

Das quadratische Plateau übersah er auch von diesem Platz aus. Marie stand ihm gegenüber an der Brüstung. Sie hielt Viola, die nichts als seinen Morgenmantel trug und den Mund verbunden und die Handgelenke gefesselt hatte, ein langes dünnes Messer an die Kehle.

„Nun, Kyrian, glaubst du jetzt, dass es nicht vorbei ist mit uns?" Sie sprach nicht übermäßig laut, und Kyrians Hoffnung, dass die Wachen auf den tiefer liegenden Wehrgängen sie hören würden, verflüchtigte sich.

Er ignorierte ihre Worte. „Was willst du, Marie?"

„Dein Glück kann ich nicht haben, darum nehme ich mir das Zweitbeste: dein Unglück."

„Wenn du Viola tötest, wirst du selbst sterben. Dafür werde ich sorgen. Und sogar wenn du mir entkommst, die Burg wirst du nie verlassen!“

Marie lachte. „Ich werde deine süße kleine Gespielin töten. Ich werde dich töten, und ich werde die Burg auf die gleiche Weise verlassen, wie ich sie betreten habe!“ Sie machte eine Pause. „Durch den Lüftungsschacht der Mine. Deine Wächter sind auch nur Männer, Kyrian. Ein Blick auf mein goldenes Fellchen genügt, und sie sind Wachs in meinen Händen.“ Sie lachte selbstgefällig. “Aber das weißt du ja selbst.“

Der Gedanke, dass sie mit ihrem Vorhaben Erfolg haben könnte, verwandelte seine Eingeweide in Eis. Sein Schicksal war ihm gleichgültig, aber Viola durfte nicht deshalb sterben, weil er sie hierher gebracht hatte. Weil er sie liebte.

Das Messer glitt über Violas Wange und hinterließ eine dünne rote Spur. „Nun, Kyrian, willst du dein Liebchen nicht retten? Willst du es nicht wenigstens versuchen?“

„Was willst du, Marie?“, wiederholte er.

„Ich will sehen, wie sie ist, diese große, allumfassende Liebe, von der die Dichter immer schreiben. Ich will den Unterschied sehen zwischen Gerammel und Gestöhne aus Liebe und Gerammel und Gestöhne aus Geilheit.“

„Was soll ich tun?“

Das Messer glitt tiefer Violas Hals hinunter. „Sie hat mir gesagt, dass du sie liebst. Dass du für sie brennst. Und genau das will ich sehen. Komm her!“

Seine Finger umklammerten das Türblatt. „Du lässt sie gehen, wenn ich tue, was du willst?“

Marie nahm das Messer von Violas Hals und machte damit eine vage Geste. „Vielleicht. Vielleicht auch nicht. Du wirst es erst wissen, wenn du es versuchst."

Sie würde Viola nicht gehen lassen, ganz gleich, was er tat oder nicht tat. Trotzdem ließ er das Tor los und betrat das Plateau des Turms. Einige Schritte vor Marie, die das Messer wieder an Violas Kehle hielt, blieb er stehen.

„Zieh deine Jacke aus! Und dein Hemd!", befahl Marie.

Er tat, was sie sagte und versuchte dabei, den Anblick von Violas Gesicht so gut wie möglich zu meiden. Er hatte die Angst in ihren weit aufgerissenen Augen gesehen. Die Sorge um sie hinderte ihn daran, klar zu überlegen, wie er die Situation in den Griff bekommen könnte. Wenn es ihm nicht gelänge, Viola aus seinem Verstand zu verbannen, würde es ihm wohl kaum gelingen, Marie zu überrumpeln.

Die Jacke lag bereits zu seinen Füßen, und er knöpfte langsam das Hemd auf, um Zeit zu gewinnen. Noch bevor er es auszog, fing seine Haut unter dem dünnen Leinen an zu brennen, als hätte man sie mit Säure überschüttet. Aber das war bei weitem nicht das Schlimmste.

Das Schlimmste war, dass seine Augen schmerzten, als würden sie von tausend winzigen Pfeilen durchbohrt. Und dass sie zu tränen begannen und ihm so jegliche Sicht nahmen.

Das Hemd fiel zu Boden, und er wartete - nahezu blind - auf Maries weitere Befehle. Sie ließ sich Zeit, während er das Gefühl hatte, von den Flammen eines Scheiterhaufens verschlungen zu werden.

„Oh ja, du brennst tatsächlich", hörte er Maries Stimme. „Ich bin gespannt, wie lange es dauern wird ...

willst du seine Qual beenden, Herzchen? Dann steig auf die Brüstung!"

„Nein!", schrie Kyrian. „Hör nicht auf sie, Viola! Bleib, wo du bist!"

Er blinzelte verzweifelt, aber seine Sicht blieb unverändert in gleißende Helligkeit getaucht. Er sah nichts von dem, was sich unmittelbar vor ihm abspielte, sondern hörte nur Maries hämische Stimme.

„Ach, Kyrian, wie ergreifend! Oder wie erbärmlich. Du verbrennst für deine Liebe, und deine Gespielin springt für ihre Liebe in den Tod. Da verzichte ich doch auf diese ganzen großen Gefühle, jetzt, da ich weiß, wohin mich das bringt!"

Er biss die Zähne zusammen. Es musste einen Ausweg geben. Aber es fiel ihm nichts ein, außer ...

„Willst du mein Gesicht sehen, Marie?", fragte er herausfordernd und hoffte, sie damit von Viola abzulenken.

„Ach, das kann ich auch, wenn du tot bist."

„Es ist nicht dasselbe. Ein totes Gesicht ist ... tot. Du kannst nichts mehr darin lesen."

„Dann nimm die Maske ab!"

„Du nimmst mir die Maske ab, Marie. Das ist es doch, was du immer wolltest."

Schweigen. Dann raschelten Röcke. Er blinzelte wieder, ohne etwas zu sehen. Also musste er sie zum Reden bringen, um zu wissen, wo genau sie sich befand. „Aber du musst mir versprechen ..."

„Ich verspreche nichts. Und dir am allerwenigsten. Versuch keine Manöver, Kyrian, ich kann mit dem Messer umgehen, seit ich ein Kind war."

Er spürte, dass sie um ihn herum ging und konzentrierte sich darauf, die Szene bildhaft vor seinem inneren Auge entstehen zu lassen. Im gleichen

Augenblick, als sie den Dolch an die Verschnürung seiner Maske hob, wirbelte er herum und packte ihr Handgelenk.

Ihre Überraschung ausnutzend, griff er nach dem Dolch, ehe sie reagieren konnte, und stieß ihn bis zum Heft in ihren Körper, dort wo er ihre Brust vermutete. Einmal, dann ein zweites und ein drittes Mal. Schrille Schreie bewiesen ihm, dass er getroffen hatte, aber er hielt ihr Handgelenk eisern umklammert und trieb die Klinge noch einmal in ihren Körper.

„Du wirst niemals wissen, was Liebe ist, und du wirst niemals mein Gesicht sehen", keuchte er heiser. Er zitterte, als er endlich von ihr abließ und einen unsicheren Schritt zur Seite taumelte. Noch immer umgab ihn schmerzende, undurchdringliche Helligkeit.

Kyrian ging in die Knie und kämpfte vergeblich darum, nicht das Bewusstsein zu verlieren. Auf seinen Lippen lag Violas Name, aber er konnte ihn nicht mehr aussprechen. Die gleißende Helligkeit verwandelte sich endlich in barmherziges Dunkel.

Viola löste sich aus ihrer Erstarrung und hastete zu Kyrian hinüber. Sein Oberkörper war mit Blasen übersät, die aufzuplatzen begannen. Darunter schimmerte rot und ungeschützt das rohe Fleisch. Hastig bückte sie sich, packte die auf dem Boden liegende Jacke mit ihren gefesselten Händen und warf sie über ihn. Ohne Maries leblose Gestalt eines weiteren Blickes zu würdigen, hob sie das Messer auf, klemmte es zwischen ihre Knie und schnitt mühsam die Fesseln durch, die ihre Handgelenke zusammenbanden.

Sobald sie es geschafft hatte, fasste sie Kyrian vorsichtig unter den Achseln und hob seinen Oberkörper so weit an, dass er nicht den Boden berührte, als sie ihn zum Tor des Turmaufgangs und in die sichere Dunkelheit schleifte. Tränen strömten aus ihren Augen, und die Angst schnürte ihr die Kehle zu. Er durfte nicht sterben.

Sie riss die Binde von ihrem Mund, rannte zurück zur Brüstung und schrie den Wachen, die auf dem tiefer liegenden Wehrgang postiert waren, einen Hilferuf entgegen. Sobald man sie gehört hatte, eilte sie zu Kyrian und bettete seinen Kopf in ihren Schoß. Sie wagte nicht, ihn zu berühren, und der Anblick seiner Wunden zog ihr das Herz zusammen.

Viola hörte die Männer mit ihren schweren Stiefeln die Treppe hinaufpoltern. Als sie bei ihr ankamen und den Burgherrn erblickten, erstarben ihre Fragen, noch bevor sie ausgesprochen waren. Sie hoben Kyrian vorsichtig hoch und trugen ihn in sein Zimmer. Viola hatte einer der Mägde befohlen, den Medicus zu holen, und setzte sich selbst an Kyrians Bett.

Er blieb ohne Bewusstsein, auch als ihn der Arzt untersuchte, aber mittlerweile war Viola dankbar dafür, da ihm dieser Zustand die größten Schmerzen ersparte. Bang blickte sie den hageren Mann an, als er sich schließlich an sie wandte.

„Die Verbrennungen nehmen einen Großteil der Körperoberfläche ein. Die Heilung wird nur sehr langsam erfolgen, und die ganze Zeit über besteht die Gefahr, dass die Wunden brandig werden und ihn vergiften. Ich kann Euch nicht viel Hoffnung machen. Kühlende Umschläge mit Kräutersud und das Auftragen einer Salbe ist alles, was Ihr für ihn tun könnt."

Viola hörte den Zweifel in seiner Stimme, aber sie weigerte sich, diesen Zweifel zu akzeptieren. Stattdessen nickte sie. „Ich werde tun, was immer in meiner Kraft steht. Übergebt die Kräuter samt Euren Anweisungen der Köchin und lasst mir einen Tiegel der Salbe. Ich bestehe darauf, dass Ihr täglich nach ihm seht."

„Selbstverständlich." Der Arzt verbeugte sich.

Viola setzte sich ans Bett und wartete, bis Liese und Urzula mit dem abgekühlten Kräutersud erschienen. Gemeinsam trugen sie die Tinktur auf den Verbrennungen auf und bedeckten diese dick mit Salbe.

Schließlich löschte Viola alle Kerzen bis auf eine und setzte sich neben das Bett. Sie hatte Kyrian die Maske abgenommen, naachdem die beiden Mägde gegangen waren. Sein Gesicht sah unversehrt aus, aber durch die Blässe und die Ausdruckslosigkeit hätte es auch einem Toten gehören können. Viola streichelte seine Wange und seine Stirn. „Du darfst nicht sterben. Du darfst mich nicht alleine lassen. Ich brauche dich", murmelte sie immer wieder vor sich hin.

Die Stunden verrannen, ohne dass von Kyrian mehr als leise Atemzüge zu vernehmen waren. Erst weit nach Mitternacht bewegte er stöhnend den Kopf, und Viola, die eingenickt war, fuhr hoch.

„Viola?" Er öffnete die Augen einen Spalt breit.

„Ich bin da, Kyrian, ich bin bei dir", beeilte sie sich zu versichern.

Er blinzelte. „Ich kann wieder sehen. Ich dachte schon ..."

„Du konntest nichts sehen?", wiederholte Viola verwirrt. „Aber wie ..."

„Das Sonnenlicht war zu stark für meine Augen. Alles um mich herum war blendend weiß. Ich habe nur hören können, wo Marie sich befand." Er machte eine Pause. „Ist sie tot?"

„Ja."

„Ich wollte es nicht, ich habe sie mit den anderen weggeschickt, ihr Geld gegeben ...“

„Ich weiß, aber sie ließ dir keine Wahl.“

„Nein. In dem Moment, als ich begriff, dass sie dich in ihre Gewalt gebracht hat, war mir klar, dass ich sie töten musste. Sie hätte es immer wieder versucht.“

Viola nickte. „Hast du starke Schmerzen?“, fragte sie leise.

Er versuchte ein Lächeln, das nicht ganz gelang. „Ich habe dir gesagt, dass ich für dich brenne, und das tue ich jetzt auch.“

Viola sah ihn unglücklich an. „Ich habe das nicht gewollt. Ich wünschte ...“

„Es ist gut, Viola. Ich bin fest entschlossen, am Leben zu bleiben“, sagte er betont heiter. „Mein Paradies ist hier.“

„Ach, Kyrian ...“ Ihre Stimme brach, und sie berührte mit einer zitternden Hand sein Gesicht

„Und ganz abgesehen davon ...“, er lächelte wieder unter Schmerzen und berührte die Innenfläche von Violas Hand mit seinen Lippen, „... haben wir eine Aufgabe zu erfüllen, wie du weißt. Sobald ich in der Lage bin, mehr als meinen kleinen Finger zu heben, wird mich nichts mehr davon abhalten, an der Beseitigung des Fluchs zu arbeiten.“

Viola blinzelte die letzten Tränen weg. „Und mich wird nichts davon abhalten, dir dabei zu helfen.“

EPILOG

Zehn Jahre später

Viola schloss die Augen, als eine neuerliche Schmerzwelle ihren Körper durchschnitt. Sie saß halb aufrecht zwischen Kyrians Beinen auf dem Bett und krampfte die Finger in seine Knie. Er massierte ihren Rücken mit gleichmäßigen, kreisenden Bewegungen. Außerdem murmelte er einen Singsang beruhigender Worte, um ihr Kraft und Zuversicht zu spenden.

Es war die dritte Geburt, die sie miteinander durchstanden, da sich Kyrian weder von Viola noch von der Hebamme hatte vertreiben lassen und den Gebärstuhl mit bösen Worten aus dem Zimmer geworfen hatte. Die beiden Jungen, die nach Stunden der Schmerzen zur Welt gekommen waren, besaßen keine Augen und überlebten nur zwei Tage.

Sie wurden getauft, denn während sich Kyrian von den Verbrennungen erholte, hatte Viola mit seiner Zustimmung begonnen, die Kapelle der Burg wieder in Stand setzen zu lassen. Hauptmann Andropol fand einen orthodoxen Priester, der sie weihte und sich nach langen Diskussionen schließlich entschloss, auf der Burg zu bleiben.

Jeden Abend während der Monate lang dauernden Genesung sprach Viola ihr Gebet für Kyrian in der Kapelle. Er erholte sich völlig von den schwerwiegenden Verletzungen, nur die Narben, die sich wie ein spinnwebartiges Gespinst über seine Haut zogen, erinnerten daran, wie knapp er dem Tod entronnen war. Als Viola auf den Tag genau ein Jahr in der Burg war, segnete der Priester ihren Bund.

Wäre nicht der Fluch gewesen, wäre Viola wunschlos glücklich gewesen. Aber alles, was Kyrian erzählt hatte, bewahrheitete sich. Es dauerte zwei Jahre bis Viola das erste Mal ein Kind trug, und danach vergingen vier weitere Jahre, bis sie wieder guter Hoffnung war. Die beiden Kinder wurden in der Familiengruft beigesetzt. Auch das war eine Neuerung. Widerstrebend hatte Kyrian berichtet, dass die kleinen Leichen früher einfach im Wald verscharrt worden waren. Sie hatten nicht als Menschen gegolten.

Kyrian hatte im Lauf der Jahre wieder und wieder beteuert, dass es für ihn nicht mehr wichtig sei, ob der Fluch gebrochen werde oder nicht. Er wollte sein Leben mit ihr verbringen, er schätzte die Art und Weise, in der sich Viola um die Burg und ihre Bewohner kümmerte. Sie war der gute Geist, der über allem schwebte. Er liebte sie, und er wurde nicht müde, es ihr immer wieder zu sagen.

Viola atmete tief ein und presste. Schweiß lief über ihr Gesicht und ließ das dünne Nachthemd an ihrem Körper kleben. Die Hebamme kniete zwischen ihren Beinen. „Einmal noch, Ihr müsst noch einmal pressen, ich sehe den Kopf schon!“

Viola drückte das Kinn an die Brust und umklammerte ihre eigenen Knie. Sie fühlte, wie das

Kind mit aller Gewalt aus ihr drängte und nahm noch einmal ihre Kraft zusammen.

Die Hebamme rief laut: „Ja, hier ist es schon, es ..."

„Was ist es?", fragte Viola erschöpft mit geschlossenen Augen. Sie wagte nicht, hinzusehen. Monatelang hatte sie gehofft. Gebetet. Gefleht. Sie wappnete sich gegen die Enttäuschung und den Schmerz, wieder ein Kind begraben zu müssen.

Kyrian hatte seine Arme um sie gelegt und sie eng an sich gezogen. Seine Wange schmiegte sich an ihre. Er sagte nichts.

Zorniges Quäken ertönte, und Viola riss die Augen auf. Keines der anderen beiden Kinder hatte nach der Geburt so laut geschrien. Sie hatten schwach gewimmert wie Welpen oder Kätzchen.

Die Hebamme hob das schreiende Bündel Mensch hoch: „Ihr habt eine Tochter."

Viola blickte den winzigen, mit Käseschmiere bedeckten Körper an. Auf dem Kopf ringelte sich eine einzelne dunkle Locke. Über die zornig zusammengepressten Augen zogen sich feine schwarze Brauen. Die kleinen Fäuste waren geballt als wäre sie bereit, es mit jedem aufzunehmen, der es darauf ankommen ließ.

„Wir haben es geschafft, wir haben eine Tochter", murmelte sie fassungslos. „Der Fluch ..."

„... ist gebrochen", vollendete Kyrian neben ihr. Ihre Wange wurde feucht von den gemeinsamen Tränen.

Das kleine Mädchen hörte auf zu schreien und blinzelte seine Eltern an.

„Wie soll sie heißen?", fragte die Hebamme und legte das Kind aufs Bett. Sie wandte sich ab, um eine kleine Holzwanne, die auf dem Tisch stand mit heißem und kalten Wasser aus zwei Krügen zu füllen.

Kyrian und Viola sahen sich an.

„Sie ist unser Licht“, meinte Viola leise.

Kyrian nickte. „Unsere Fleisch gewordene Hoffnung. Darum soll sie Luzia Esperanza heißen.“

„Luzia Esperanza Lupanescu, das Mädchen, das das dunkle Zeitalter auf der Wolfensburg beendet hat“, sagte Viola und betrachtet liebevoll ihre Tochter.

Luzia Esperanza gähnte ungeachtet des denkwürdigen Moments und schloss zufrieden die Augen.

ENDE

LESEPROBE:

FLUCHT AUS DEM HAREM

DARIA CHARON

Ein erotischer Liebesroman aus der Zeit
Queen Victorias

Justin Grenville wird nach zehn Jahren Gefangenschaft im Palast des Paschas von Alexandretta freigelassen. Auf dem Schiff, das ihn nach England bringen soll, entdeckt er in seiner Kabine die aus dem Harem entflohene Leila. Er verspricht ihr, sie nicht zu verraten, wenn sie ihn auf der Reise die Kunst der Liebe lehrt, denn er hat noch nie eine Frau berührt …

1

Leila trippelte zwischen Zenda und ihrer Mutter durch den Garten, der den Palast vom Harem des Paschas trennte. In ihren mit Hennaornamenten bemalten Händen hielt sie ein kleines goldenes Kästchen. Die unzähligen Juwelen, mit denen es besetzt war, funkelten im Sonnenlicht. Sie konnte gar nicht erwarten, alle Schätze zu entdecken, die sie zu ihrem zwölften Geburtstag bekommen hatte. Es musste etwas unvorstellbar Wertvolles sein, das ihr der Pascha höchstpersönlich überreicht hatte, denn er hatte noch niemals zuvor das Wort an sie gerichtet. Aber heute hatte er sie lange und gründlich gemustert und sie war glücklich, dass die Dienerinnen ihrer Mutter sie zum ersten Mal wie eine erwachsene Frau gekleidet und frisiert hatten.

Man hatte sie in den großen Saal gebracht, wo der Pascha auf seinem Thron saß und ihr entgegenblickte. Demütig war sie vor ihm auf die Knie gesunken und erhob sich erst, als der große Ahmet Pascha das Wort zu ihrer Überraschung an sie richtete.

„Ich sehe, dass du gewachsen bist, Leila, nicht mehr lange, und du wirst eine Frau sein."

Sie hielt den Blick gesenkt, ihre Handflächen waren feucht und ihr Herz raste vor Aufregung, da der Pascha tatsächlich mit ihr sprach. Die anderen Mädchen würden ihr nicht glauben, und …

„Sieh mich an."

Der Befehl ließ ihren Kopf hochrucken, ohne dass sie nachdachte. Nur eine Armeslänge entfernt saß der allmächtige Pascha mit gespreizten Beinen und locker auf den Armlehnen liegenden Händen. Das dunkle Gesicht mit dem am Kiefer entlanglaufenden dünnen Sarazenenbart stand in krassem Gegensatz zum weißen, mit Goldstickerei verzierten Kaftan. Seine Hosen waren ebenfalls weiß und die gebogenen Pantoffel mit Perlen und Edelsteinen besetzt.

„Eine Haut, so fein wie Perlmutt und Augen von der Farbe persischer Amethyste", sagte er nachdenklich. „Leila, du wirst eine Schönheit werden, das Juwel meines Hauses."

Leilas Wangen röteten sich und heiße Freude durchströmte sie bei diesen Worten. Der Pascha fand sie schön! Sie würde den Kopf in Zukunft hoch tragen. Auch ihre Mutter würde zufrieden sein, hatte sie sich doch so viel Mühe gegeben, sie heute perfekt aussehen zu lassen.

Ahmet Pascha hob eine schmale, mit Ringen geschmückte Hand und ein Diener in orangefarbenen Pluderhosen mit nacktem Oberkörper trat näher. Er reichte seinem Gebieter ein goldenes Schatzkästchen.

„Nun, Leila", begann der Pascha. „Dieses Geschenk soll dich immer an den heutigen Tag erinnern. In dieser kleinen Truhe liegt deine Zukunft."

Er hielt ihr das Kästchen hin und Leila nahm es mit zitternden Händen entgegen. Ihr Mund fühlte sich sandig an und die Zunge klebte am Gaumen. „Ich danke Euch, Hoheit", brachte sie mühsam und viel zu leise heraus. Dann besann sie sich und küsste die ihr noch immer entgegengestreckte Hand, natürlich ohne sie tatsächlich zu berühren.

Die Andeutung eines Lächelns glitt über das dunkle Gesicht. „Ich danke dir, dass du mich mit der Ahnung deiner künftigen Schönheit beglückt hast. Du darfst dich entfernen, Leila. Aber sei gewiss, dass ich dich nicht vergessen werde."

Das Kästchen so fest an die Brust gedrückt, dass die Edelsteine durch die dünne Seide schmerzhaft in ihr Fleisch stachen, ging Leila rückwärts durch Halle. Sie hielt den Blick gesenkt, sah aber das feingearbeitete Mosaik des Bodens nicht. Stattdessen konzentrierte sie sich darauf, sich mit den eleganten, fließenden Bewegungen zu entfernen, die sie immer an den erwachsenen Frauen beobachtete.

Zu ihrer Erleichterung gelang es ihr tatsächlich, ohne Straucheln beim geschwungenen Torbogen des Saales anzukommen, wo Zenda und ihre Mutter auf sie warteten. Zu dritt verbeugten sie sich ein letztes Mal vor dem Pascha und verließen den Saal.

„Lass sehen, Leila, was hat dir der Pascha geschenkt?" Zenda versuchte, ihr das Kästchen zu entwinden, aber Leila hielt es mit aller Kraft fest und schüttelte energisch den Kopf.

„Sie kann es uns später zeigen", sagte ihre Mutter. „Immerhin ist es ihr Geschenk, darum darf Leila entscheiden, wann sie es uns zeigt. Und ob sie es uns überhaupt zeigt."

Erleichtert lockerte Leila ihren Griff und bemühte sich, mit den beiden Frauen Schritt zu halten. Die Gänge des Palastes erschienen ihr endlos und sie hatte keinerlei Orientierung zwischen den hohen Säulen. Bisher hatte sie den Harem nicht sehr häufig verlassen dürfen.

Zwei Wachen kamen ihr entgegen. Sie schleiften einen Gefangenen in ihrer Mitte, dessen Kopf wie leblos auf die Brust hing. Fetzen eines weißen Hemdes flatterten von seinen schmächtigen Armen. Die zerrissenen braunen Hosen gewährten einen Blick auf blut- und schmutzverkrustete dünne Beine. Leila fragte sich unwillkürlich, was der Junge verbrochen haben musste, um eine solche Bestrafung zu verdienen. Als sie sich auf gleicher Höhe befanden, versuchte sie, sein Gesicht unter den rotblonden Haarsträhnen zu erkennen, aber außer dunklen, angetrockneten Blutspuren sah sie nichts.

Unbewusst blickte sie den Männern nach, während sie weiterlief und so merkte sie nicht, dass Zenda und ihre Mutter zwischen Säulen abbogen. Erst als sie ihren Namen hörte, korrigierte sie eilig ihre Richtung und lief den beiden nach.

Im Harem angekommen, verließ Zenda sie und Leila ging mit ihrer Mutter zu ihren Räumen. Ohne ein weiteres Wort rannte sie in ihr Zimmer und warf sich aufs Bett. Vorsichtig stellte sie das Kästchen vor sich hin und betrachtete es von allen Seiten. Sie zog die Vorfreude absichtlich in die Länge, rollte sich auf den Rücken und hielt die Schatulle hoch, um sich an dem Funkeln der Edelsteine zu erfreuen. Schließlich kniete sie sich vors Bett und zog den goldenen, an einer kurzen Kette befestigten Riegel aus den zierlichen Ösen.

Leila hielt den Atem an, als sie den Deckel langsam und vorsichtig anhob. Die Anspannung ließ ihre Haut kribbeln und die Erwartung ihr Herz schneller schlagen.

Dann starrte sie in das geöffnete Kästchen. Fassungslos und ungläubig. Es war leer. Da sich ihr Verstand weigerte, diese Tatsache zu akzeptieren, tastete sie über den mit rotem Samt ausgeschlagenen Boden.

„Das ist ein Geschenk für deine Zukunft“, sagte ihre Mutter neben ihr. Sie kniete sich nieder und zog Leilas Kopf an die Schulter. „Du wirst einmal eine sehr schöne und sehr begehrte Frau sein. Der Pascha wird sich für deine Gunst bedanken. Seinen Dank kannst du in diesem Kästchen aufbewahren.“

Leila verstand nichts von dem, was ihre Mutter sagte. Sie verstand nur, dass sie sich von dem funkelnden Äußeren täuschen lassen und ein ebenso funkelndes Inneres erwartet hatte. Ein Fehler, der …

„Leila, wach auf.“ Jemand schüttelte sie unsanft an der Schulter. Leila fuhr hoch und blinzelte verwirrt. Der Dampf des Hamam ließ die Umgebung verschwimmen und auch das Gesicht ihr gegenüber wirkte wie durch einen Schleier verhüllt.

„Hatice, was willst du?“ Sie räusperte sich und versuchte, sich in der Gegenwart zurechtzufinden.

„Du schläfst seit zwei Stunden, Leila. Ich dachte schon, dass sie dir etwas ins Essen gemischt haben.“

Die gute Hatice, sie rechnete immer mit dem Schlimmsten. An jeder Ecke sah sie Giftanschläge und Intrigen. Nicht völlig zu unrecht, denn Neid und Eifersucht brachten so manche Frau aus dem Harem in ein frühes Grab. Allerdings gab es niemanden, der sich von ihr dermaßen bedroht fühlte, um ihr Gift in den Kaffee zu rühren. Ihre Stellung lag kaum über jener der Sklavinnen, sie war weder eine Gefahr noch eine ernst zu nehmende Konkurrenz für die anderen.

„Aber nein, Hatice“, sagte sie deshalb beruhigend. „Ich bin nur müde.“

Das war eine Lüge. Sie war nicht müde, sie war süchtig nach dem Vergessen, das der Schlaf brachte. In ihren Träumen konnte sie über ihr Leben bestimmen, sie konnte alles sein, was sie wollte, und sie konnte die Erinnerungen, die ihr gefielen, wieder und wieder durchleben und alle anderen vergessen.

Gähnend streckte sie sich und stand auf. Hatice reichte ihr ein großes, weißes Mousselintuch, das sich Leila um den nackten Leib wickelte. Ihr schwarzes Haar fiel schwer und feucht bis zu ihrer Hüfte. Eine der Dienerinnen würde sich später darum kümmern.

Gemeinsam mit Hatice ging sie barfuß über den Mosaikboden zum Ausgang des Hamam. Auf gefliesten, beheizten Steinbänken saßen und lagen Frauen jeden Alters. Schlanke, dunkelhäutige Körper neben üppigen, alabasterfarbigen Leibern mit weichen, weißen Schenkeln. Einige planschten in den Becken, andere ließen sich von den Sklavinnen mit duftenden Ölen massieren. Die mit Dampf und dem Aroma der verschiedenen Essenzen geschwängerte warme Luft war beinahe zu dick zum Atmen. Leila fühlte sich hier wohl, sie verbrachte jede freie Minute im Hamam. Die feuchte Hitze machte träge und lähmte sowohl den Körper als auch den Geist. Ersparte es ihr, nachzudenken, Entscheidungen zu treffen, sondern gestattet es, sich einfach treiben zu lassen.

Nachdem sie die Bäder verlassen hatten, trennten sich Hatices und Leilas Wege, da sie in verschiedenen Flügeln des Harems untergebracht waren. Leila bewohnte die Gemächer neben Anwar, ihrer Mutter. Saad Aga, ein ägyptischer Eunuch, der für das Wohlergehen und die Sicherheit von Mutter und Tochter zuständig war, verbeugte sich, ehe er ihr geräuschlos die Tür öffnete. Ebenso geräuschlos schlüpfte Leila an ihm vorbei in den Raum hinein.

Eingehüllt in blassblaue Seide lag ihre Mutter auf dem Bett. Sie sah aus wie ein überdimensionaler Kokon, aus dem schwarzes Haar quoll. Ihr Blick war starr zur Decke gerichtet, im Raum hing der unverwechselbare Geruch nach Opium.

Ihre Mutter war zerbrochen. Sie hatte die Weigerung des Paschas, sie zur Frau zu nehmen, sie zu einer Kadine zu machen, nie verwunden. Eine von vielen zu sein, das ertrug sie nicht. Deshalb verließ sie ihre Räumlichkeiten nicht mehr, schlenderte nicht mehr im Garten herum und nahm auch nicht an den wenigen Ausflügen teil, die hin und wieder stattfanden. Sie rauchte Opium oder Haschisch, was sie gerade bekam, ließ sich die Mahlzeiten ans Bett bringen und schloss sich selbst von allem aus. Ihre Schönheit hatte sich in den aromatischen Dämpfen des Hamam verloren, das süße Lokum, mit dem sie ihren Schmerz zu betäuben versuchte, ließ ihren Leib anschwellen bis sie sogar nach orientalischen Maßstäben nicht länger als üppig galt, sondern als grausam entstellt. Der Pascha hatte seit über einem Jahrzehnt nicht mehr nach ihr geschickt. In den wenigen klaren Momenten, die sie hatte, beschwor sie Leila, zu fliehen, um nicht so zu enden wie sie selbst.

Leila hatte darüber nachgedacht, aber sie wusste nicht, wie sie es anstellen sollte. Sie wusste ja nicht einmal, wohin sie sich wenden sollte. Alles, was sie kannte, jegliche Sicherheit befand sich hier, in der fragilen Geborgenheit des Harems. Und das wollte sie nicht aufgeben.

Sie zog die Tür wieder zu und ging in ihr eigenes Zimmer, das nicht weniger kostbar eingerichtet war als jenes ihrer Mutter. Brokat floss von den Wänden, kunstvolle Kandelaber aus buntem Glas spendeten

Licht und dicke Teppiche lagen in mehreren Schichten auf dem glänzenden Marmorboden.

Das Kästchen, das ihr der Pascha vor zehn Jahren geschenkt hatte, stand auf ihrer Frisierkommode neben dem großen, goldgerahmten Spiegel. Sie ließ sich auf den Hocker davor sinken und zog es näher zu sich. Gewohnheitsmäßig strichen ihre Fingerspitzen über die Edelsteine, ehe sie den Riegel aus den Ösen zog.

Heute war das Kästchen nicht mehr leer. Den hühnereigroßen Rubin hatte ihr der Pascha geschenkt, nach dem er ihr die Jungfräulichkeit genommen hatte; den Ring mit den Smaragden nach dem sie ein zweites Mal zu ihm gerufen worden war und ihm Vergnügen bereitet hatte. Jedes einzelne Schmuckstück konnte sie zuordnen. Auch die Ohrgehänge mit den Perlen. Sie waren das letzte Geschenk des Paschas gewesen, danach hatte er sie nicht mehr rufen lassen.

Über vier Jahre war das her. Leila wusste nicht, ob sie seinen Unwillen erregt hatte oder ob er einfach ihrer müde war. Sie wusste, dass sie nie eine Kadine werden würde. Im Gegensatz zu ihrer Mutter machte sie sich über ihre Stellung keine Illusionen. Nicht mehr. Sie war nichts als ein williger Körper, mit dem der Pascha verfahren konnte, wie immer er wollte.

„Leila."

Die sanfte Stimme riss sie aus ihren Gedanken und sie erhob sich. Eine Frau stand ihr gegenüber. Sie trug einen hellgelben Kaftan über orangefarbenen Hosen, die Farbe schmeichelte ihrer olivfarbenen Haut. Jamilah war seit über zwanzig Jahren Hebamme, Lehrerin und Vertraute der im Harem lebenden Frauen. Sie kannte alle Mittelchen, die nötig waren, um eine Schwangerschaft zu verhindern, zu fördern oder zu beenden. Sie unterrichtete die jungen Mädchen in der

Kunst der Liebe, in der Kunst sich zu verschönern und in der Kunst, auch im kürzesten Gespräch die Tugenden des männlichen Gegenübers zu preisen. Sie linderte die Schmerzen bei Geburten, bei den monatlichen Krämpfen und wusste Rat bei den meisten Krankheiten.

Zwar gab es auch einen Arzt, aber der durfte die Frauen nicht berühren. Sie mussten ihm angekleidet und verschleiert an Hand von kleinen Elfenbein- oder Ebenholzpüppchen ihre Beschwerden schildern. Aus diesem Grund waren die Diagnosen und die verschriebenen Mittel des Arztes bei weitem nicht so hilfreich wie jene von Jamilah.

„Der Pascha will dich sehen."

„Mich?", wiederholte Leila ungläubig. „Irrst du dich auch nicht? Du weißt doch, wie lange es her ist, dass er nach mir geschickt hat?"

„Ja, natürlich weiß ich das. Aber das ändert nichts an der Tatsache, dass er dich sehen will. Hier ist deine Medizin", sagte Jamilah und zog ein kleines Fläschchen aus dem Kaftan. „Egal, was er auch im Sinn führt, wenn du meinen Trank zu dir nimmst, musst du dir keine Sorgen machen, ein Kind zu empfangen."

Leilah griff nach dem Fläschchen und zog den Korken heraus. Es schmeckte bitter, aber lange nicht so bitter, wie die Erkenntnis, dass sie in dieser Angelegenheit nichts zu sagen hatte. Und auch in keiner anderen.

„Begleitest du mich?" Sie gab Jamilah das leere Fläschchen zurück.

„Wenn du möchtest, dann begleite ich dich gerne." Sie betrachtete die herumliegenden Gewänder und wartete, bis Leila sich des Seidenmantels entledigt hatte, den sie im Hamam übergeworfen hatte.

Leila bewegte sich ohne Scham vor Jamilah. Scham existierte unter Frauen des Harems nicht. Und Jamilah nahm darüber hinaus eine Sonderstellung ein. Sie war es, die den Körper der Mädchen prüfte, sie darin unterwies, Lust zu schenken und auch selbst Lust zu empfinden.

Deshalb wich sie nicht zurück, als Jamilah die Hand über ihre nackte Hüfte nach oben wandern ließ, in einer sanften, liebevollen Berührung, die schließlich dazu führte, dass sie Leilas Brust umfing. Sie beugte den Kopf und schloss die Lippen um die rosige Knospe.

Leilah fuhr ihr abwesend durchs Haar. Sie spürte, wie sich ihre Brustwarze unter den Liebkosungen der geschickten Zunge aufrichtete, aber sie empfand keine Erregung. Zwar hatte es eine Zeit gegeben, da war ihr Körper dabei vor Lust geschmolzen und sie hatte von Jamilah immer mehr und mehr gefordert, bis die Frau sie schließlich dem Pascha übergeben hatte, damit er die Früchte ihrer frisch erweckten Leidenschaft genießen konnte. Das Bild, wie sie zum ersten Mal von Jamilah in sein Gemach gebracht worden war, erstand von Leilas Augen.

„Juwel meines Hauses, sei mir willkommen." Ahmet Pascha lächelte und sein anziehendes Gesicht wurde noch anziehender. Er erhob sich von dem breiten Sofa, auf dem er gelegen und Wasserpfeife geraucht hatte. Der Duft des parfümierten Tabaks lag in der Luft.

Leila sank auf die Knie, wie Jamilah es ihr vorher befohlen hatte und blickte zu Boden. Ihr Herz schlug so heftig, dass sie fürchtete, der Pascha könnte es hören. Die ganzen letzten Tage hatte sie sich in ihrer Phantasie ausgemalt, was passieren würde. Wie sie dem Pascha auf mannigfache Weise Lust bereiten und von ihm dafür zu seiner Favoritin erwählt werden würde. Die Gedanken alleine hatten sie so erhitzt, dass sich selbst streichelte, um Befriedigung zu finden.

„Jamilah, ich danke dir, du darfst dich entfernen“, hörte sie den Pascha sagen. Einen Augenblick später spürte sie seine Finger an ihrem Kinn.

„Steh auf, Leila.“

Sie blinzelte verwirrt. „Herr, ich …“

Er lachte. „Ich weiß, ich weiß. Jamilah sagt euch immer, dass ihr auf Knien zu meinem Bett rutschen sollt, um mir eure Demut und Ergebenheit zu beweisen. Und ich sage ihr immer, dass ich nichts davon schätze. Weder Demut noch Ergebenheit noch das Rutschen auf den Knien.“

Er reichte ihr seine Hand und sie stand auf. Ohne ein weiteres Wort führte er sie zu seinem Bett. „Es werden viele Nächte kommen, in denen du mich mit deinem Wissen und deiner Geschicklichkeit erfreuen kannst. Heute gewährst du mir ein Geschenk, das du nur einmal verschenken kannst und dafür werde ich dir Lust in einem Ausmaß bescheren, wie du sie vielleicht nie mehr wieder erleben wirst.“

Seine Worte steigerten ihre Vorfreude und sie hatte Mühe, ihre Neugier zu verbergen. Er blieb vor dem Spiegel neben dem Bett stehen und stellte sich hinter sie. Seine Finger glitten über die Kanten der kurzen Brokatweste, die sie über einem Hemd aus Gaze trug. Er schob sie Leila über die Schultern, bis sie zu Boden fiel.

Durch den hauchdünnen Stoff des Hemdes schimmerten ihre Brustwarzen, die sich bereits erwartungsvoll aufgerichtet hatten. Sie spürte den Atem des Paschas an ihrem nackten Hals und kurz darauf auch seine Lippen, die langsam über ihre Haut wanderten. Er roch nach einer Mischung aus Patschuli und Tabak, ein männlicher, erregender Duft, der Leila unwillkürlich aufseufzen ließ. Sie hatte sich so sehr danach gesehnt, dass der Pascha sie endlich zu einer wirklichen Frau machte. Und es begann so viel besser, als sie gedacht hatte. Ihre Nervosität legte sich.

Sein Mund bedeckte ihren und erstickte ihr Seufzen ebenso wie ihre Gedanken. Seine Zunge tauchte in sie, streichelte und lockte mit heißen, süßen, berauschenden Versprechen.

Sie wollte sich zu ihm umdrehen, aber er hielt sie fest und öffnete die Knöpfe ihres Hemdes. Dann löste er sich von ihr und zog das Hemd über ihren Kopf.

„Sieh dich an, Leila, sieh dich an, wie schön du bist“, flüsterte er an ihrem Ohr, während sich seine Wange an ihre schmiegte.

Im Spiegel schlossen sich seine Hände um ihre vollen, weißen Brüste, die seine dunkle Haut noch deutlicher als sonst betonten. Die Knospen waren dunkelrosa und hart wie kleine Kieselsteine. Er fuhr mit den Daumen darüber und Leila spürte, wie sich ihre Scheide verlangend zusammenzog. Ein Schauer lief über ihren Körper.

Der Pascha fuhr fort, die harten Spitzen zu reizen, bis Leila keuchend aufstöhnte. Sie lehnte sich mit dem vollen Gewicht an ihn und bog den Oberkörper durch, um seine Zärtlichkeiten noch besser spüren zu können.

„Löse deinen Gürtel und streif deine Hose ab“, befahl der Pascha, während er ihre Brüste weiter liebkoste. Leila gehorchte. Ihre haarlosen Schamlippen glänzten bereits feucht.

Eine dunkle Hand glitt über ihren Bauch und tauchte zwischen ihre Schenkel, um ihre Spalte zu erforschen. Leila spreizte ihre Beine weiter, damit er besser Zugang fände. Ihr klares Denken hatte sich an einen unbekannten Ort zurückgezogen, sie bestand nur mehr aus wimmerndem Verlangen.

Die Hand kehrte zu ihrer Brust zurück und salbte die geschwollenen Spitzen mit dem Tau ihrer Lust. Dadurch spürte sie die Zärtlichkeiten, mit denen er sie unermüdlich reizte, noch deutlicher. Willenlos ließ sie alles geschehen, stöhnte ihr Verlangen mit dumpfen, unartikulierten Lauten heraus.

Unerwartet presste sich heiße, nackte Haut an ihrem Rücken und ein Knie schob sich zwischen ihre Beine, als Antwort auf ihr heiseres Flehen. Sie rieb sich schamlos an seinem rauen Oberschenkel, bewegte ihr Becken vor und zurück in einem instinktiven, ungekünstelten Rhythmus.

Der Pascha nahm ihre feuchten, klebrigen Brustwarzen zwischen Daumen und Zeigefinger und begann, sie zu drücken und an ihnen zu ziehen. Spiralen gleißender Lust liefen durch Leilas Körper, sie klammerte sich an den Unterarmen des Mannes fest und ritt auf seinem Schenkel, bis der Raum um sie herum in hellem Licht explodierte.

Atemlos kam sie wieder zu sich. Der Pascha stand noch immer hinter ihr und hatte die Arme um sie gelegt. Im Spiegel sah sie sein Gesicht mit den glühenden Augen und eingebettet in die Kluft zwischen ihren Hinterbacken spürte sie sein hartes Glied.

Die Erregung kehrte in einem einzigen gewaltigen Schlag zurück. Sie beugte sich vor, spreizte die Beine und griff durch sie hindurch, bis sie seinen Schwanz zu fassen bekam. Alles, was ihr Jamilah jemals über Raffinesse und Taktik und erotische Spiele beigebracht hatte, war vergessen. Sie wollte ihn. Jetzt. Sofort.

Ihre ungeduldigen Finger zerrten an ihm und zogen ihn zu ihrem nassen, gierigen Schlund. Sie rutschte ab, und musste mit zusammengebissenen Zähnen warten, bis er sich selbst in Position brachte. Er legte die Hand auf das Ende ihrer Wirbelsäule und drückte sie sacht nach unten. Dann spürte sie, wie er endlich in sie glitt. Der Schmerz war kurz, kaum spürbar, das Gefühl, wie er sie langsam ausfüllte, sie dehnte mit seinem harten Fleisch dagegen unvergleichlich. Sie stöhnte auf. Stieß ihm ihr Becken auffordernd entgegen und gehorsam begann er sich zu bewegen.

Leila klammerte sich an den goldenen Rahmen des Spiegels, der einzige Halt, der sich ihr bot. Mit langen, kraftvollen Stößen trieb der Pascha sie einem Höhenpunkt entgegen, der so unvermeidlich war wie der Sonnenaufgang und so intensiv, dass sie das Bewusstsein verlor.

Ausgestreckt auf dem Bett kam sie zu sich. Der Pascha lag neben ihr, nackt, wie Allah in erschaffen hatte und betrachtete sie, den Kopf auf die Hand gestützt, mit einem trägen Lächeln.

„Meine schöne Leila, du hast mich nicht enttäuscht. Aber die Rast ist zu Ende und wir wollen unsere Reise fortsetzen.“ Damit beugte er sich über sie und liebkoste ihre Brüste mit dem Mund, leckte den Firnis ihrer Lust sorgfältig ab, ehe er seine Lippen über ihren Bauch zum Scheitelpunkt ihrer Schenkel wandern ließ.

Er hatte sich nicht in ihr verströmt, sondern sich Zurückhaltung auferlegt, wie er ihr mit heisern Worten versicherte. Erst wenn ihre Befriedigung vollkommen wäre, wenn ihre Glieder sich vor Wohlbehagen zu verflüssigen schienen, dann wollte er an sich denken.

Und er hielt Wort. Bis in die frühen Morgenstunden liebkoste er ihren Körper auf alle nur erdenklichen

Arten und schenkte ihr Lust in einem Ausmaß, das ihre Vorstellungskraft überstieg. Erst als sie völlig erschöpft war und Mühe hatte, die Augen offen zu halten, gestattete er sich seinen eigenen Höhepunkt.

Von ihrem heutigen Wissenstand wusste sie, dass er es aus reiner männlicher Eitelkeit getan hatte. Aber damals hatte sie tatsächlich gedacht, sie wäre etwas Besonderes und verschloss den Rubin, den er ihr gab, stolz in ihrer Schatulle. Voller Freude hatte sie sich bereit gemacht, als er sie wieder zu sich rief. Doch dieses Mal war er es, der passiv blieb und sich von ihr Lust bereiten ließ. Da ihr Körper an dem sinnlichen Geschehen Vergnügen fand, erreichte sie im Verlauf der Nacht zwar auch einen Höhepunkt, aber es war nicht annähernd so, wie sie es nach dem ersten Zusammensein erwartet hatte. Und alle Nächte, die folgten, enttäuschten ihre Erwartungen aufs Neue, solange, bis ihr Körper überhaupt nicht mehr reagierte. Über Wochen und Monate hinweg wiederholten sich die Einladungen des Paschas vielleicht zehn, zwanzig oder dreißig Mal. Dann hatte er das Interesse an ihr verloren.

„Du hast die schönsten Brüste von allen Frauen hier“, flüsterte Jamilah heiser und holte Leila wieder in die Gegenwart. „Fest und weiß und gekrönt von rosigen Spitzen.“

Leilah kannte die Worte und wusste, was sie bedeuteten. Sie tastete sich an der Kommode entlang und zog eine Lade auf. Ihre Finger fanden den Gegenstand, den sie suchte.

Ein Godemiché, die künstliche Nachbildung des männlichen Gliedes. Aus Elfenbein geschnitzt und bis ins kleinste Detail der Natur nachempfunden. Dicke Adern rankten sich um den leicht gekrümmten Schaft und erweckten den Anschein von Leben, wo keines war. Gleichzeitig versprachen sie der Anwenderin ihre Lust ins Unermessliche zu steigern. Die Eichel glich einer reifen Pflaume mit einer tiefen Kerbe.

Leila hatte den Godemiché von Jamilah erhalten, als sie von ihr in der Kunst der Liebe unterwiesen wurde. An ihm demonstrierte ihre Lehrmeisterin jeden Handgriff, jede Berührung und forderte sie schließlich auf, es ihr gleichzutun. Leila erfuhr, welche Stellen des männlichen Geschlechts für ihre Zärtlichkeiten besonders empfänglich waren, oder wie sie einen müden Wanderer in einen strammen Krieger verwandeln konnte. Nachdem ihr die Jungfräulichkeit genommen worden war, zeigte ihr Jamilah auch, wie sie sich mit dem Elfeinbeinstab selbst Lust bereiten konnte und wies sie an, sich so oft wie möglich damit zu befriedigen, um die Entwicklung ihrer Leidenschaft und die Kenntnis ihres eigenen Körpers zu fördern. Doch damit war sie gescheitert, denn ihre Leidenschaft hatte nicht gereicht, um den Pascha dauerhaft an sich zu binden und damit ihre Stellung im Harem zu festigen.

Leila strich mit dem Godemiché langsam und provozierend über ihre Wange, während Jamilah ihren Bewegungen mit hungrigen Augen verfolgte. Ehe sie die Lippen erreichte, hielt Jamilah ihre Hand fest und drehte den Elfenbeinpenis mit dem Köpfchen zu sich.

Ihre Zunge glitt um den Wulst, träge und genießerisch, während ihre Hand noch immer mit Leilas Brust spielte. Gerüchte um Jamilah gab es unzählige, Liebhaber außerhalb des Harems wurden ihr angedichtet, da sie als einzige problemlos und ohne Begleitung den Palast verlassen durfte. Andere Stimmen wollten wissen, dass sie auch jenen Eunuchen

Lust bereiten konnte, die vollständig kastriert waren. Aber niemand wusste darüber Genaueres, und den Mut, Jamilah direkt danach zu fragen, fehlte allen.

Stattdessen begegneten sie ihr mit Respekt und wenn es darum ging, ihr Vergnügen zu verschaffen, lehnte keiner von ihren Schützlingen dieses Ansinnen ab. Leila machte da keine Ausnahme.

Sie versuchte krampfhaft, Lust oder Erregung zu empfinden, denn sie wusste, dass Jamilah nicht nur nahm, sondern im gleichen Maße auch gab. Doch so sehr sie sich auch bemühte, die geschickten Zärtlichkeiten der anderen Frau ließen sie völlig kalt. Um ihre mangelnde Beteiligung zu kaschieren, schob sie den Godemiché in Jamilahs Mund.

Als Jamilah daran zu saugen begann, bewegte sie ihn in kleinen, heftigen Stößen hin und her. Ein Stöhnen bewies ihr, dass sie das Richtige tat. Sie ließ die Hand in Jamilas Hose gleiten und suchte die feuchte heiße Stelle zwischen ihren Schenkeln. Langsam rieb sie die geschwollen Falten und fing an, ihre Finger im gleichen Rhythmus in die lechzende Spalte zu stoßen, wie sie den Godemiché in ihrem Mund bewegte.

Im Raum war es still, bis auf Jamilahs unterdrücktes Keuchen und das Rascheln der Seide. Leila drängte sie näher zum Bett und drückte sie schließlich darauf nieder, ohne ihr Tun zu unterbrechen. Sie kniete sich neben die Frau und zog den Godemiché aus ihrem Mund. Jamilah protestierte nicht. Ihre Wangen waren gerötet, ihre Augen glänzten vor fiebriger Erwartung, als sie Leila ansah und ohne ein Wort ihre Hose über die Hüften streifte.

Leilah zog sie ihr ganz aus und spreizte die nackten Schenkel. Die Haut schimmerte wie mit Goldpuder überstäubt. Unter der glattrasierten Scham klaffte ihre

Spalte auseinander und gewährte einen Blick auf das rosige Fleisch, das sich Leila ergeben und fordernd zugleich darbot.

Die Kuppe des Godemiché glänzte feucht, als Leila damit die Spalte entlangfuhr, neckte und reizte, ohne jedoch vorerst ganz einzudringen. Jamilahs Keuchen verwandelte sich in sehnsuchtsvolles Stöhnen. Ihre Hüften fingen an zu kreisen und hoben sich von den Laken.

Leila beobachtete die Reaktionen der Frau, als wäre sie eine unbeteiligte Zuschauerin. Sie wusste genau, was sie tun musste, um Jamilahs Lust immer höher und höher zu treiben. Wenn sie ein Stückchen in sie eingedrungen war, zog sich wieder zurück, durchpflügte mit dem runden Kopf die Schamlippen und streichelte die aufgerichtete Klitoris. Dann wieder ein kurzes Eindringen, eine Drehung, ein weiteres Eindringen, eine weitere Drehung, damit die künstlichen Adern den Reiz der Penetration noch erhöhten.

Während Leila weitermachte, bildeten sich auf ihrer Stirn feine Schweißtröpfchen, doch alles andere an ihrem Körper blieb staubtrocken.

Schließlich wurden die Stöße schneller und härter, sie legte ihre freie Hand auf die glatte Scham und reizte mir dem Daumen die voll erigierte Klitoris, bis Jamilah mit einem dumpfen, beinahe tierischen Schrei ihren Höhepunkt erreichte. Nach dem letzten Aufbäumen blieb ihr Körper entspannt liegen und sie blickte Leila aus halbgeschlossenen Augen an. Ein träges Lächeln glitt über ihr Gesicht, als sie den Godemiché in Leilas Händen sah.

„Jetzt ist es an dir, lass mich dir Lust verschaffen“, sagte sie und richtete sich auf.

Leila glitt vom Bett und hoffe, dass Jamilah ihre Flucht nicht als solche erkannte. Sie konnte einem Mann Lust und Leidenschaft überzeugend vorspielen, aber ganz sicher nicht ihrer Lehrmeisterin. „Nein, ich mache mich besser auf den Weg, und du brauchst mich nicht zu begleiten, ruh noch ein bisschen. Hier bist du ungestört."

Sie nahm eines der herumliegenden Gewänder und schlüpfte hinein. Die dünne Seide war mit Spitzeneinsätzen durchbrochen und sie nahm den passenden Kopfschleier, um ihn in ihrem Haar zu befestigen. Kleine Pantöffelchen mit aufgebogenen Spitzen vervollständigten ihre Erscheinung.

Jamilah hatte sich auf dem Bett zusammengerollt und die Augen geschlossen, als Leila den Raum verließ. Sie kannte den Weg in den Palast, denn sie war ihn oft genug gegangen, dennoch schien er jedes Mal länger und länger zu werden. Ihre Schritte hallten in den Säulengängen, für deren kostbare Ausstattung sie schon seit geraumer Zeit keinen Blick mehr übrig hatte.

Ehe sie den Weg zu jenem Flügel einschlug, in dem der Pascha sie empfing, musste sie einen Innenhof durchqueren, der mit zahlreichen Brunnen dekoriert war. Das Plätschern verhinderte, dass sie die Schritte hörte, die ihr folgten. Deshalb zuckte sie erschrocken zusammen, als sie jemand am Arm packte.

„Leila, ich habe dich schon so lange nicht mehr gesehen." Die Stimme klang dunkel und samtig an ihrem Ohr. Ebenso dunkel und samtig wie die Augen, die sie mit einem verlangenden Ausdruck ansahen. „Karim Bey", brachte sie mit zitternder Stimme heraus. „Ich werde erwartet, bitte lasst mich passieren."

Der Griff um ihren Arm verstärkte sich. Sie würde blutunterlaufene Male davon bekommen. „Die Dinge werden sich ändern, Leila, schon bald, und dann gehörst du mir. Nicht nur für eine Nacht, sondern für immer."

Leila versuchte ihre Angst nicht zu zeigen. Karim war der jüngste Bruder von Ahmet Pascha. Ein undurchsichtiger, herrschsüchtiger Mann, der sich seiner attraktiven Ausstrahlung bewusst war und sie ohne Hemmungen einsetzte. Und wenn seine Ausstrahlung alleine nicht reichte, kannte er auch keine Skrupel, nachzuhelfen, wie Leila aus erster Hand wusste. Obwohl sich ihr Magen in einen kalten Klumpen verwandelte, hielt sie seinem Blick scheinbar ungerührt stand. „Nur einer hat über mich zu befehlen und das seid nicht Ihr, Karim Bey", sagte sie mit fester Stimme.

„Das werden wir noch sehen", erwiderte er und beugte sich vor. Ehe sie es verhindern konnte, hatte er den Schleier beiseite geschoben und seine heiße, nasse Zunge strich aufreizend langsam über ihre Wange. Sie unterdrückte die aufsteigende Übelkeit, da sie ihm nicht die Genugtuung geben wollte, irgendeine Reaktion auf seine Anmaßung zu zeigen.

„Ich werde erwartet, lasst mich los", sagte sie mit kalter Stimme und befreite ihren Arm aus seiner Umklammerung.

„Du darfst gehen, aber ich werde dich zu finden wissen, Leila, vergiss das nicht. Niemals." Seine unmissverständliche Drohung glich dem gereizten Zischen einer menschgewordenen Schlange.

Leila drehte sich um und ging mit steifen Schritten weiter. Sie bewegte sich wie eine von Fäden gezogene Marionette. Voller Angst lauschte sie, ob ihr seine Schritte folgten und lehnte sich schließlich erleichtert in eine Nische. Mit tiefen Atemzügen versuchte sie sich zu beruhigen, aber es gelang ihr nicht. Die Übelkeit knotete ihren Magen zusammen und sie übergab sich stöhnend auf den Mosaikboden. Zitternd stütze sie sich an der Wand ab, aber der Krampf zwang ihren Körper auf die Knie und dann wurde es schwarz um sie.

2

Leila schlug die Augen auf und blinzelte wegen der ungewohnten Helligkeit. Sie lag im Bett in ihrem Zimmer. Neben ihr saß Jamilah mit gekreuzten Beinen und betrachtete sie mit einem ernsten Ausdruck, der sich langsam entspannte. „Allah sei gepriesen, du bist aufgewacht“, rief sie mit spürbarer Erleichterung.

„Was ist passiert?“ Leila musste sich räuspern, denn ihre Kehle fühlte sich rau und trocken an.

„Ich dachte, das kannst du mir verraten, man hat dich vor drei Wochen bewusstlos im Palast gefunden. Ich habe veranlasst, dich hierher zu bringen. Du hast Fieber gehabt und warst nicht ansprechbar. Egal, was ich auch versucht habe, du hast auf nichts reagiert. Ich befürchtete schon das Schlimmste.“ Sie nahm ein Tuch aus einer Schüssel, in der Rosenblätter schwammen und drückte es aus.

„Drei Wochen?“, wiederholte Leila ungläubig, während ihr Jamilah die Stirn abtupfte. „Ich war drei Wochen bewusstlos?“

„Ja, mein Herz. Kannst du dich erinnern, was passiert ist?“

Leila runzelte die Stirn. „Ich war auf dem Weg in den Palast … mir wurde übel … mehr weiß ich nicht.“ Sie hustete.

Jamilah reichte ihr ein mit Wasser gefülltes Glas. „Trink. Und versuch, wachzubleiben." Sie schob ihre Hand unter Leilas Haar und ließ sie im Nacken liegen. „Das Fieber ist verschwunden, zumindest für den Augenblick."

Leila trank durstig. Sie fühlte sich schwach, aber nicht müde. Drei Wochen. Sie konnte sich nicht vorstellen, dass in ihrer Erinnerung eine so große Lücke klaffen sollte. „Geht es meiner Mutter gut? Was ist alles passiert, während ich bewusstlos war", fragte sie, weil es ihr noch immer schwer fiel, die Tatsache zu glauben.

Jamilah seufzte. „Einiges. Aber es ist besser, du kommst zu Kräften, ehe ich dir alles erzähle."

Eine bange Vorahnung breitete sich in Leila aus. „Nein, sag mir, was geschehen ist. Ist etwas mit Mutter?"

Jamilah schüttelte den Kopf. „Nein, deiner Mutter geht es gut. Zumindest so gut, wie es ihr die ganzen letzten Monate ging. Keine Sorge."

„Was ist es dann?" Leila schob die Kissen in ihrem Rücken nach oben und setzte sich auf.

„Ahmet Pascha ist tot und seine beiden Söhne ebenfalls. Sein Bruder Tariq liegt im Sterben, vermutlich überlebt er den heutigen Tag nicht …"

„Aber wie ist das möglich? Wie …" Leila brach ab.

„Ich vermute, dass Gift im Spiel ist. Aber natürlich kam ich nicht einmal in die Nähe der Erkrankten. Die Ärzte ließen mich nicht zu ihnen." Jamilah zuckte die Schultern. „Wahrscheinlich hätte ich ohnehin nichts ausrichten können."

Leila war mit ihren Gedanken schon weiter. „Das heißt … Karim ist jetzt der Pascha."

Jamilah nickte und alle Farbe wich aus Leilas Gesicht. *Die Dinge werden sich ändern, Leila, schon bald, und dann gehörst du mir. Nicht nur für eine Nacht, sondern für immer.* Sie hörte die verhasste Stimme in ihrem Kopf und schloss die Augen. Das war es also. Karim hatte den Tod seiner Brüder geplant, um sich selbst zum Pascha zu machen und alle Macht in seinen Händen zu halten. Wie zur Bestätigung sagte Jamilah da auch schon: „Karim hat sich mehrfach nach deinem Befinden erkundigt."

Leila unterdrückte ein Schaudern. *Dann gehörst du mir. Für immer.* Niemals. Eher würde sie sich von den Zinnen des Palastes stürzen, als sich noch einmal von diesem Mann berühren zu lassen.

Hastig beugte sie sich vor und packte Jamilah am Arm. „Sag ihm nicht, dass ich aufgewacht bin. Versprich mir das, ich flehe dich an."

Erstaunt erwiderte Jamilah ihren Blick. „Wie du willst. Aber seine Sorge zeigt doch, dass du ihm etwas bedeutest. Der Machtwechsel im Palast bringt auch einen Machtwechsel im Harem mit sich. Du hast die Chance, zur Favoritin des neuen Paschas aufzusteigen, vielleicht nimmt er dich sogar zu Frau. Überleg doch, du kannst die Mutter des nächsten Paschas werden!"

Leila schüttelte den Kopf. Jeder einzelne dieser Gedanken steigerte ihre Furcht ins Unermessliche. „Sag ihm nicht, dass ich aufgewacht bin, das ist alles, worum ich dich bitte."

Jamilah runzelte die Stirn. „Wie du möchtest."

In diesen Worten lag nicht halb so viel Aufrichtigkeit, wie Leila es sich gewünscht hätte. Aber auch Jamilah musste an sich denken und eine Gelegenheit ihre Stellung zu festigen, in dem sie einem ihrer Schützlinge in eine bessere Position brachte, konnte sie nicht einfach übersehen. Leila musste sich einen Ausweg überlegen, und instinktiv wusste sie, dass ihr nicht viel Zeit blieb.

„Danke, Jamilah, ich danke dir", sagte sie trotzdem und zauberte ein Lächeln auf ihre Lippen, von dem ihre Augen nichts wussten. Nicht einmal Jamilah konnte sie ins Vertrauen ziehen, warum sie Karim fürchtete und warum sie niemals zulassen würde, dass er sie berührte.

Jamilah hielt das Thema für beendet und erhob sich. „Hast du Hunger? Ich lasse dir einen leichten Imbiss bringen. Hatice wartet schon ganz sehnsüchtig darauf, dich zu besuchen. Wenn du sie sehen willst, dann gib mir Bescheid."

„Ja, schick sie zu mir. Und gegen einen Imbiss hätte ich auch nichts einzuwenden." Schließlich musste sie zu Kräften kommen, um Karim die Stirn zu bieten und zu überlegen, wie sie sich ihm entziehen konnte.

Hatice erschien, kaum dass Leila den letzten Bissen geschluckt hatte. Sie sank vor dem Bettrand auf die Knie und rang die Hände. „Dass du nur wieder wach bist", rief sie ein ums andere Mal. „Allah sei Dank."

Leila wartete, bis sie sich beruhigt hatte und ließ sie gar nicht erst zu Atem kommen, um zu verhindern, dass sie ihre Mord- und Gifttheorien lautstark vortragen konnte.

„Hör mir zu, Hatice", sagte sie stattdessen mit fester Stimme. „Ich will fliehen und du sollst mir helfen."

Hatice starrte sie aus weitaufgerissenen Augen an. „Fliehen?", echote sie verständnislos. „Aber warum denn?"

„Ich ertrage es hier nicht länger. Ich muss weg, sonst werde ich verrückt." Diese Antwort musste genügen.

Hatice schwieg einen Moment und sagte dann erstaunlich nüchtern: „Und wie willst du das anstellen?"

„Ich weiß es noch nicht, aber mir wird schon etwas einfallen. Hilfst du mir?“ Hatice war die Einzige, die sie darum bitten konnte. Zu all den anderen Frauen hier hatte sie kein Vertrauen.

„Ja, ich helfe dir. Zumindest werde ich es versuchen.“ Hatice redete nicht um die Dinge herum, das war einer der Gründe, warum Leila sie schätzte

„Danke. Und jetzt erzähl mir, was in den letzten Wochen passiert ist. Jamilah deutete an, dass Karim seine Brüder und deren Nachkommen vergiftet hat. Ist daran etwas Wahres?“

„Der Koch wurde hingerichtet, weil Karim ihn beschuldigte, verdorbene Speisen zubereitet zu haben. Alles andere sind Gerüchte, die niemand laut ausspricht, dem etwas an seinem Leben liegt.“

Leila zog die Brauen zusammen. „Er hat auch die Kinder beseitigt?“

„Ja, und die Frauen seiner Brüder mussten bereits ihre Gemächer räumen. Nach der Feier zu seiner Inthronisation wird er seine Favoritinnen wählen.“ Hatices Stimme klang unbeteiligt, aber Leila hörte die unausgesprochene Hoffnung darin, dass sie selbst eine von ihnen werden könnte. Hatice war ehrgeizig und steckte ihre Ziele hoch.

„Wann findet die Feier statt?“

„In drei Tagen. Der ganze Palast ist bereits in Aufruhr und trifft Vorbereitungen. Händler kommen und gehen, Gaukler versammeln sich vor den Toren und Astrologen stellen ihre Horoskope. Die ausländischen Gesandten machen bereits ihre Honneurs. Es geht zu wie in einem Taubenschlag.“

Leila schloss die Augen. *Es geht zu wie in einem Taubenschlag*. Das war die Lösung. Wenn sich dermaßen viele Menschen im Palast aufhielten, konnte sie sich unter die Menge mischen und sich mit ihr ins Freie treiben lassen. Sie brauchte Kleider, um unauffällig … nein, nicht unauffällig, das würde möglicherweise doch die Aufmerksamkeit der Wachposten erregen. Sie musste hocherhobenen Kopfes durch die Menge spazieren und die Wachen mussten sie sehen, und als unbedenklich passieren lassen.

Es gab nur eine Frau, die ungehindert und ohne schriftliche Erlaubnis den Palast verlassen durfte: Jamilah.

Angespannt beugte sich Leila näher zu Hatice. „Ich brauche den schwarzen Mantel und den schwarzen Schleier von Jamilah. Damit kann ich mich unter die Leute mischen und den Palast verlassen."

„Und wie willst du an ihre Sachen kommen?"

„Wir müssen sie beobachten. Vielleicht gelingt es uns, die Kleider zu nehmen, wenn sie schläft oder wenn sie … beschäftigt ist." Je länger Leila über die Idee nachdachte, desto besser erschien sie ihr. Jeder kannte die schwarze, verschleierte Gestalt und niemand würde es wagen, sie aufzuhalten. Euphorie bemächtigte sich ihrer und ließ ihr Herz schneller schlagen.

„Wäre eine andere Verkleidung nicht besser?", wagte Hatice einzuwenden. „Wir könnten doch auch die Kleider eines Eunuchen stehlen. Das wäre wesentlich einfacher."

„Als Eunuch kann ich mein Gesicht nicht verbergen. Außerdem sind die Eunuchen miteinander vertraut. Sie würden mich sofort erkennen." Leila legte nachdenklich den Kopf schief. „Einfach als Jamilah durch das Tor zu spazieren, wäre die einfachste Lösung. Wenn sie mich trotzdem festnehmen, dann war es eben Allahs Wille. Dem muss ich mich beugen."

„Also müssen wir uns daran machen, die Galabea und den Schleier von Jamilah in unsere Hände zu bekommen“, fasste Hatice zusammen. „Du ruhst dich aus, denn du wirst alle deine Kräfte brauchen. Ich werde anfangen, Jamilah auszuspionieren.“ Sie stand auf und blickte auf Leila hinunter. „Mach dir keine Gedanken, ich kümmere mich um alles.“

Das tat sie auch. Am Abend des nächsten Tages erstattete sie Leila Bericht, die sich bereits wieder kräftig und gesund fühlte. Sie trafen sich einem abgeschiedenen Winkel des Gartens, der zum Harem gehörte.

„Jamilah hat vier verschiedene schwarze Galabeas und noch mehr Schleier. Das hätte ich gar nicht gedacht. Sie sehen alle gleich aus, also wird es ihr nicht sofort auffallen, wenn einer fehlt.“ Mit diesen Worten zog sie ein Bündel unter ihrem weiten Kaftan hervor und hielt es Leila hin, die es überrascht anstarrte. „Du hast schon eines an dich genommen?“

„Warum sollte ich warten?“, fragte Hatice zurück.

Leila nahm das schwarze Stoffbündel und stopfte es hastig unter ihre eigenen Gewänder. „Du hast recht. Warum sollen wir warten?“

Trotz dieser Antwort, brachte es sie doch etwas aus dem Konzept, dass ihr Plan so schnell Gestalt annehmen würde. Aber sie wollte nicht, dass Hatice es merkte. „Ich danke dir. Wenn etwas schief geht, nehme ich alles auf mich. Du sollst nicht für mein Vergehen büßen müssen.“

„Nichts wird schief gehen, Leila. Ich weiß es. Alle meine Gedanken sind bei dir. Wann willst du deinen Plan ausführen?“

„Jamilah darf nicht merken, dass ihre Galabea fehlt, also sollte es bald sein. Aber wir müssen sicher gehen, dass sie beschäftigt ist und nicht die Absicht hat, den Palast zu verlassen, wenn ich es an ihrer Stelle tue."

Hatice nickte. „Gut, ich werde versuchen, herauszufinden, was sie für morgen und übermorgen plant."

Gemeinsam gingen sie zum Haremspalast zurück. Auf der Marmortreppe kam ihnen Jamilah entgegen. Sie entließ Hatice mit einer Handbewegung und begleitete Leila in ihre Räume.

„Karim hat erfahren, dass du aufgewacht bist. Frag nicht, wie - ich habe ihm nichts erzählt. Er wünscht dich morgen Abend zu sehen. In seinen Gemächern."

Angst strich mit kalter Hand über Leilas Rücken. Sie begriff, dass sie keinen Spielraum mehr hatte, ihre Flucht detaillierter zu planen. Es musste morgen sein.

„Du kannst dein Glück machen, Leila. Wenn du es richtig anstellst, dann verbringst du die geplanten Feierlichkeiten an Karims Seite als seine Favoritin. Und es liegt an dir, diese Position zu behalten", fuhr Jamilah fort. „Alle Frauen hier kennen nur dieses eine Ziel und für dich rückt es in greifbare Nähe. Nutz deine Chance."

Leila nickte wie betäubt und hoffte, dass Jamilah nicht auffiel, welcher Tumult in ihrem Inneren tobte.

„Gut, ich wusste ja, dass du zur Vernunft kommen wirst." Jamilahs Stimme verriet ihre Zufriedenheit. „Ich habe viel vorzubereiten, aber ich komme morgen Abend zu dir und helfe dir, dich für Karim zurechtzumachen."

„Danke", brachte Leila heraus und ließ sich auf das Bett sinken.

„Du brauchst mir nicht zu danken, Kätzchen, du weißt doch, dass ich dich ganz besonders ins Herz geschlossen habe. Keiner anderen Frau würde ich mehr wünschen, Kadine und vielleicht sogar Valide zu werden." Mit diesen Worten verließ Jamilah das Zimmer.

Leila umklammerte ihren Oberkörper mit den Armen. Dabei fiel ihr das zusammengefaltete Bündel unter ihrem Kaftan ein und sie zog es hervor. Das war ihre Chance auf eine Zukunft in Freiheit, dachte sie, während sie auf den schwarzen Stoff starrte. Mit seiner Hilfe würde sie sich nie wieder Befehlen beugen und ihre eigenen Wünsche verleugnen müssen.

Eine Art Rausch ergriff von ihr Besitz, als sie über alle Möglichkeiten nachdachte, die sich ihr eröffneten. Und dieser Rausch überlagerte die Angst, dass ihr Vorhaben scheitern könnte.

Leila schob einen Hocker zu ihrem Frisiertisch und öffnete das kleine goldene Kästchen. Sie würde die Schatulle nicht mitnehmen, den Inhalt allerdings sehr wohl. Die Juwelen waren der Garant für den reibungslosen Beginn ihres neuen Lebens.

Sie ließ ihren Blick durchs Zimmer wandern. Sonst würde sie nichts mitnehmen. Keines der kostbaren Gewänder, keine zierlichen Flakons, keine bestickten Pantoffel. Erinnerungen würden sie begleiten, ob sie wollte oder nicht. Das brachte ihr zu Bewusstsein, dass sie sich von ihrer Mutter verabschieden musste.

Ein seltsames Gefühl erfasste sie bei diesem Gedanken. Nicht Schmerz, denn seit sie vor zwölf Jahren im Palast angekommen waren, hatten sie sich immer weiter von einander entfernt. Die Kluft war unüberwindlich, seit sie selbst eine Frau geworden war, und in den Augen ihrer Mutter deren ehrgeizige Pläne verdorben hatte. Aber Leila empfand dennoch Wehmut, sie zurücklassen zu müssen.

Der Raum ihrer Mutter wurde nur durch eine flackernde Öllampe erhellt. Anwar wandte den Kopf, als sie ihre Tochter näherkommen hörte. Ihre Augen wirkten verhältnismäßig klar, wie Leila erleichtert feststellte.

„Sei gegrüßt“, sagte sie leise und setzte sich aufs Bett. Ihre Hände griffen nach denen der Mutter. Sogar Anwars Finger waren angeschwollen und statt der Knöchel erschienen in ihren Handrücken kleine Grübchen. Ihre Hände fühlten sich weich und substanzlos an, als hätten sich die Knochen längst aufgelöst.

„Mein Kind, welche Freude, dass du mich endlich besuchen kommst.“ Sie besaß keine Erinnerung daran, dass Leila jeden Tag zu ihr kam und einige Zeit bei ihr saß. Opium und Haschisch hatten ihren Geist verwirrt. Mit ziemlicher Sicherheit würde sie auch diese Unterredung bald vergessen haben.

„Mutter, ich werde weggehen.“ Sogar wenn ihre Flucht scheiterte, war das nicht gelogen. Denn dann würde man sie in ein dunkles Verlies sperren, vermutlich sogar exekutieren. Auf jeden Fall würde sie ihre Mutter nicht wiedersehen.

Anwar nahm diese Nachricht völlig ruhig auf, als hätte sie bereits damit gerechnet. „Du hast eine gute Entscheidung getroffen, mein Kind. Ich habe dir immer geraten, dass du weggehen sollst. Geh zu deinem Großvater, er wird dir sicher helfen. Er mochte dich sehr, daran kannst du dich bestimmt noch erinnern.“

Leila nickte, obwohl die Erinnerung an ihren Großvater mehr als verschwommen war. Ein großgewachsener Mann mit schütterem, graugesträhntem Haar, der leicht nach vorne gebeugt ging und immer nach Pferden und Tabak roch. Als kleines Mädchen hatte sie immer die Nase gekraust, wenn er sie auf seine Knie hob oder sie auf eines seiner riesigen Pferde setzen wollte. Im Grunde war sie froh gewesen, von ihm fortzukommen.

Aber obwohl sie fest zur Flucht entschlossen war, hatte sie noch nicht darüber nachgedacht, wie es dann weitergehen sollte. Ihre Mutter hatte keine Verwandten, also konnte sie nur in das Haus ihres Vaters zurückkehren. Ob sie dort allerdings willkommen sein würde, blieb dahingestellt.

„Es war selbstsüchtig, dich mitzunehmen“, fuhr Anwar leise fort. „Ich hätte dich bei deinem Vater lassen sollen. Wenn du ihn triffst, dann sag ihm …“ Sie brach ab. Die Stille lastete über ihnen und drohte sie zu ersticken. „Sag ihm, dass es mir leidtut“, flüsterte Anwar schließlich. „Und dass ich dafür bezahlt habe. Mit meinem Körper und meiner Seele.“

Das war also der Abschied. Ihre Mutter schloss die Augen und drehte den Kopf zur Seite. Leila ließ ihre Hand los, aber Anwar protestierte nicht. Langsam stand sie auf und blickte auf die Gestalt auf dem Bett, deren Unförmigkeit durch zahlreiche Lagen dünner Seide kaschiert wurde.

Vor der Tür stand Saad Aga und blickte ihr entgegen. Seine Miene blieb vollkommen unbewegt, auch als Leila sich zu ihm neigte. „Gib auf sie acht, wenn ich es nicht mehr kann, Saad Aga“, sagte sie mit fester Stimme.

Die dunklen Augen sahen sie mit einem wissenden Ausdruck an, dann legte er eine Hand auf sein Herz und verbeugte sich wortlos.

3

Justins Finger krampften sich um die Reling. Sein Blick war auf die Küstenlinie gerichtet, an der die „Sea Witch" entlangglitt. Er konnte noch immer nicht fassen, was sich innerhalb der letzten Tage ereignet hatte.

Als Daoud Aga ihm gesagt hatte, dass der neue Pascha ihm eine Audienz gewähren wollte, war es ihm schwer gefallen, die Botschaft zu glauben. Aber noch viel unglaublicher war das, was Karim Pascha ihm in ein paar kargen Sätzen mitteilte: Anlässlich seiner Machtübernahme ließ er zum Zeichen seiner großen Güte zahlreiche Gefangene frei. Auch Justin gehörte dazu. Er wurde mit einigen persönlichen Habseligkeiten ohne weitere Umstände auf ein Segelschiff gebracht, das noch am selben Tag Alexandretta verließ.

Justin drehte sich um und lehnte sich mit dem Rücken an die von der Reling zum Mast aufsteigenden Wanten. Der Blick auf die offene See nahm ihm den Atem. Zehn Jahre lang hatte er nicht weiter gesehen, als die Wände seines Zimmers reichten. Fünfzehn Schritte in die eine Richtung, zwanzig in die andere. Die ungewohnte Weite machte ihn schwindelig und brachte ihn dazu, sich verloren und haltlos zu fühlen, als fiele er in einen schwarzen Abgrund. Er schloss die Augen und atmete tief durch. Alles würde sich finden. Jetzt, wo die endlosen Wochen und Monate seiner Gefangenschaft vorbei waren. Zwar hatte er noch keine Zeit gehabt, Pläne zu schmieden, aber die Wochen, bis das Schiff in London anlegen würde, boten genug Raum, sich zu überlegen, wie es weitergehen sollte.

Er öffnete die Augen wieder und blickte in die sich blähenden Segel unter dem azurblauen Himmel. Einige Möwen umkreisen mit schrillem Geschrei den Mast, als wollten sie ihm Geleit geben. Sein Herz wurde weit. Zum ersten Mal begriff er in aller Deutlichkeit, dass er wirklich frei war.

„Mr. Grenville, wenn Sie möchten, lasse ich einen Lehnstuhl an Deck bringen“, sagte James Harris, der Kapitän, neben ihm. „Die „Sea Witch“ ist kein Passagierschiff, wie Sie sicher wissen, aber natürlich werden wir alles tun, um ihnen die Überfahrt so angenehm wie möglich zu machen. Der Smutje hat sich bereits nach Ihren persönlichen Vorlieben erkundigt.“

Diese Worte bewiesen Justin, dass der Kapitän vom Pascha für seine Dienste reichlich entlohnt worden war. Er fragte sich nur, warum. Lag es tatsächlich am Interesse guter, diplomatischer Beziehungen, wie der Pascha angeführt hatte?

Er wusste nichts von den Beziehungen der britischen Krone zum Osmanischen Reich. In der Tat wusste er so wenig von allem, was in den letzten zehn Jahren passiert war, dass er sich fühlte, als wäre auf dem Weg in eine völlig neue Welt und hätte keinen Kompass dabei.

„Ich brauche keinen Stuhl, Kapitän Harris, aber danke für das Angebot. Dem Smutje können Sie sagen, dass ich keine besonderen Anspruche habe, was die Mahlzeiten betrifft.“ Er hoffte, dass seine Worte freundlich und bestimmt zugleich klangen. Es war lange her, dass er englisch gesprochen hatte. Daoud Aga hatte ihn die osmanische Sprache gelehrt, im Gegenzug hatte er versucht, dem Eunuchen seine Muttersprache beizubringen. Daoud war zwar ein williger, aber kein allzu talentierter Schüler gewesen. Das führte dazu, dass sie sich zumeist auf Türkisch unterhielten.

„Wie Sie wünschen, Mr. Grenville. Ich stehe jederzeit zu Diensten, wenn Sie etwas benötigen.“ Mit diesen Worten entfernte sich der Kapitän und überließ Justin wieder seinen Gedanken.

Alles war so überstürzt vor sich gegangen, dass er sich nicht gebührend von Daoud verabschieden konnte. Daoud Aga, ein nubischer Eunuch, den der alte Pascha zu seinem Kerkermeister bestimmt hatte. Im Lauf der Jahre war er die einzige Person gewesen, die Justin täglich sah und eigenartigerweise entstand statt der üblichen hasserfüllten Bewacher-Gefangenen-Beziehung eine von beiderseitigem Respekt getragene Freundschaft zwischen ihnen.

Daoud hatte ihn nicht nur seine Sprache gelehrt, sondern auch in anderer Hinsicht dafür gesorgt, dass sein Geist ständig gefordert wurde. Er hielt ihn zu einem regelmäßigen Tagesablauf an, ermutigte ihn zu körperlichen Übungen und fing ihn auf, wenn sich die Aussichtlosigkeit seiner Lage in Aggression oder Depression verwandelte. Mit einem bösartigeren oder auch nur gleichgültigen Wächter wäre er weder körperlich noch seelisch in jenem Zustand, in dem er sich jetzt befand. Die Wahrscheinlichkeit, nach zehn Jahren Einzelhaft als geistiger Krüppel zu enden, war wesentlich größer als jene, bei klarem Verstand zu bleiben. Deshalb hätte er Daoud Aga gerne gebührend gedankt.

Justin senkte den Kopf, denn die Sonnenstrahlen, die er zuerst als angenehm empfunden hatte, begannen seine blasse, lichtentwöhnte Haut zu verbrennen. Auch seine beiden Handrücken waren bereits gerötet. In seiner Erinnerung tauchte ein verschwommenes Bild auf.

„Justin, nimm das Tuch, du musst damit dein Gesicht schützen, hier brennt dir die Sonne Löcher in die Haut.“ Die Stimme seiner Mutter durchdrang die flirrende Helligkeit um ihn herum. „Oder du gehst zurück ins Zelt und wartest, bis es Abend ist.“

Sie hielt ihm das Baumwollstück hin, aber er schüttelte den Kopf. „Brauch ich nicht. Ich will doch nur eine halbe Stunde ausreiten und sehen, ob Vater etwas gefunden hat.“ Ohne sich umzudrehen galoppierte er davon. Hinter sich hörte er seine Mutter zornig rufen: „Warte, Justin, so warte doch.“

Aber er hatte nicht gewartet, welcher Vierzehnjährige, der an der Schwelle zum Mann stand, hätte in dieser Situation schon auf seine Mutter gehört? Allerdings wusste er zu diesem Zeitpunkt auch nicht, dass er die Stimme seiner Mutter zum letzten Mal gehört hatte. Und dass er seinen Vater nicht lebend antreffen würde.

...

9571797R00164

Printed in Germany
by Amazon Distribution
GmbH, Leipzig